Éloges pour Le

« Une histoire d'horreur mac⸺⸺enaînee, écrite à un rythme captivant et remplie de détails historiques exceptionnels. Les enfants l'adoreront. » *Daily Mail*

« Impressionnant […], un récit historique déchaîné à propos de gamins des rues débrouillards qui contrecarrent une conspiration ignominieuse. » *Daily Telegraph*

« Vous pouvez toujours faire confiance à Justin Richards pour créer un récit robuste qui vous gardera rivé à votre siège du début à la fin ! Ce livre faisant suite au roman *Le collectionneur de la mort* n'est pas une exception […]. C'est le type de livre à lire tard la nuit sous les couvertures. Une parfaite lecture de l'Halloween pour quiconque préfère l'aventure plutôt que l'extrême violence. » *Waterstone's Books Quarterly*

Éloges pour *Le collectionneur de la mort*

« C'est un livre vraiment captivant. L'ouvrage commence par un homme décédé qui entre dans sa cuisine, pour ensuite traîner son chien terrifié en promenade ! […] Une fois que vous aurez terminé cette lecture, vous voudrez trouver un livre tout aussi excitant. » *CBBC Newsround*

« Un roman très excitant, rappelant en quelque sorte les romans victoriens de Philip Pullman […] ; un livre vraiment captivant, avec une fin vraiment spectaculaire. » *Books for Keeps*

« [Une] dose vivante d'intrigue victorienne destinée aux jeunes […] ; un truc fantastique. » *SFX Magazine*

« Une comédie tout à fait plaisante remplie de poursuites, de situations hautement dramatiques et d'un brin de romance dans un style à l'ancienne admirable. Tout simplement formidable. » *Kirkus Reviews*

« Ce roman absolument captivant et fascinant est un superbe mélange d'horreur et de mystère avec trois jeunes protagonistes. C'est une lecture rapide remplie de montagnes russes, avec juste assez de sang pour garder les choses intéressantes. Un superbe choix pour les partisans de l'horreur. » *School Library Journal*

LE
PARLEMENT
DU
SANG

LES AFFAIRES NON CLASSÉES

LE PARLEMENT DU SANG

Justin Richards

Traduit de l'anglais par
Renée Thivierge

Éditeur : François Doucet
Traduction : Renée Thivierge
Révision linguistique : Isabelle Veillette
Correction d'épreuves : Nancy Coulombe, Catherine Vallée-Dumas
Conception de la couverture : Matthieu Fortin
Photo de la couverture : © Thinkstock
Image intérieure : © Thinkstock
Mise en pages : Sébastien Michaud
ISBN papier 978-2-89733-068-2
ISBN PDF numérique 978-2-89733-069-9
ISBN ePub 978-2-89733-070-5
Première impression : 2013
Dépôt légal : 2013
Bibliothèque et Archives nationales du Québec
Bibliothèque Nationale du Canada

Éditions AdA Inc.
1385, boul. Lionel-Boulet
Varennes, Québec, Canada, J3X 1P7
Téléphone : 450-929-0296
Télécopieur : 450-929-0220
www.ada-inc.com
info@ada-inc.com

Diffusion
Canada :   Éditions AdA Inc.
France :   D.G. Diffusion
                Z.I. des Bogues
                31750 Escalquens — France
                Téléphone : 05.61.00.09.99
Suisse :   Transat — 23.42.77.40
Belgique :   D.G. Diffusion — 05.61.00.09.99

Imprimé au Canada

Participation de la SODEC.   SODEC
Nous reconnaissons l'aide financière du gouvernement du Canada par l'entremise du Fonds du livre du Canada (FLC)
pour nos activités d'édition.
Gouvernement du Québec — Programme de crédit d'impôt pour l'édition de livres — Gestion SODEC.

**Catalogage avant publication de Bibliothèque et Archives nationales du Québec et Bibliothèque
et Archives Canada**

Richards, Justin

    Le Parlement du sang
    (Les affaires non classées ; 2)
    Traduction de : The Parliament of Blood.
    Pour les jeunes de 12 ans et plus.
    ISBN 978-2-89733-068-2
    I. Thivierge, Renée, 1942-   . II. Titre.

PZ23.R52Pa 2013   j823'.914   C2013-940782-0

À Julian, un parent par le sang

Prologue

Le carrosse avait été réservé depuis plus de quatre mille ans, et le chauffeur ne voulait pas être en retard.

Le photographe n'avait pas de tels soucis. Son nom était Bernard Denning, et son haleine sentait fortement la bière bon marché qu'il venait de boire. Après son rendez-vous de l'après-midi, il ne lui restait pas suffisamment de temps pour rentrer à la maison à Ealing ; alors, il avait plutôt tué le temps au Red Lion, à quelques rues de là. Une chope et une tourte à la viande, c'était justement ce qu'il lui fallait.

Il était censé arriver là avant les invités, mais il ne s'inquiétait pas vraiment de son léger retard. Les invités et les universitaires pouvaient bien se mêler et bavarder sans lui. Bernard Denning, photographe, serait prêt et en attente quand le moment important arriverait.

C'était l'un des avantages de ces nouvelles méthodes qui utilisaient des plaques sèches à la gélatine : un appareil photo plus petit qu'il pouvait facilement transporter. Des durées d'exposition beaucoup plus courtes, ainsi on n'avait qu'à tenir l'appareil et appuyer sur le déclencheur. Le travail était terminé. Et avec un magasin déjà chargé d'une douzaine de plaques, il n'avait même pas besoin de se préparer pour la prochaine séance.

Les bruits de la soirée londonienne étaient étouffés par le brouillard froid et humide. De sa main libre, Denning releva le col de son manteau, l'autre main tenant délicatement son précieux appareil. Il sentait le froid de février qui s'infiltrait dans ses pieds depuis la chaussée pavée. À peine visible dans l'obscurité, comme si la forme avait été dessinée au crayon, une voiture attendait sur le côté de la rue. Ressemblant eux-mêmes à une vieille photographie floue, les chevaux étaient absolument calmes et silencieux. Il pouvait distinguer le profil sombre du cocher : lourd manteau à capuchon, fouet en attente. Les ombres sur le visage du cocher donnaient à ses yeux une apparence creuse et vide. Comme celle d'un crâne.

Denning frissonna et continua à marcher.

Devant lui, une autre forme se fondit dans le brouillard. Une femme. Elle était debout au coin de la rue. Elle aussi portait une grande cape, et le rouge vif du tissu saignait dans l'air brumeux qui semblait rayonner autour d'elle. Contre le noir charbon de ses cheveux, son visage était presque blanc. Alors que Denning s'approchait, elle se retourna, entendant le bruit de ses bottes ferrées sur les pavés.

La femme tendit les bras, comme si elle l'accueillait, et son manteau s'ouvrit. En dessous, elle portait une robe de soirée aussi rouge que sa cape. L'encolure était très décolletée, et son cou était pâle et mince. Le souffle de Denning s'accéléra en remarquant la beauté de la dame. La vapeur de son souffle se joignait au brouillard qui tourbillonnait autour d'eux. S'il avait été moins distrait, il aurait remarqué qu'aucun souffle ne provenait des lèvres écarlates de la femme.

— Vous devez être le photographe, dit la femme.

Elle sourit, ses yeux sombres s'élargissant.

— Le photographe en retard.

— Denning, dit-il en supposant qu'elle avait vu l'appareil photo sous son bras. Bernard Denning. À votre service.

— Vraiment ? Comme c'est gentil.

Elle fit un pas vers lui, tendant la main pour toucher sa joue.

Elle était froide. Même à travers le long gant blanc, son contact était froid comme la mort.

— Allez-vous à la fête de déballage de la momie ? demanda Denning, sa voix un murmure nerveux.

Il regarda dans ses yeux profonds et sombres, incapable de bouger alors que la femme tendait son autre main, prenant sa tête entre ses paumes froides.

— Effectivement, j'y vais.

Elle était grande, presque aussi grande que lui. Elle se pencha vers l'avant, souriant, les lèvres ouvertes. Ses yeux froids semblaient brûler dans les siens.

Reprenant subitement son souffle, Denning se pencha pour s'éloigner, ses pieds figeant sur place. Comme il sentait le froid de ses lèvres sur son cou, il eut soudainement peur et il fit des efforts pour se détacher. Mais il était incapable de bouger.

Puis, il y eut un craquement, comme un coup de feu, et le charme fut rompu. Haletant, Denning fit un pas en arrière. La femme le regardait fixement, son visage transformé en une grimace de déception et de colère. Toute beauté disparue.

Le carrosse sortait lentement du brouillard et Denning se rendit compte que le bruit était venu du fouet du cocher. Le photographe leva les yeux, essayant de balbutier un mot de remerciement. Le capuchon de sa cape le laissant dans l'ombre, le visage de l'homme ressemblait toujours à un crâne.

La femme s'avança à nouveau vers Denning, les dents nues, sifflant vers lui comme un serpent en colère.

— Non, dit le cocher.

Il pointa le fouet vers la femme et elle s'arrêta.

De nouveau, Denning soupira de soulagement. Mais cela fut de courte durée.

— Ça doit ressembler à un accident, Clarissa.

La voix du cocher était profonde, sombre, sèche et cassante tout à la fois.

— Un tragique accident.

Il y eut un bruit soudain de roues de chariot sur les pavés. Le bruit des sabots. Denning se retourna à temps pour voir les chevaux qui fonçaient sur lui. Des naseaux qui se dilataient en même temps qu'ils s'ébrouaient, mais pas de buée. Le cocher au visage de crâne fit claquer le fouet. Les faces des chevaux ressemblaient aussi à des têtes de mort, pâles et anguleuses. Denning voyait les côtes qui sortaient de leurs flancs. Il pouvait apercevoir le symbole peint sur la porte du carrosse qui se tournait légèrement pour se diriger sur lui. Il pouvait entendre le rire de la femme.

Clarissa.

La dernière pensée de Denning fut que Clarissa était vraiment un joli nom. Les dernières choses qu'il entendit furent son rire et le claquement du fouet, et l'épouvantable grognement des chevaux. Et le déclic de l'obturateur alors qu'il pressait l'appareil photo contre lui.

Clarissa fixa avec envie la mare foncée qui grandissait de plus en plus sous le carrosse. Elle se lécha les lèvres, soupira et se retourna pour partir.

Le carrosse s'éloigna lentement à nouveau, retournant à l'endroit où le cocher attendait auparavant. Il avait attendu très longtemps, mais maintenant, l'attente était presque terminée...

Chapitre 1

Professeur Andrew Brinson

AU BRITISH MUSEUM,
CHAMBRES ÉGYPTIENNES

JEUDI, 11 FÉVRIER 1886

UNE MOMIE DE SAQQARAH
SERA DÉBALLÉE
À VINGT HEURES TRENTE.

POUR : *Maître George Archer*

George Archer avait oublié l'invitation. Ce fut au moment où il mit son veston qu'il sentit la carte raide dans sa poche intérieure. Il sortit l'invitation et la relut. La tapotant du bout des doigts, il réfléchit à ses options. C'était la fin d'une longue journée et il avait hâte de rentrer à la maison. Mais maintenant, ses priorités avaient changé.

D'une part, il pourrait s'offrir un changement, une pause, une distraction avant de partir. D'autre part, il s'était vigoureusement disputé avec Eddie à propos de l'invitation. Les deux s'étaient rencontrés l'année précédente, quand le garçon avait volé le portefeuille de George. George hocha la tête alors qu'il se rappelait les ennuis et les dangers qui en avaient résulté.

Une autre conséquence était que même si au début ils s'étaient méfiés l'un de l'autre, ils étaient ensuite devenus amis, et Eddie Hopkins logeait dans la chambre d'amis de la maison dont George avait hérité de son père. Maintenant, George était presque devenu le père de substitution d'Eddie, bien que considérant l'âge, il aurait plutôt été son frère aîné.

Sir William Protheroe avait pris des dispositions pour se procurer les invitations et avait suggéré qu'Eddie vienne aussi. Mais George avait catégoriquement affirmé qu'il ne devrait pas y aller. C'était trop tard pour le garçon qui devait être éveillé et alerte pour l'école le lendemain. Et ce n'était pas le genre d'événement qui convenait à un voleur à la tire et gamin des rues récemment réformé. Eddie avait insisté pour lui dire qu'il se comporterait bien et que ça l'intéressait. George n'était pas convaincu ni de l'un ni de l'autre. Il avait fini par calmer Eddie, un peu, en lui disant qu'il lui raconterait les événements de la soirée le lendemain.

Alors s'il était maintenant retourné à la maison et avait admis qu'il n'avait même pas pris la peine de se rendre au déballage, il aurait eu de sérieux ennuis avec Eddie.

Sans parler de Sir William, qui avait sans doute éprouvé quelques difficultés à obtenir les invitations. L'égyptologie n'était pas le domaine dans lequel il était spécialisé. Il était conservateur au British Museum, mais son département n'avait rien à voir avec l'égyptologie, ou avec un quelconque domaine particulier d'ailleurs. Le département de Sir William, où George était son assistant, n'existait pas officiellement.

En ce moment, George se tenait au milieu d'une énorme zone d'entreposage que peu de gens connaissaient et qui était dissimulée dans les caves du musée. La salle principale était située sous la grande cour et sous la salle de lecture circulaire. Les murs du département constituaient les fondations des principaux bâtiments du musée qui entouraient la cour ; ces murs étaient faits d'une pierre brute non polie. Où il y avait des portes au-dessus, il y en avait au-dessous. Des portes qui menaient à d'autres pièces, dont plusieurs n'avaient pas encore été explorées par George. Mais elles n'étaient pas remplies d'artefacts et de reliques appartenant aux départements mieux connus du musée. Ce n'était pas une zone de transit pour les trésors qui n'avaient pas encore été exposés ou qui étaient en attente d'un espace d'exposition convenable.

Dans ce domaine immense et dans les pièces qui l'entouraient, les caisses, les boîtes, les armoires et les tiroirs étaient remplis d'objets qui, comme le département de Sir William, n'existaient pas officiellement. C'était la mission du Département des artefacts non classés ; c'était son objectif. Il recherchait, entreposait, préservait et cataloguait les articles qui ne cadraient avec aucun des autres départements.

Parfois, c'était parce que l'objet ne correspondait à aucun des critères de catalogage utilisés par les autres départements. Mais le plus souvent, c'était à cause de l'artefact lui-même. Tout ce qui était jugé trop étrange, ou *dangereux*, tout ce qui défiait l'analyse et qui allait à l'encontre de la science ou de la pensée modernes, ou tout ce qui ne pouvait tout simplement pas être compris, était envoyé au département de Sir William.

Quand George s'était associé pour la première fois à Sir William, c'était au moment où il était en train d'enquêter sur un homme décédé dont le squelette semblait être fabriqué d'os de dinosaures...

En pensant à Sir William, George se souvint que son supérieur s'attendait certainement à ce qu'il assistât au déballage. Mais la raison la plus convaincante, George le savait (même s'il osait à peine se l'avouer à lui-même), c'était que Mlle Elizabeth Oldfield serait aussi présente. George avait rencontré Liz pour la première fois lorsqu'elle lui avait rendu son portefeuille : le portefeuille qu'Eddie avait volé. Et avant longtemps, ils s'étaient tous fait prendre — George, Liz, Eddie et Sir William — dans les plans diaboliques d'un fou.

— Êtes-vous prêt pour le divertissement de la soirée, jeune homme?

La voix de Sir William ramena brusquement George au présent. Le vieil homme se tenait debout à côté de lui, sa tignasse de cheveux blancs jaillissant fougueusement de sa tête. Il était en train de polir vigoureusement ses lunettes avec un mouchoir. George remit le carton d'invitation dans sa poche, et ferma le grand cahier de notes où il avait décrit et fait les croquis de plusieurs objets non identifiés se trouvant dans les archives.

— Bien sûr, dit George. J'ai très hâte d'y être.

Alors qu'ils montaient le grand escalier de pierre qui menait aux salles égyptiennes, George se rendit compte que l'invitation représentait un privilège encore plus important que ce qu'il avait imaginé. Le nombre de personnes ne semblait pas déranger Sir William. Les habits sombres des hommes et les robes longues et bijoux coûteux des femmes portaient George à sentir que ses vêtements n'étaient pas appropriés pour l'événement.

Il passa sa main dans l'enchevêtrement de ses cheveux bruns bouclés et tenta de passer inaperçu. Un homme avec une moustache impressionnante le poussa impatiemment en passant, une femme mince comme un bâton avec des traits pincés et anguleux à sa suite. Elle s'arrêta juste assez longtemps pour présenter à George un sourire d'excuses. Ou peut-être était-ce de la sympathie.

— Tout le monde est tellement pressé de nos jours, dit Sir William. Mais il n'est vraiment pas nécessaire de se presser. Brinson ne commencera pas sans moi.

— Est-il un ami ? Un collègue ?

— Vraiment pas, annonça le vieil homme à voix haute. Je ne peux le supporter.

— Alors pourquoi vous attendrait-il ?

Ils avaient atteint le haut de l'escalier, et se trouvaient à l'arrière d'une courte file de gens qui attendaient de passer.

Sir William s'arrêta pour prendre une grande respiration avant de répondre.

— Parce que c'est ma momie qu'il va déballer, dit-il à George. C'est la raison.

Il y avait deux hommes à la porte en train de vérifier les invitations. Sir William montra son invitation froissée et il fit signe à l'un des hommes, se tournant à peine pour regarder. George montra sa propre invitation à l'autre homme à la porte.

— Je vous remercie, monsieur, dit l'homme. Le professeur Brinson commencera très bientôt, je crois.

Normalement, des vitrines étaient disposées au milieu de la grande salle où se trouvait George. Pour cette soirée, elles avaient été déplacées pour faire place à une estrade installée à l'extrémité, et pour que les invités se rassemblent dans la partie principale de la pièce. Comme il était assez grand, George pouvait voir, au-dessus des invités réunis, qu'il y avait un sarcophage sur l'estrade. Il était élevé sur des tréteaux et George vit que la partie supérieure de la boîte dorée en forme de cercueil était sculptée pour représenter une silhouette.

— Impressionnant, dit-il à voix haute.

À côté de lui, Sir William renifla.

— Plutôt insensible, en fait. Mais encore une erreur. Une violation.

— Vous ne pensez pas que Brinson devrait déballer la momie ?

— Je ne sais pas, dit Sir William. Des momies ont déjà été déballées, et par de meilleurs hommes que Brinson, bien que je contesterai toujours la science qui vise à détruire ce que l'on doit préserver. La seule chose que Brinson espère atteindre par l'aspect théâtral de cette soirée, c'est sa propre ambition démesurée.

Sir William se tourna vers George en souriant.

— Mais j'ai dit tout ce que j'avais à dire, pour tout le bien que cela a fait.

— Vous avez dit qu'il s'agissait de votre momie, lui rappela George.

— La momie du département, précisa Sir William. Elle fait partie de la collection presque depuis les débuts, à l'époque où Xavier Hemming l'a créée. Un de nos plus vieux artefacts non classés.

— Et pourquoi n'est-il pas classé ?

Sir William haussa les épaules.

— Aucune idée. Ce n'était peut-être qu'une envie de Hemming d'inclure une momie dans la collection. Qui sait ? Peut-être quelque chose dont il a fait l'acquisition et qu'il n'a jamais transféré dans un autre département. Vous savez, il était un formidable collectionneur. Peut-être devrions-nous essayer d'en trouver une autre quand la soirée sera terminée.

— N'avez-vous pas accordé la permission pour qu'elle soit déballée ? demanda George.

— Mon opinion a été écartée, dit Sir William. Un idiot de la Royal Society.

Il soupira profondément.

— Au moins, j'ai réussi à persuader cet idiot de Brinson de la faire photographier… Ah…

Il s'interrompit.

— Le voilà.

Un sourire hypocrite apparut sur le visage de Sir William alors qu'un gros homme plutôt court se frayait un chemin vers eux à travers les invités. Son visage était rond et rouge, et il essuya son front humide avec un mouchoir sale. Dans son autre main, il tenait un verre de vin rouge.

— Sir William, Dieu merci.

La voix de l'homme était nasale et le stress la rendait presque grinçante.

— Dieu merci, répéta-t-il.

Sir William tendit la main vers le verre de vin.

— Pour moi? Comme c'est gentil, professeur.

Le professeur Brinson se pressa d'éloigner le verre de la portée de Sir William.

— Oh, il y a des rafraîchissements sur la table là-bas.

Il hocha la tête en regardant au loin.

— Avez-vous vu Denning?

— Denning?

— Le photographe. Ce sacré mec ne s'est pas pointé. Vous lui avez parlé après la séance de cet après-midi. A-t-il dit où il allait? Quels étaient ses projets? Quand il serait de retour?

— Il a mentionné quelque chose à propos de la visite d'un pub, dit Sir William.

Sa bouche se crispa légèrement, et George devina qu'il essayait de ne pas sourire.

— Un pub! grinça Brinson.

Son visage sembla rougir encore plus.

— Oh, grands dieux. Il est probablement couché ivre dans un caniveau, ou bien on l'a arrêté pour avoir fait du tapage.

— Je suis sûr qu'il se présentera quand bon lui semblera, dit Sir William. Il semble connaître son métier.

— Oui, eh bien, je l'espère.

Brinson sortit à nouveau son mouchoir.

— Oh, mon Dieu, voilà Sir Harrison Judd, veuillez m'excuser.

Il se fraya un passage jusqu'à un groupe de gens tout près et fonça vers un grand gentilhomme d'allure militaire qui parlait très fort dans une autre partie de la salle.

— Il semble que nous ne soyons pas aussi importants pour le professeur Brinson que le commissaire du Metropolitan Police Service, dit Sir William à George. Peut-être devrions-nous être reconnaissants pour notre chance. Alors maintenant, allons chercher du vin, d'accord ?

Dans la salle, les gens avaient pratiquement cessé de circuler. George et Sir William se servirent chacun un verre de vin rouge et se frayèrent un chemin parmi les invités rassemblés, vers un espace près de l'estrade où ils pourraient bien voir. Mais l'attention de George se concentrait sur la porte, attendant l'arrivée de Liz. Ou peut-être était-elle déjà arrivée. Il regarda autour de lui, dans l'espoir d'apercevoir son amie.

— C'est Lord Ruthven de la Royal Society, dit Sir William en désignant une pâle et maigre silhouette debout avec un groupe tout près. C'est le type qui a insisté pour que je cède la momie. Pourquoi Brinson ne pouvait pas utiliser un personnage moins important de sa propre collection du Département égyptien, je l'ignore.

Il prit une gorgée de vin en regardant avec intérêt autour de lui.

— Si je ne m'abuse, c'est le conseiller spécial du premier ministre, quel est son nom ?

Le front de Sir William se creusa alors qu'il tentait de se souvenir.

— Bradford ? Barford ? Quelque chose de semblable.

Mais George ne l'écoutait pas. Son attention avait été captée par une autre silhouette dans la foule. Une femme. Elle se tenait seule près de la porte, vêtue d'une robe de velours rouge foncé qui semblait coller à son corps, son décolleté plongeant audacieusement. Ses cheveux noirs étaient finement remontés, et pendant un moment, ses yeux sombres croisèrent ceux de George à travers la pièce.

Puis, quelqu'un se déplaça entre eux et il la perdit de vue.

— Qui est-ce ? dit-il à voix haute.

— Quelqu'un d'important, j'en suis convaincu, dit Sir William en jetant un coup d'œil sans intérêt dans la direction où regardait toujours George. Un rassemblement des puissants et des bons. Bien, renifla-t-il, des puissants, du moins.

Intrigué et captivé à la vue de la belle femme, George s'avança doucement vers la porte.

— Je vais voir, dit-il.

Sir William sirota son vin.

— Ne prenez pas trop de temps, avertit-il. Attendez-vous à ce que Brinson renonce à son photographe et qu'il commence bientôt sans lui.

Il y eut un mouvement général vers l'estrade, et George se trouva à pousser contre la marée de gens.

— Excusez-moi, murmura-t-il en entrant en collision avec une grande femme vêtue d'une robe vert pâle.

— Excusez-*moi*, George Archer, dit la femme en attrapant doucement son bras.

George s'arrêta, toutes ses idées de trouver la femme en rouge disparaissant soudainement.

— Liz ?

— Ne me dites pas que vous étiez en train de chercher quelqu'un d'autre ? plaisanta-t-elle.

— Vous êtes magnifique, dit rapidement George, désireux de changer de sujet.

Mais c'était vrai. Elizabeth Oldfield portait une robe vers pâle nettement plus pudique que la robe écarlate qui avait récemment attiré l'attention de George. Mais sa beauté était indéniable, avec son visage animé, ses beaux cheveux, et ses yeux de chat verts.

— J'espère que je n'ai rien manqué, dit-elle. J'ai eu tout le mal du monde à convaincre père que je devais venir. Je crois qu'il pensait que c'était une sorte de spectacle ; vous savez à quel point il ne peut supporter le théâtre.

George le savait en effet. Il savait aussi que Liz avait une opinion très différente sur le sujet. Sa plus grande ambition était de devenir actrice. Mais son vieux père à la santé fragile, le révérend Oldfield, ne pouvait pas être plus opposé au théâtre et à tout le péché, comme il le voyait, qui était relié à la profession d'acteur. Par conséquent, Liz était obligée de se faufiler au théâtre en secret. Elle était membre d'une compagnie de théâtre locale où elle aidait autant que son temps volé le lui permettait. Ce qui était, George le savait, très peu de chose. Mais elle ne s'était jamais plainte de devoir s'occuper du vieil homme. Elle n'avait jamais donné un signe que ce fut une corvée plutôt qu'un devoir auquel elle se consacrait.

Il sourit à cette pensée, et constata que Liz lui souriait.

— Je disais, comment va Eddie ?

Il y avait un peu de censure dans sa voix : elle savait qu'il ne l'avait pas écoutée.

— Désolé. Il va bien, je crois. L'école a été un peu un choc pour le garçon.

— Et j'imagine qu'Eddie a dû être un choc pour l'école.

George se mit à rire.

— J'imagine que oui. Il est un peu plus âgé que la plupart des enfants là-bas. Mais si j'en crois ce que me dit le petit Eddie sur ce qui se passe, il semble qu'il aille bien.

— Peut-être est-il un caractère réformé, suggéra Liz.

George hocha la tête.

— Peut-être.

Toute discussion plus approfondie sur la transformation d'Eddie, d'un pécheur avéré en un possible saint, fut écourtée par une commotion à la porte derrière eux. Il y avait maintenant peu de gens à l'arrière de la pièce étant donné que tout le monde se frayait un chemin vers l'avant pour tenter d'avoir une meilleure vue des événements qui se dérouleraient bientôt sur l'estrade. Donc George et Liz avaient une bonne vue de l'homme qui argumentait haut et fort avec les deux membres du personnel du musée à la porte alors qu'il se débattait pour entrer.

— Je vous dis que j'*ai* une invitation, tempêta l'homme.

Son visage était exsangue de colère.

— Alors peut-être puis-je la voir, monsieur, demanda le plus grand des deux hommes du musée.

— Je l'avais il y a juste un moment, je sais que je l'avais.

L'homme tapotait ses poches. Il était grand et mince avec de beaux traits, des cheveux noirs lissés vers l'arrière, et vêtu d'un costume immaculé qui paraissait décidément cher.

— Savez-vous qui je suis ? demanda-t-il aux hommes qui lui bloquaient le chemin. C'est intolérable.

— Votre invitation, monsieur, dit calmement le second portier. Nul n'est autorisé à entrer sans une invitation du professeur Brinson.

La voix de Liz fut étouffée par l'émerveillement.

— Je sais qui il est, dit-elle à George. Ne voyez-vous pas ? C'est Henry Malvern.

Le nom ne signifiait rien pour George et il hocha la tête. Comme l'homme continuait à discuter, sans effet, une autre silhouette dans un habit beaucoup moins dispendieux se fit un point d'honneur de montrer rapidement sa propre invitation aux portiers et de passer devant. Il avait la tête baissée et George était incapable de voir le visage du jeune homme. Néanmoins, il eut l'impression qu'il y avait quelque chose de très familier chez lui. Il sentit son sang se glacer alors qu'il se rendit compte de qui il s'agissait.

Liz poussa un soupir d'étonnement alors qu'elle en prenait aussi conscience.

— Hé, patron, dit d'une voix forte le nouvel arrivant au plus proche des deux portiers, je crois que ce monsieur a laissé tomber son invitation en haut de l'escalier. Je l'ai vue qui sortait de sa poche.

Il hocha la tête vers Henry Malvern.

— Je ne m'étais pas rendu compte de ce que c'était, mais je suis sûr que c'est ce qui s'est passé. Elle était là.

Il pointa et les trois hommes se retournèrent pour regarder.

Alors qu'ils se retournaient, le jeune homme donna une chiquenaude à l'invitation qui tomba au sol et qui s'immobilisa, sans qu'on remarque quoi que ce soit, juste à l'extérieur de la porte.

— Oh, c'est mon erreur, annonça le jeune garçon. Elle est là, regardez.

Un des portiers ramassa la carte.

— Henry Malvern ?

Malvern arracha la carte.

— En effet.

Il redressa sa veste, jeta tour à tour un regard noir à chacun des portiers, puis s'avança à grands pas dans la salle. Il s'arrêta en passant devant le jeune garçon.

— Merci, dit-il sèchement.

— Heureusement que j'étais là, répondit le garçon.

Mais Malvern avait déjà continué.

— Très chanceux, Eddie, dit George en se déplaçant rapidement pour intercepter le jeune homme.

Il se retourna pour trouver du soutien moral chez Liz. Mais elle regardait Malvern, bouche bée.

— Henry Malvern, dit-elle.

— C'est ce que j'ai compris, dit George, peu impressionné.

— Mais c'est le gestionnaire et le premier rôle masculin du Théâtre du Parthénon.

Liz s'éloigna rapidement.

— Je dois lui parler si je peux y arriver.

Et elle laissa George, qui lançait un regard meurtrier à l'impénitent Eddie.

— Tu es censé être à la maison, dit George les dents serrées. Tu as volé l'invitation de cet homme.

— Ce n'était pas voler, je l'ai rendue, dit Eddie en se faisant un point d'honneur de jeter un coup d'œil sur le verre de vin à moitié vide de George. Y a-t-il quelque chose à manger ?

— Un acteur important et un homme respecté, et tu as pris son invitation pour entrer ici frauduleusement.

— Ouais, d'accord, assez juste, concéda Eddie.

Il hocha la tête vers l'endroit où Liz était debout avec un groupe de gens qui écoutaient Malvern.

— Mais Liz semble beaucoup l'aimer.

Avant que George pût réagir, Eddie lui attrapa le bras et l'entraîna plus loin dans la pièce.

— Regardez, Sir William a réussi à trouver une bonne place, allons le rejoindre là-bas.

George suivit Eddie à travers les invités. Il était toujours en colère, même s'il trouvait qu'il était difficile de faire la distinction entre l'agacement qu'il éprouvait par rapport à Eddie et son irritation devant l'intérêt que Liz portait à Henry Malvern.

Un silence d'attente tomba alors que tout le monde commençait à percevoir que les événements de la soirée allaient bientôt commencer. À travers ce silence, George entendit le rire de Liz et la voix de baryton d'Henry Malvern. Il leur lança un coup d'œil en passant à proximité de leur groupe avec Eddie. Malvern pérorait comme s'il était sur la scène, le pouce accroché dans la poche de son gilet et sa main libre gesticulant avec sérieux. Les gens qui l'entouraient le regardaient, ravis. Surtout les dames.

Surtout Liz. Ses yeux étaient grands ouverts et fixés sur l'homme. Sa bouche s'ouvrait dans un respect mêlé d'admiration. George sentit qu'Eddie tirait sa manche avec impatience, et il avança.

Le professeur Brinson était revenu. Il était accompagné d'une petite femme qui avait environ le même âge, et il avait l'air moins troublé. Son épouse, devina George de la façon dont elle accrochait son bras à celui de Brinson. Elle paraissait très mince à côté de la forme ample de son mari. Sa peau était pâle et délicate, et ses cheveux étaient remontés sur sa tête, châtain clair avec des raies de gris sur les côtés.

— Allons, ne faites pas d'histoires, cher, disait Mme Brinson. Je suis certaine que ça ne dérangera personne s'il n'y a pas de photographie. Ce n'est pas moi que ça dérangera. Vous savez que je ne peux supporter qu'on me prenne en photo.

— Effectivement, convint Sir William.

Il semblait essayer d'étouffer un bâillement. Il aperçut George et Eddie.

— Ah, vous êtes là. Vous avez l'air bien, Eddie.

— Est-ce là que ça va se passer ? demanda Eddie en montrant le sarcophage sur l'estrade en face d'eux.

Il y avait une rangée de chaises disposées derrière le sarcophage, et plusieurs personnes y prirent place. George put voir la silhouette imposante de Sir Harrison Judd qui s'installait sur le siège à côté de Lord Ruthven.

— Oui, oui, dit Brinson en se frottant les mains. Je crois que nous devrions commencer.

— Nous ne pouvons pas voir grand-chose d'ici, se plaignit Eddie. Pourquoi ont-ils une meilleure vue ?

— Vous avez raison, Eddie, acquiesça Sir William. Nous ne verrons rien d'important ici. Si je dois subir l'indignité scientifique de faire déballer ma momie, je crois que je devrais être autorisé à la voir convenablement.

Il suivit Brinson.

— Je vais vous accompagner sur la scène, monsieur.

Brinson s'arrêta.

— Quoi?

— Oh, ne vous inquiétez pas, le rassura Sir William. Je ne vous couperai pas l'herbe sous le pied. Je veux tout simplement voir ce que vous allez faire.

L'épouse de Brinson encourageait le professeur à s'avancer à nouveau vers l'estrade.

— Oh, d'accord, dit-il avec un soupir.

— Excellent.

Sir William frappa dans ses mains, et son regard passa d'Eddie à George.

— Allons-y?

— Je ne suis pas convaincu que le professeur ait compris que nous étions aussi inclus, dit George.

— Mon cher George, il y a beaucoup de choses que le professeur ne comprend pas. Mais je ne peux m'empêcher de penser que c'est son problème, pas le nôtre. Vous venez?

Il n'attendit pas la réponse, mais se hâta de suivre Brinson, qui montait déjà sur la scène de fortune.

À présent, il n'y avait plus suffisamment de chaises sur la scène pour le nombre de gens. Sir William prit la dernière chaise, laissant George et Eddie se tenir à côté de lui. Cela ne semblait pas déranger Eddie, mais George se sentit mal à l'aise et inconfortable alors qu'il regardait par-dessus la masse de gens debout à observer. Il avait l'impression que presque tout le monde le regardait, même s'il savait que ce ne pouvait pas vraiment être le cas.

Juste à l'avant des spectateurs, il y avait la femme à la robe rouge. George était certain qu'elle le regardait plutôt que Brinson. Mais il s'obligea à détourner les yeux et à prêter attention au professeur, qui arrivait maintenant à la fin de sa brève allocution.

— Il semble qu'il se nommait Orabis, dit Brinson. Je crains qu'au-delà de cela, nous ne sachions que peu de choses sur lui. À en juger par le sarcophage sculpté, il était un personnage important.

Brinson s'arrêta pour passer sa main au-dessus des images sculptées du sarcophage, malgré le fait que seuls les gens présents sur la scène en avaient une bonne vue.

— Regardez cette feuille d'or. Très dispendieuse, et pas destinée à être gaspillée sur n'importe qui, vous savez. Il y a aussi beaucoup de détails en argent, ce qu'on m'a affirmé être inhabituel. Peut-être que dans un instant nous en saurons plus sur Orabis.

Brinson s'éloigna du sarcophage.

— Je vais maintenant retirer le couvercle, et nous verrons ce qui se trouve à l'intérieur.

Sir Harrison Judd se porta volontaire pour aider Brinson à soulever le lourd couvercle. L'entreprise semblait difficile, même s'ils étaient deux, et Lord Ruthven se leva pour les aider. Ensemble, ils balancèrent le couvercle du dessus du cercueil et le déposèrent sur le côté de la scène, près de l'endroit où George et Eddie étaient debout. Les yeux peints d'Orabis, Égyptien décédé depuis longtemps, surveillaient George d'aussi près qu'il imaginait que la femme à la robe écarlate l'avait fait.

Brinson se tenait à la tête du sarcophage et regardait la momie. C'était un personnage de forme grossière et d'apparence masculine, enveloppé dans des bandes étroites de lin gris. Les emballages étaient décolorés et tachés par l'âge, effilochés, déchirés, en loques. Les revêtements du visage semblaient avoir sombré dans la forme approximative des traits du mort qu'ils recouvraient. Il y avait des creux ombragés pour les yeux, une bosse pour le nez. Les bandes de tissu sur la bouche étaient déchirées et brisées, comme pour laisser sortir les cris du personnage à l'intérieur.

— Exactement comme nous nous y attendions, dit Brinson à l'auditoire silencieux. Bien qu'il semble y avoir du sable sous le corps, et je crois que la doublure du cercueil est plutôt inhabituelle.

— Sans précédent, dit Sir William assez fort pour que tout le monde l'entendît. Le sarcophage est garni d'argent.

Cet argent semblait faire briller le cercueil d'une lumière réfléchie. George se déplaça légèrement de sorte que le reflet ne frappât pas ses yeux. Il apercevait très clairement les côtés brillants de l'intérieur du cercueil, mais la momie elle-même semblait encore auréolée d'ombres autant que de tissu.

Les dignitaires de la scène étaient penchés en avant sur leurs sièges pour obtenir la meilleure vue possible. Lord Ruthven et Harrison Judd se tenaient à côté de Brinson.

— Il a, je le vois, une chaîne autour du cou. Est-ce de l'argent aussi, diriez-vous ?

— C'en est, dit Lord Ruthven.

Sa voix semblait tendue et nerveuse.

— Et sur la chaîne, il y a un truc, un bijou ou un orne-ment. Une simple boucle qui semble être en or avec une tige. Ce truc est appelé un ânkh, je crois.

Brinson se racla la gorge.

— On déposait parfois des bijoux et des pierres précieuses dans les bandelettes. Nous verrons bientôt si c'était le cas pour notre ami Orabis.

Il prit un couteau d'où il avait été déposé sur l'extrémité de l'un des tréteaux qui soutenait le sarcophage. La lame brilla en captant la lumière et Brinson fit un grand spectacle pour la tenir élevée afin que tout le monde pût la voir.

— Oh, dépêchez-vous, dit calmement Sir William.

— Je suis en train de couper, très soigneusement, à travers les bandelettes extérieures, annonça Brinson en se penchant sur le sarcophage.

George avait une bonne vue sur le couteau alors que celui-ci tranchait à travers les bandelettes en décomposition. Brinson commença aux pieds, coupant une ligne droite entre les jambes jusqu'à la poitrine.

— Nous devons être extrêmement prudents lorsque nous replions ces bandelettes délicates, dit-il. Je suis maintenant sur le point de faire une coupe très soignée sur la tête, et bientôt nous nous pencherons sur le visage ancien d'Orabis. Nous serons les premiers à contempler son visage en quatre mille ans.

Une inspiration collective se fit entendre alors que Brinson se penchait à nouveau sur le cercueil, tendant le couteau pointu.

À côté du professeur, Sir Harrison Judd se racla la gorge.

— Peut-être que je peux aider, dit-il brusquement, en tenant la tête du type pour vous.

Il fit un pas vers l'endroit où Brinson se concentrait sur son travail.

Et alors qu'il s'avançait, Sir Harrison Judd sembla trébucher et faire une embardée sur le côté. Il attrapa le bras de

Brinson, reprit presque son équilibre, puis glissa à nouveau.

Ce n'était pas vraiment un faux pas, pas même un dérangement. Mais de l'endroit où ils se trouvaient, George et Eddie avaient une bonne vue du résultat, même si Eddie devait se tenir sur la pointe des pieds pour regarder dans le sarcophage. Ils virent le couteau frapper de côté et trancher le poignet gauche de Brinson alors qu'il tenait le côté de la tête de la momie.

Brinson cria, d'abord de surprise, puis de peur alors qu'il se rendit compte qu'il saignait. Il lâcha le couteau, qui tomba en claquant dans le cercueil. Serrant son poignet gauche avec sa main droite, il le leva lentement. Le sang jaillissait déjà le long de la coupure. Il courait et fuyait, tombant après le couteau, éclaboussant le visage bandé de la momie.

Les pâles bandelettes étaient maculées de rouge. Des gouttes, puis un filet alors que le sang coulait librement. Sir Harrison Judd tenait le poignet blessé de Brinson entre ses deux mains, le serrant fortement pour arrêter le saignement. Mais cela eut comme conséquence immédiate de faire jaillir le sang. Une cascade qui tomba dans la bouche ouverte de la silhouette bandée.

En voyant le sang, les gens sur la scène se mirent debout, le souffle coupé. Lord Ruthven sortit un mouchoir et l'attacha avec l'aide de Judd en le serrant autour du poignet de Brinson.

Les invités debout dans la salle plus bas regardaient, silencieux. La femme à la robe rouge se lécha les lèvres.

Mais George n'eut pas le temps de se poser de questions. Son attention se fixa une fois de plus sur le sarcophage. Sur le visage taché de rouge du personnage à l'intérieur. Les bandelettes semblèrent se dissoudre. De la vapeur montait des points où le sang avait coulé, dérivant dans une légère brume pour révéler la peau usée et parcheminée en dessous. Un visage craquelé et creusé par l'âge.

Un visage qui bougeait, se tournait, regardant les gens au-dessus.

Ensuite, les bandelettes semblèrent trembler. George poussa un cri d'alarme et d'effroi. Eddie lui attrapa le bras. Sir William se cogna sur sa chaise en reculant d'un pas.

Une main brune décharnée sortit à travers le tissu, s'accrochant au côté du sarcophage. Lentement, presque majestueusement, le personnage ancien s'assit. Les bandelettes se séparèrent alors qu'il se hissait hors du sarcophage. Une femme hurla. Puis une autre. Les gens couraient, criaient.

Parmi eux, Orabis, ancien personnage momifié, décédé depuis longtemps, s'avança lourdement sur la scène et se dirigea vers la porte en chancelant.

Chapitre 2

Eddie fut le premier à se remettre du choc.

— Mince alors, dit-il en saisissant la main de George. Venez, vite, suivons-le.

— Le suivre ? Pourquoi ?

George avait les yeux écarquillés de stupéfaction en voyant la silhouette cauchemardesque disparaître à l'extérieur de la porte arrière de la salle.

Les gens s'agitaient. Le professeur Brinson s'était effondré sur une chaise derrière le sarcophage et, le regard flou, il fixait le vide.

Sir William lui fit un signe de tête d'encouragement.

— C'est préférable de le suivre, comme l'a dit Eddie, dit-il à George.

— Et alors quoi ? demanda George.

Mais Eddie l'entraînait vers le côté de l'estrade qu'ils descendirent ensemble en sautant.

— Qu'est-ce qui se passe ? demanda une femme alors qu'ils passaient devant elle. Bien, *vraiment,* se plaignit-elle alors que ni George ni Eddie ne s'arrêtèrent pour lui répondre.

— C'était un acteur ? demanda un homme avec une barbe garnie. Y aura-t-il du porto plus tard, pensez-vous ? Du fromage, peut-être ?

De nouveau, George et Eddie s'abstinrent de répondre. Se rendre à la porte semblait prendre une éternité. Il n'y avait aucun signe de la momie. Mais George put voir une bande de tissu en lambeaux traînant dans l'escalier : une partie des bandelettes.

— De ce côté, dit-il à Eddie. Je ne sais toujours pas ce que nous ferons quand nous le rattraperons, dit-il à bout de souffle alors qu'ils descendaient en courant le large escalier.

— Lui demander à quoi il joue, dit Eddie. Ce mec avait raison, ce doit être un acteur. Quelqu'un de déguisé. Non ?

— Je suppose que oui, concéda George.

Mais il semblait assez difficile de croire à une plaisanterie. Et si ce n'était pas censé être une blague, alors pourquoi…

Plusieurs invités se tenaient déjà au bas de l'escalier, confus et nerveux, bloquant le chemin du retour vers la grande cour. Eddie se fraya un chemin parmi le groupe et continua à courir.

George s'arrêta.

— Avez-vous vu…

Il s'interrompit.

— Pas important.

Mais l'un des hommes pointa dans la direction qu'Eddie avait déjà prise.

— Merci, dit George. Continue par là ! cria-t-il à Eddie.

Ils prirent un raccourci à travers la cour et entrèrent à nouveau dans le musée. Devant lui, George vit qu'Eddie était arrivé à la porte principale, qui était légèrement entrouverte. Des traînées de brouillard tourbillonnaient autour du cadre et pénétraient dans le musée. George rattrapa Eddie et l'aida à ouvrir complètement les portes. Dehors, la nuit était grise, tachée des vagues lumières de la rue et des immeubles voisins.

Dans la grisaille ambiante devant eux, George pouvait distinguer une silhouette, pâle, sortant en titubant des grilles du musée et vers la rue à l'extérieur.

— Venez! cria Eddie en descendant les marches en trombe.

George était juste derrière lui : ils étaient presque arrivés.

— Nous le tenons!

Le carrosse sembla surgir du brouillard, roulant avec fracas devant George et Eddie et s'approchant de la pâle silhouette qui avançait lentement en chancelant sur le pavé. Une bande de tissu traînait d'une jambe. Le carrosse ralentit et la porte du côté du trottoir s'ouvrit. Noir dans la brume grise. George put à peine distinguer un dessin peint sur la porte : une forme, une figure. Comme l'ornement en or de forme arrondie qui pendait au cou de la momie. Sauf qu'il était écarlate. Une croix avec la barre supérieure remplacée par une boucle. Un ânkh, comme l'avait appelé Brinson.

— Qu'est-ce qu'il est en train de faire? murmura Eddie.

Mais personne ne sortit du carrosse. Au lieu de cela, l'étrange silhouette se retourna et monta à l'intérieur.

— Vite! cria George, se rendant compte qu'ils étaient en train de perdre leur proie.

Mais il était trop tard. La porte se refermait déjà. Un claquement du fouet étouffé par le brouillard éperonna les chevaux pour les faire avancer et le carrosse s'éloigna avec fracas.

George et Eddie continuèrent de courir. Mais la voiture se fondait dans le brouillard. Sa forme devenant difficile à distinguer, puis disparaissant, engloutie par la nuit grise.

— Ça règle le problème, dit Eddie.

Il ralentit pour finir par s'arrêter, la tête baissée et les mains sur les genoux, cherchant à reprendre son souffle.

— Personne ne peut être âgé de milliers d'années et avoir un sacré carrosse qui l'attend.

Ce ne fut que lorsqu'Henry Malvern frappa dans ses mains, éclata de rire et déclara que c'était la pièce de théâtre la plus impressionnante qu'il avait vue depuis longtemps que Liz prit conscience que tout cela devait être un numéro.

Elle regarda autour d'elle pour trouver Sir William, et elle vit qu'il était en pleine conversation avec un grand homme à l'air important. Il n'y avait aucun signe de George ou d'Eddie.

— Effectivement, dit-elle en reprenant son dernier commentaire, à mon avis, même si j'ai beaucoup moins d'expérience que vous dans ce domaine, c'est une pièce de théâtre vraiment impressionnante.

— Vous avez une certaine expérience du théâtre ? dit Malvern. Je suis désolé, je m'excuse, je n'ai pas saisi votre nom ; Mlle...

— Mlle Oldfield.

Elle sentit l'accélération des battements de son cœur sous l'attention.

La bouche de Malvern s'ouvrit légèrement, comme s'il la reconnaissait.

— Bien sûr.

Il hocha la tête.

— Dites-moi, Mlle Oldfield, avez-vous un parent dans les ordres ? Un oncle, peut-être ? Ou…

— Mon père, s'exclama Liz, surprise. Mais il est maintenant à la retraite. Vous le connaissez ?

— Pas vraiment. Il y a quelques années, nos chemins se sont croisés. Je doute qu'il se souvienne de moi.

— Néanmoins, je rappellerai votre souvenir à mon père.

— S'il vous plaît, ne vous donnez pas cette peine, ni à lui d'ailleurs.

Le sourire de Malvern se transforma en un léger froncement de sourcils.

— Nous ne nous sommes rencontrés que brièvement. Lors d'une cérémonie religieuse, il y a quelques années.

Il recommença à sourire.

— Si je me souviens bien, il désapprouvait quelque peu le théâtre.

— Son opinion ne s'est pas adoucie, avoua Liz.

— Mais vous avez mentionné que vous avez un intérêt dans l'art du spectacle. Puis-je considérer que vous ne partagez pas les sentiments de votre père sur le sujet ?

— Effectivement pas.

Se rendant compte qu'elle avait prononcé ces mots avec grandiloquence, elle ajouta rapidement :

— Je respecte son opinion, bien sûr, dit Liz. Mais non, je ne la partage pas. En fait, bien que mon père puisse être quelque peu ennuyé s'il le découvrait, j'aime beaucoup le théâtre et je suis membre d'un petit groupe d'acteurs qui se rencontrent au Théâtre Chistleton.

— Êtes-vous une bonne actrice, Mlle Oldfield ?

Liz fut troublée par l'audace de la question, de même que par le regard profond et sombre de Malvern qui la regardait fixement.

— Mon Dieu, ce n'est pas à moi de le dire. Mais M. Jessop semble croire que j'ai un peu de talent. Je n'ai jamais tenu de rôles de premier plan, mais c'est en partie parce que je dois m'occuper de père et que je ne peux pas toujours garantir ma disponibilité.

Malvern hocha lentement la tête.

— Je crois que vous êtes peut-être trop modeste, Mlle Oldfield. Je me vante d'être un bon juge et je dirais que vous avez indubitablement une présence de scène.

— Vous croyez ?

Malvern rit de son enthousiasme.

— J'en suis convaincu.

Liz prit une profonde inspiration.

— Je vous remercie. Vous ne pouvez pas savoir à quel point j'apprécie votre opinion, tout comme je respecte et j'envie votre propre talent, M. Malvern.

Légèrement dépassée par le ton que prenait la conversation, Liz avait besoin d'air frais, et elle était consciente qu'il devait se faire tard.

— Si vous voulez bien m'excuser, je dois rentrer à la maison pour voir père.

— En effet, j'ai moi-même beaucoup de choses à faire. Nous sommes en train de répéter pour une nouvelle production de *Camille*. La connaissez-vous ?

— De Dumas, répondit automatiquement Liz. Je l'ai effectivement vue. Une pièce de théâtre très triste.

— À propos d'une femme qui est pleine de vie. Et de mort.

Malvern se frotta le menton alors qu'il réfléchissait.

— Il y a quelque chose…

Il hésita, puis il continua.

— Je me demande, Mlle Oldfield, peut-être aimeriez-vous voir une répétition au Parthénon ?

— Il me semble que ce serait très instructif, dit Liz, surprise de l'offre. Et j'aimerais beaucoup.

— Alors, s'il vous plaît, n'hésitez pas à nous rendre visite. Nous répétons tous les soirs cette semaine et la suivante, à partir de dix-huit heures. Et je dois rentrer pour voir comment ils s'en sont tirés sans moi ce soir.

Sans s'en rendre compte, Liz avait permis à Malvern de lui prendre le bras et de l'accompagner vers le haut de l'escalier.

— Puis-je vous trouver un taxi ? demanda Malvern. Ou avez-vous pris d'autres arrangements ?

— Non, dit-elle, la bouche sèche, et elle rougit. Un taxi sera bien. Je vous remercie.

Quand George partait travailler le matin, Eddie se mettait en route pour l'école. Mais, alors que George se rendait toujours au travail, Eddie n'allait pas toujours à l'école.

L'enseignant ne semblait pas se soucier des absences d'Eddie. En fait, de la façon dont Eddie se faisait réprimander et crier après quand il était là, il imaginait que le professeur était aussi heureux qu'Eddie ces jours où il ne faisait pas son apparition.

Eddie estimait qu'il avait fait un effort. Après tout, il était capable de lire (un peu), d'écrire (à peu près) et de faire ses calculs (du moins avec de l'argent). Donc, il ne semblait pas y avoir énormément d'arguments en faveur de sa présence à l'école, autre que de rendre George et Sir William heureux.

Ce fut pourquoi il n'avait dit à aucun d'entre eux qu'il n'y allait que rarement. Ce n'aurait pas été juste pour eux. Mais s'ils avaient su comment Eddie était en train de les aider par cette froide matinée de février, ils auraient été impressionnés, décida-t-il.

Il rencontra les autres à l'arrière de l'hospice. Les enfants de l'hospice qui n'étaient pas trop âgés étaient aussi censés aller à l'école. La plupart d'entre eux le faisaient, mais il y en avait quelques-uns qui évitaient l'école, tout comme Eddie. Il y en avait d'autres qui fuyaient les travaux que M. Pearce avait organisés pour eux dans l'hospice.

Le bâtiment était fabriqué de briques sombres, avec de petites fenêtres cintrées couvertes de barres de fer. S'élevant dans la lumière pâle et froide du matin et se détachant sur le faible soleil, il ressemblait à une forteresse médiévale. De ce que les enfants lui avaient dit, Eddie croyait que c'était à peu près aussi accueillant et confortable qu'une forteresse. Chaque fois qu'il la voyait, il se sentait reconnaissant pour la série d'évènements qui l'avait amené à la maison de George Archer plutôt qu'ici.

Certes, Eddie avait plus en commun avec les enfants de l'hospice qu'avec la plupart des enfants de sa classe à l'école primaire. Appuyé contre le mur arrière du bâtiment, Eddie aurait pu être l'un d'eux. Il y avait Charlie, qui avait environ le même âge qu'Eddie, avec une crinière désordonnée de cheveux couleur sable, et Jack, qui avait cessé d'aller à l'école lorsqu'il s'y était fait intimider. Malgré cela, Jack était toujours souriant, peu importe ce qui se passait. Charlie disait que Jack souriait même quand il se faisait battre par M. Pearce, le maître de l'hospice. Puis, il y avait Mikey, qui ne disait jamais rien et qui, selon la rumeur, était sourd, et Eve, la seule fille. Ses cheveux étaient coupés aussi court que ceux des garçons, ce qu'elle détestait. Elle n'était pas mal, Eve.

En fait, ils étaient tous de bons amis, songea Eddie. Habituellement, il y en avait plus, mais les enfants semblaient disparaître de l'hospice, souvent sans même dire au revoir ou sans même donner d'indice qu'ils allaient partir. Comme le meilleur copain de Charlie, Josh, qui était tout simplement parti un soir. Ou la petite Florence, qui semblait être amie avec Eve ; un matin, elle aussi n'était plus là. Alors qu'il parlait, Eddie regarda ses amis autour de lui, sachant que demain, n'importe lequel d'entre eux pourrait être parti pour tenter sa maigre chance ailleurs...

Mikey était assis, les jambes croisées sur le sol, ramassant des morceaux de gravier et les laissant retomber. Les autres écoutaient attentivement l'histoire d'Eddie. Il venait d'atteindre la partie où la momie s'était échappée du British Museum et s'en allait en titubant dans la nuit brumeuse.

— Alors, cette momie ? Quoi ? Elle est revenue à la vie ? demanda Charlie.

— Tu l'as inventée, marmonna Jack.

— Je ne l'ai pas inventée, assura Eddie. De toute façon, ce que nous supposons, c'est que ce n'était pas du tout une momie. Juste quelqu'un qui faisait semblant.

— Alors qui était-ce ? demanda Eve.

Son ton laissait croire que la conversation ne l'intéressait pas tellement, mais ses yeux brillaient de curiosité.

— Ouais, les policiers l'ont-ils attrapé et enfermé ? demanda Charlie avec enthousiasme.

— Non, parce que nous n'avons pas pu le rattraper. Nous l'avons poursuivi pendant un moment, mais tout avait été planifié, et vous voyez, il y avait un carrosse qui l'attendait. Je pensais que c'était un taxi, mais alors quand la porte s'est ouverte et que la momie est entrée, j'ai vu qu'il y avait ce dessin sur la porte, comme on peut parfois voir un blason sur des portières huppées. Mais c'était seulement une forme. Comme ceci.

Il s'accroupit et dessina dans la poussière sur le sol avec son doigt la forme de l'ânkh gravé sur la portière.

— Je n'ai jamais vu ce truc, dit Charlie.

— Moi non plus, convint Jack.

Même Mikey hochait la tête.

— Tu veux que nous te fassions savoir si nous voyons un carrosse avec ce dessin dessus ? demanda Eve.

— Je veux plus que ça, dit Eddie. Ça pourrait être vraiment important.

— Alors ? demanda Charlie.

— Alors je veux que vous fassiez une recherche, avec n'importe qui d'autre que vous pourrez trouver pour vous aider. Peut-être que nous pouvons trouver ce carrosse et découvrir à qui il appartient. Peut-être que nous pouvons aider à résoudre le mystère de la momie.

Eve renifla.

— Qu'est-ce que ça va nous donner ?

Eddie haussa les épaules.

— Sais pas. Trois pennies. Six peut-être. Ça dépend si nous trouvons le carrosse.

Eve hocha la tête.

— Alors nous ferions mieux de commencer.

— Nous ferions mieux de commencer à courir, dit Charlie d'un ton urgent. Pearce s'en vient.

Alors qu'il parlait, un homme apparut à l'extrémité du bâtiment. C'était un homme grand, avec des épaules larges et un gros ventre de bière. Son visage était tordu en une grimace malfaisante et il soulevait un bâton de bois dans une main costaude. Lorsqu'il aperçut les enfants, son expression se fit encore plus désagréable et il fit claquer le bâton dans la paume de sa main libre.

— Qu'est-ce que vous avez à vous tenir ici ? demanda-t-il.

Sa voix sonnait comme le gravier avec lequel Mikey jouait.

— Faut être à l'école ou au travail, pas flâner.

— Nous fichons le camp, siffla Charlie.

Alors que Pearce s'approchait, ils se mirent à courir aussi vite qu'ils en étaient capables. Mikey avait réagi plus lentement, se levant et se tournant enfin pour suivre ses amis. Mais Pearce s'avança lourdement, saisit le manteau de Mikey et le traîna en arrière. Il leva le gourdin.

— Je t'apprendrai à traîner ici alors que tu devrais être à l'école.

Mais comme il s'apprêtait à faire tomber le bâton sur Mikey qui se recroquevillait, il découvrit qu'on lui serrait le bras par-derrière.

— Prenez quelqu'un de votre taille, dit Eddie au gros homme en s'efforçant d'attraper le bâton.

Ce n'était pas un combat que pouvait gagner Eddie. Pearce pivota et arracha le bâton.

— Cours ! cria Eddie à Mikey.

Que Mikey soit capable d'entendre ou non, il avait compris et il se mit à courir.

Eddie recula alors que Pearce se dirigeait lentement vers lui. Il sentit la brique froide et rugueuse derrière son dos et il sut qu'il était contre le mur.

— Pourquoi devrais-je choisir quelqu'un de ma taille, dit Pearce, quand j'ai réussi à t'avoir ?

— Vous pensez ?

Eddie se déplaçait contre le mur, un centimètre à la fois. Lorsqu'il sentit derrière lui le coin du bâtiment, il tourna sur ses talons.

— Il faudra d'abord que vous m'attrapiez, gros plein de soupe !

En même temps que Pearce lançait un cri de rage qui se répercuta au-delà des bâtiments de briques, Eddie courut à toute vitesse pour rejoindre ses amis.

34

— Je me demandais si je pourrais prendre un peu de votre temps ? demanda Sir William.

George avait passé la matinée à terminer son travail de catalogage de la veille. À l'arrivée de George, Sir William était déjà au travail, assis dans son bureau, feuilletant un gros livre poussiéreux recouvert d'un tissu délavé. Il avait lancé un coup d'œil et un bonjour à George, et ce dernier l'avait laissé en paix.

— Bien sûr, monsieur.

Sans autre commentaire, Sir William se retourna et l'entraîna à travers les archives, passant devant des armoires de spécimens, des étagères et des tables, et à travers une des ouvertures sans porte jusqu'aux pièces au-delà. Pour George, c'était un territoire inexploré. Près d'un tiers de l'immense espace où ils venaient d'entrer était occupé par des caisses et des boîtes remplies d'objets que Sir William ou son prédécesseur avait déjà catalogués et entreposés.

Enfin, ils arrivèrent devant une grande caisse. Elle était ouverte et on avait enlevé tout ce qui se trouvait à l'intérieur, ne laissant que la paille broyée qui avait protégé le contenu.

— Qu'est-ce que c'… commença à demander George.

Mais alors il comprit, à cause de la taille de la caisse et de la forme de la cavité dans l'emballage de paille.

— Le sarcophage…

Sir William hocha la tête.

— … provenait de cette caisse, oui. Lord Ruthven et ses collègues de la Royal Society ont insisté, même si je ne connais aucunement la raison. Ils ont soutenu que la momie était sans importance, et que son absence ne dérangerait personne, alors que ce serait dommage d'avoir à déballer un spécimen de la collection officielle. Il pourrait y avoir des plaintes.

— Faire déballer une momie est une honte en soi, dit George, si jamais il y en avait une avant que ce farceur, qui pût-il être, prenne la place de la momie.

— Vous croyez que c'est une sorte de plaisanterie, alors ?

— Quoi d'autre ?

George se mit à rire.

— Il est peu probable qu'une véritable momie de l'Égypte ancienne se lève pour aller se balader, n'est-ce pas ?

Il hésita, voyant que l'expression de Sir William était aussi sérieuse qu'elle l'était habituellement.

— N'est-ce pas ? demanda-t-il à nouveau, moins certain maintenant.

— Cela semble très improbable, admit Sir William. Et il y avait un carrosse qui attendait le type. J'ai de la difficulté à croire qu'il aurait pu tout organiser alors qu'il se trouvait à l'intérieur d'un sarcophage qui avait lui-même été enterré pendant des milliers d'années, puis cloué dans cette caisse pendant les dernières décennies.

Il tendit le bras à l'intérieur de la caisse et tira sur la paille comme s'il voulait vérifier si la vraie momie était toujours cachée à l'intérieur.

— C'est dommage que le photographe ne soit pas revenu.

— Vous croyez que des photographies du type auraient pu aider à l'identifier ?

— Par un processus de comparaison, peut-être. Vous voyez, quand j'ai ouvert la caisse hier matin, il y avait certainement une vraie momie qui reposait à l'intérieur à ce moment-là.

— Ainsi, toute substitution aurait eu lieu en après-midi.

— En soirée, corrigea Sir William. Dans l'après-midi, j'avais pris des arrangements pour que le photographe, M. Denning, prenne une photographie.

— Avant le déballage ?

— Il semblait raisonnable et prudent de consigner ce qui était sur le point d'être détruit. Maintenant, si on pouvait comparer les photographies qu'a prises Denning avec ce dont nous nous souvenons concernant l'apparence de la momie d'hier soir, nous pourrions détecter quelque chose grâce aux photographies, des changements.

— Si ce Denning se présente.

— Oh, nous allons le retrouver.

Sir William se retourna, la lumière brillant sur ses lunettes rondes.

— Mais ce n'est pas la raison pour laquelle je vous ai emmené ici.

— Alors, pourquoi ?

Sir William se tourna vers une autre caisse qui était à côté de celle qui était ouverte. Cette caisse était aussi fabriquée en bois, vieille et délabrée. Elle était plus petite que la première caisse, et carrée plutôt que rectangulaire : un cube dont les côtés mesuraient environ un mètre vingt-cinq. Du plat de la main, Sir William en tapota le dessus, et il fut récompensé par un nuage de poussière qui flotta dans l'air comme de la fumée.

— Cette caisse est cataloguée dans l'inventaire sous le numéro 57E2.

— Et qu'y a-t-il là-dedans ?

— Je n'en ai aucune idée. Il y a un chiffre dans l'inventaire, ainsi que sur la partie supérieure de la caisse.

Il pointa l'endroit où était inscrit le chiffre.

— Mais ce chiffre est décrit simplement comme « Cercueil ». Mon prédécesseur, le regretté Xavier Hemming, tenait méticuleusement ses dossiers, alors je trouve bizarre qu'il ait entré une description aussi vague.

— Sa contribution à la création de ce département a été essentielle, n'est-ce pas ? rappela George. L'avez-vous déjà rencontré ?

Sir William parut ne pas entendre.

— La caisse avec le sarcophage avait été correctement cataloguée. C'est ainsi que nous l'avons trouvée. Suivant quelques remarques préliminaires sur la façon dont Hemming s'est procuré l'artefact, la description est la suivante, si je me souviens bien : Sarcophage bordé d'argent de l'Égypte ancienne, 2000 av. J.-C. Contient les restes momifiés d'Orabis (voir le document 56E19).

— Et le document explique qui était Orabis ?

Sir William renifla.

— Ce document n'existe pas. Pas dans l'inventaire, et pas sur les tablettes. Pas de tel numéro.

Il se tourna vers la caisse carrée.

— Mais le numéro d'inventaire pour la momie et le sarcophage est 57E1. Peut-être un lien ? Des artefacts associés ?

— Vous croyez que le document manquant pourrait se trouver dans cette caisse ? demanda George. Elle est très grosse.

— Il n'y a qu'une façon de savoir ce qu'il y a dedans, dit Sir William. Peut-être s'agit-il d'un document, peut-être d'un cercueil, peut-être de quelque chose d'autre. Peu importe ce qui se trouve à l'intérieur, cela expliquera peut-être pourquoi le sage et intelligent Xavier Hemming croyait que ce qui semblait être une momie égyptienne parfaitement ordinaire et bien préservée méritait une place dans les archives du Département des artefacts non classés.

— À moins qu'il ait su qu'Orabis allait ressusciter d'entre les morts, dit George avec un sourire.

À nouveau, Sir William le fixa avec sérieux.

— Ne croyez pas que je n'ai pas considéré cette idée, dit-il. Maintenant, je vais attendre ici pendant que vous trouvez quelque chose pour forcer le couvercle de cette caisse.

Il y avait une pince-monseigneur au-dessus de l'une des caisses voisines, et George supposa qu'elle avait été laissée là lors de l'ouverture de la caisse contenant la momie d'Orabis. Il introduisit l'extrémité de la pince-monseigneur sous le couvercle de la caisse carrée en bois et poussa très fort vers le bas à l'autre extrémité. Il pouvait sentir le bois qui se tendait contre les clous. Puis, avec un grincement, plusieurs des clous s'arrachèrent du bois et le couvercle se souleva.

— Beau travail! dit Sir William alors que George faisait le tour du cercueil pour ouvrir l'autre côté.

En peu de temps, le couvercle fut appuyé contre le côté d'une autre caisse, et George et Sir William jetèrent un coup d'œil dans la boîte ouverte. Elle était remplie de paille, mais de toute évidence, il y avait quelque chose à l'intérieur de la paille. George pouvait voir la lueur du métal... de l'or?

— Plusieurs types du Département d'égyptologie m'ont aidé à soulever le sarcophage de sa caisse, dit Sir William. Ce n'était pas idéal parce qu'ils étaient plus qu'un peu intrigués de savoir ce à quoi nous nous adonnons ici. Mais étant donné que nous ne sommes que deux, je crois que nous devons enlever un des côtés, qu'en pensez-vous?

George hocha la tête.

— Je ne suis pas d'accord, annonça une autre voix avant que George pût dire quelque chose. Nous sommes trois.

George faillit laisser tomber la pince-monseigneur alors qu'il se retournait brusquement pour savoir qui avait parlé. Il poussa un soupir de soulagement quand il vit qui c'était. Il aurait dû s'en douter.

— Alors, qu'est-ce qui se passe ici ? demanda Eddie.

Il avait les mains enfoncées profondément dans les poches de son pantalon et il était appuyé contre la caisse vide de la momie. Un brin de paille lui sortait de la bouche alors qu'il en mâchait l'extrémité, comme un fermier de music-hall qui va brusquement entamer une chanson comique.

Sir William était encore en train de passer au crible la paille à l'intérieur de la caisse carrée.

— Néanmoins, dit-il, apparemment peu surpris de l'arrivée d'Eddie, j'ai l'impression qu'enlever un des côtés serait la meilleure solution.

Alors que le côté de la caisse tombait, la paille se répandit sur le plancher. Sir William tendit le bras à l'intérieur jusqu'à ce qu'ils pussent voir ce qui s'y trouvait.

— C'est une autre boîte, dit Eddie, déçu. Je n'ai jamais vu autant de boîtes que vous en avez empilé ici !

George était un peu plus impressionné. La boîte était fabriquée d'un matériau qui ressemblait à de la céramique pâle, presque translucide. La lueur de métal qu'avait vue George faisait partie de la masse des hiéroglyphes d'un or brillant et d'un bleu foncé qui couvraient une grande partie des côtés et le dessus de la boîte. De minuscules images et symboles qui signifiaient peu pour George : des silhouettes, des oiseaux et des formes...

— C'est ancien, n'est-ce pas ? demanda Eddie.

— Très, l'assura Sir William. Maintenant, voyons si nous pouvons enlever le dessus, d'accord ?

Le couvercle était lourd et semblait fabriqué d'une pierre fragile. Sir William le décrivit comme de la « calcite », mais George n'était pas familier avec ce matériau. L'albâtre était ce qui s'en rapprochait le plus dans ce qu'il connaissait.

Ils déposèrent le couvercle sur le sol avec précaution et regardèrent à l'intérieur de la boîte. Elle était divisée en cinq parties : une zone carrée de deux paires de compartiments et, au bout, un compartiment simple dont la taille était le double des autres. Ce grand espace était vide, mais chacun des autres contenait ce qui ressemblait à une statue.

— Un coffre canope, annonça Sir William comme si c'était tout à fait la chose à laquelle ils devaient s'attendre.

Il souleva une des statues.

Elle mesurait environ soixante centimètres de haut, était de forme cylindrique, mais s'élargissait en un sommet qui était vaguement sculpté sous forme d'une tête. Il y avait d'autres hiéroglyphes sur le devant, avec une face de singe peinte au-dessus.

George et Eddie soulevèrent les autres statues et les déposèrent en rangée sur l'étagère d'une bibliothèque à proximité. Elles étaient semblables, mais la tête de chaque personnage était différente.

— Sont-elles seulement décoratives ? demanda George.

— Ce sont des vases canopes, expliqua Sir William. Selon la tradition, ils sont à l'image des fils d'Horus. J'ai oublié leurs noms, mais comme vous pouvez le voir, nous avons un singe, un faucon, un chacal et une figure humaine.

— Des vases ? dit Eddie. Vous voulez dire qu'ils s'ouvrent et qu'il y a des trucs à l'intérieur ?

— Je ne ferais pas cela, avertit Sir William alors qu'Eddie tendait le bras pour toucher la tête de chacal à l'allure de chien du vase canope qui se trouvait le plus près.

— Pourquoi pas ?

— Bien, j'avais raison. Ces vases et celui-ci appartiennent à la momie d'Orabis. En fait, vous pourriez dire qu'ils font partie de la momie. Une partie du processus ancien de momification impliquait le retrait des organes du corps. Ils ont été placés dans ces vases.

La main d'Eddie s'éloigna du vase.

— C'est tout simplement dégoûtant, dit-il en plissant son visage. Quels organes corporels ? demanda-t-il après un moment.

— Le foie, les poumons, l'estomac et les intestins, je pense.

Eddie hocha la tête, ne semblant pas plus heureux.

— C'est *vraiment* dégoûtant.

Sir William regardait à nouveau dans le cercueil. Il se pencha dans le grand compartiment, y touchant.

— On dirait que c'est vide, annonça-t-il.

— Qu'est-ce qui devrait être à l'intérieur ? demanda George.

— Bien, rien. Nous avons les quatre vases canopes. Jusqu'ici, plutôt ordinaire, et tout à fait ce à quoi nous nous attendions. Mais pourquoi avoir un compartiment s'il n'y a rien là-dedans ?

— On a enlevé quelque chose ? demanda Eddie.

— Ou peut-être que le cercueil était un peu trop grand, alors il restait de l'espace après l'avoir divisé pour y déposer les vases, dit George.

Sir William fit tambouriner ses doigts sur la paroi étroite du mur de séparation.

— C'est possible. Peut-être que l'inscription l'explique.

Il s'accroupit devant le cercueil, examinant les hiéroglyphes.

— Alors que veulent dire tous ces symboles ? voulut savoir George.

— Humm ?

Sir William se redressa, se frottant le menton, comme s'il réfléchissait.

— Je crains n'en avoir aucune idée, dit-il enfin. Peut-être que quelqu'un du Département d'égyptologie pourrait nous éclairer. Nous devrions faire une copie.

Eddie siffla.

— Ça va prendre du temps à George pour copier tout cela dans son cahier de notes.

— C'est la raison pour laquelle, dit Sir William, nous devrons faire prendre des photographies. Si ce photographe finit par se montrer un jour.

— Oh oui, dit Eddie. Je savais que j'avais quelque chose à vous dire. Il y a un homme en haut dans votre bureau. J'ai dit que je vous le ferais savoir. De toute façon, il a dit quelque chose à propos de photographies.

— Autre chose ? demanda George, d'un ton sarcastique.

Eddie hocha la tête.

— Meurtre.

Il sourit.

— Photographies et meurtre.

Chapitre 3

Liz ne pouvait quitter la maison avant de s'être assurée que son père fût installé pour la nuit et qu'il dormît. Il était frêle et faible, et il se retirait tôt. Elle espérait donc pouvoir se rendre à la répétition avant qu'elle fût terminée.

Ayant laissé une note à son père lui expliquant qu'elle était sortie et qu'il ne devrait pas s'inquiéter, car elle serait bientôt de retour, Liz se dirigea vers le Théâtre du Parthénon. Son cœur battait la chamade et elle ne se souvenait pas de s'être sentie aussi nerveuse. Elle tenta de se convaincre qu'il valait mieux arriver en retard que de se présenter au théâtre sur le coup de dix-huit heures pour regarder toute la répétition. Bien sûr, elle voulait voir le travail des acteurs, comment Henry Malvern organisait et dirigeait la séance. Mais elle ne voulait pas déranger.

Construit dans les années 1850, le théâtre était grand et imposant. Il dominait la petite rue du West End de Londres où il était situé. Liz n'avait jamais fréquenté ce théâtre, mais elle pouvait imaginer le public qui se répandait sur le trottoir étroit à la fin d'une représentation, parlant de la pièce qu'ils venaient tout juste de voir et de l'expérience qu'ils avaient partagée...

Aucun signe de vie ne provenait de l'intérieur, bien que des affiches annonçassent : « Bientôt : *La Dame aux camélias* », mettant en vedette Henry Malvern et Marie Cuttler. Des affiches encore plus évidentes annonçaient : « Music-hall traditionnel : présentation de fin de soirée. Cette semaine seulement ».

La porte était lourde, mais facile à ouvrir, permettant à Liz d'entrer dans le foyer faiblement éclairé. Elle se tint sur le tapis rouge foncé et regarda autour d'elle. Le décor était magnifique et richement orné, beaucoup plus que le petit Théâtre Chistleton où elle participait à des productions chaque fois qu'elle le pouvait.

Un agent en uniforme se tenait près de la billetterie sur le côté du foyer.

— La présentation de fin de soirée n'a pas lieu avant vingt-deux heures, dit-il brusquement, sa moustache en croc tressautant pendant qu'il parlait. Les portes ouvrent à vingt et une heures trente.

Il renifla et regarda sa montre de poche.

— Ce n'est pas avant deux heures.

— Je suis désolée, dit nerveusement Liz. Mais je ne suis pas là pour la présentation de fin de soirée.

— Les préventes ont lieu à partir de onze heures jusqu'à dix-sept heures, répondit l'homme, regardant toujours sa montre.

— M. Malvern m'a invitée, pour regarder la répétition.

La montre disparut et la moustache se déplaça légèrement pour révéler un grand sourire.

— Donc, vous devez être Mlle Oldfield. Par ici, s'il vous plaît.

Il la conduisit jusqu'à l'auditorium, puis la laissa se débrouiller seule. Elle se trouvait à l'arrière de l'énorme théâtre et la scène semblait à des kilomètres de là. Elle était impressionnée de voir comment elle pouvait entendre clairement Malvern et les autres acteurs alors qu'ils répétaient une scène de la pièce. Liz s'installa dans un siège à la fin du bloc central, environ à mi-chemin de la scène.

La scène se jouait entre deux personnes seulement. Les autres acteurs se tenaient devant la scène ou étaient assis dans la première rangée pendant qu'ils observaient. Malvern leur demandait parfois leur avis sur la clarté de la diction ou sur la mise en place sur la scène. Malgré l'arrêt et le redémarrage constants alors qu'ils peaufinaient leur performance, Liz fut bientôt captivée.

C'était un moment dans la pièce où Marguerite Gautier confiait à son amant Armand Duval qu'elle ne pourrait plus le revoir. Liz connaissait l'intrigue du roman de Dumas, *La Dame aux camélias*. Elle savait que Marguerite était toujours amoureuse d'Armand, mais elle s'était fait convaincre par le père de l'homme qu'il était préférable qu'elle rompe la relation. Marguerite était une courtisane bien connue, personnage fondé sur une femme que Dumas avait lui-même aimée.

Et tout comme l'amoureuse de Dumas, Marguerite était destinée à mourir d'une lente et débilitante consomption. Mais cela ne se produisait pas avant plusieurs scènes encore. L'étincelle de l'amour entre Marguerite et Armand existerait toujours, tragiquement, alors qu'elle mourait...

Malvern jouait bien sûr le rôle d'Armand Duval, alliant la fureur et la déception à sa passion alors que Marguerite le congédiait. Comme Marguerite, Marie Cuttler était froide et distante, mais avec une profondeur d'émotion sous-jacente qui faisait monter les larmes aux yeux de Liz. L'actrice était pâle, mais avec une légère rougeur à ses joues qui renforçait encore plus l'émotion de la scène. En les regardant jouer, Liz était certaine que c'était ce qu'elle voudrait faire. Et dans son for intérieur, elle désespérait de ne jamais pouvoir aspirer à démontrer un talent comparable à ceux qui se jouaient devant elle.

Alors que la scène se terminait, Armand tourna sur ses talons et partit. La porte se referma derrière lui, et Marguerite s'effondra sur le sol, laissant couler les larmes qu'elle n'avait pas été capable de pleurer en présence de l'homme qu'elle aimait. Ensemble, les acteurs devant la scène applaudirent, et Liz se rendit compte qu'elle applaudissait avec eux, riant et pleurant en même temps.

Malvern revint sur la scène en souriant et fit un court salut avant d'aider Marie à se relever. L'actrice s'essuya les yeux avec un mouchoir et sourit pour manifester ses propres remerciements. Liz était émerveillée par la façon dont l'actrice pouvait jouer avec l'intensité des émotions passionnées comme s'il s'agissait d'une lampe à l'huile.

— Je crois que cela suffira pour ce soir, annonça Malvern. Merci à ceux qui sont restés alors qu'ils n'y étaient pas obligés. Je tiens beaucoup à vos commentaires, à votre soutien et à votre appréciation, et j'imagine que c'est aussi le cas de Marie.

— Oh, c'est vrai. Mes collègues sont toujours mes meilleurs critiques, dit Marie.

Tout le monde rit poliment, et la compagnie se dispersa lentement. Quelques acteurs saluèrent Liz d'un signe de tête en passant devant elle, se dirigeant vers l'avant du théâtre. Les autres disparurent dans les coulisses.

Malvern posa doucement sa main sur le bras de Marie.

— Croyez-vous pouvoir m'accorder un peu plus de temps ? demanda-t-il.

— Bien sûr que je le peux. Tout ce que je peux faire pour vous, Henry.

Malvern la conduisit au bout de la scène et l'aida à descendre dans l'auditorium. Puis, il hocha la tête vers l'endroit où Liz était toujours assise.

— Il y a quelqu'un que j'aimerais que vous rencontriez.

Charlie avait regardé les carrosses toute la journée. Il en avait vu des dizaines, mais aucun d'entre eux ne portait sur leurs portes la sorte de motif qu'avait mentionné Eddie. Mais il avait l'impression de s'en rapprocher. Nellie, la fille du portier à Waterloo, lui dit qu'elle croyait avoir vu le carrosse se présenter à la station le jour précédent. Ou peut-être même s'y était-il installé.

— Il y avait du brouillard, admit-elle. Je ne voyais pas trop bien. Juste, genre, la forme du carrosse. Il y avait quelque chose sur la porte, mais le chauffeur s'est mis en rogne quand je me suis approchée.

Elle renifla.

— Je m'attendais à un pourboire, porter un sac ou quelque chose de semblable. Mais il a levé son fouet vers moi, alors j'ai continué mon chemin.

— Où est-il allé ? demanda Charlie.

Elle haussa les épaules.

— Vers Charing Cross, pour autant que je puisse dire.

Il y avait un allumeur de réverbères qui s'appelait Nick à Charing Cross. Il avait environ le même âge que Charlie et il avait l'habitude de fréquenter l'hospice jusqu'à ce qu'un jour, il prenne ses affaires et parte. Charlie le voyait parfois dans la ville. Eh oui, il croyait avoir vu le carrosse avec le motif sur la porte.

— Essaie Albernum Street, dit-il. Tu sais, à l'arrière des clubs huppés et tout ça, vers l'ouest. Je l'ai vu quelques fois, j'en suis certain, quand je remplaçais Josiah Cooper.

Le jeune garçon sourit, montrant des dents cassées.

— Tu ferais mieux de rentrer, sinon Pearce te fera passer un mauvais moment.

— Il ne le saura pas, dit Charlie. Il ne vérifie jamais qui est rentré et qui est dehors.

— Ce John Remick est-il encore là ? demanda Nick.

Lorsque Charlie hocha la tête, le sourire de l'allumeur s'agrandit.

— Il le dira à Pearce ou il te bottera lui-même les fesses.

Charlie avala sa salive. Remick était un gars désagréable qui frappait les plus petits que lui juste pour les entendre glapir. Avec Pearce, le maître de l'hospice, Remick était serviable et poli. Avec tous les autres enfants, il était un violent tyran. C'était sans doute pourquoi Pearce l'aimait. Remick voyait à ce que les enfants soient disciplinés, mieux que Pearce ne pourrait jamais le faire.

Malgré l'angoisse qu'il ressentait à l'idée de rentrer tard et d'encourir le poing de John Remick ou la courroie de maître Pearce, ou les deux, Charlie décida de faire un détour et d'aller marcher sur Albernum Street. C'était à environ un kilomètre de là, alors il lui fallut un peu de temps pour s'y rendre. La soirée froide et humide était lourde de brouillard, et les lampes jetaient de vagues lueurs dans l'air brumeux.

Albernum Street était parallèle à une plus grande rue où étaient situés plusieurs imposantes maisons en rangées et quelques clubs de gentlemen. Charlie ne connaissait pas vraiment le quartier, mais il se souvenait de cette rue, car il s'y était caché d'un policier alors qu'il essayait de gagner sa vie en volant des montres et des portefeuilles. Il n'avait jamais vraiment excellé dans ce domaine et il avait failli se faire prendre plus de fois qu'il ne pouvait se souvenir. Pas comme Eddie, pensa Charlie alors qu'il tournait sur la rue étroite : Eddie pouvait voler n'importe quoi à n'importe qui et il leur fallait une éternité pour s'en rendre compte. Les doigts d'Eddie étaient doux et rapides comme les ailes d'un papillon…

Il y avait un carrosse sur le côté de la rue. À cet endroit, le brouillard était si dense que Charlie faillit foncer sur la voiture. Le profil sombre surgit de la nuit qui commençait à poindre, et il s'écarta rapidement du trottoir. Son cœur battit plus vite alors qu'il regardait dans l'ombre. Il aperçut la poignée de la porte, mais pas de motif. Juste un taxi. Il poussa un soupir de déception et continua à marcher rapidement.

Il y avait un autre carrosse plus loin, dehors, à l'arrière de l'un des clubs. Peut-être que les messieurs se servaient de la sortie arrière s'ils ne voulaient pas qu'on les voie partir. Charlie savait que certains messieurs, et certains clubs, agissaient ainsi. Il regarda à peine le taxi alors qu'il passait devant.

Et il figea à mi-parcours. De la couleur dans le gris du brouillard. Rouge brillant, brûlant dans l'air incolore qui l'entourait. La forme qu'Eddie avait dessinée dans la poussière. Charlie poussa presque un cri de triomphe, et il s'avança d'un pas de plus vers le carrosse, regardant fixement la forme. Aucun doute, c'était le carrosse que voulait Eddie.

— Toi… garçon !

La voix était claire et autoritaire, coupant à travers le brouillard au-dessus.

Le conducteur de la voiture se penchait vers Charlie, le fouet à la main.

Charlie recula, prêt à courir. Mais quelque chose dans la profondeur de la voix sombre de l'homme le fit hésiter, comme si ses pieds ne voulaient pas obéir à sa peur.

— Désolé, balbutia-t-il. Je regardais seulement.

— Qui es-tu ?

Il répondit en dépit de sa peur. Comme si ce n'était pas sa voix.

— Charlie Frankham. De l'hospice Kenton. Je ne voulais pas faire de mal.

Alors que le cocher levait la main qui tenait le fouet, une porte à l'arrière de l'immeuble s'ouvrit. La lumière se déversa à travers le brouillard tourbillonnant, illuminant le visage du cocher pour un moment.

Un visage qui ressemblait à un crâne pâle.

À ce moment même, le charme fut rompu. Charlie retrouva ses jambes. Et se mit à courir.

— Il m'arrive parfois de penser, confiait Marie Cuttler à Liz, que cet homme ne ressent de l'émotion que lorsqu'il est sur scène. Peut-être est-ce la raison pour laquelle il a choisi ce métier.

Elles se retournèrent toutes les deux pour regarder Malvern alors qu'il arpentait la scène, ajustant parfois un meuble ou un ornement dans la chambre de Marguerite Gautier.

— Je le connais à peine, j'en ai bien peur, dit Liz.

— Je le connais à peine moi-même, dit Marie à voix basse. Et nous jouons ensemble ici depuis plus de cinq ans.

Elle sourit.

— Je ne devrais pas le juger trop durement. Il y a plusieurs années, il m'a donné ma première vraie chance sur la scène. Et vous l'avez vu vous-même, il est un acteur accompli.

— Cette scène entre vous deux était incroyable, lui dit Liz.

— Je vous remercie, ma chère.

Venant d'une femme aussi jeune et aussi belle, ces paroles semblaient bizarres. Maintenant que Liz était proche de Marie, elle pouvait voir qu'il y avait une épaisseur de maquillage sur son visage et que ses joues étaient rosies par un fard rouge. Sous ce fard, Marie Cuttler n'était pas aussi jeune qu'elle aurait aimé le paraître. Mais alors, c'était vrai pour plusieurs actrices. L'expérience venait avec le plus grand prix de tous...

— Henry m'a dit que vous avez vous-même un peu d'expérience théâtrale.

— Un peu est exact, répondit Liz, sentant que ses joues se coloraient sans avoir besoin de rouge.

— J'ai de la chance.

— Pourquoi?

— J'ai besoin d'une femme de chambre, dit Marie.

Elle se mit à rire en voyant l'expression de Liz.

— Je ne veux pas dire que j'ai *vraiment* besoin d'une femme de chambre, ma chère. Mais la petite Beryl qui jouait le rôle de la femme de chambre de Marguerite ne s'est pas présentée ce soir. Henry dit qu'il s'est toujours inquiété à son sujet et qu'il ne s'attend pas à la revoir. Il a généralement raison. Il excelle à juger les caractères. Qu'en pensez-vous?

Liz sentit que son visage brûlait maintenant.

— Moi? Mais, si Beryl revient? Que ferons-nous si elle a simplement été malade ou quelque chose de semblable?

— Que ferons-nous si elle ne revient pas? riposta Marie. Ce n'est pas un grand rôle. Pas beaucoup de lignes. Mais beaucoup de temps sur scène avec Marguerite. J'ai besoin de quelqu'un avec qui je m'entends bien, et juste entre nous deux, Beryl était tellement...

Elle s'arrêta et rit.

— Je ne dirai pas ce qu'elle était, mais je suis certaine que vous comprenez l'idée. Ce n'était pas quelqu'un avec qui je pouvais facilement parler. Être une amie.

— Je, bien...

Liz essayait bien de se trouver toute une série d'excuses.

— Mon père, vraiment il ne... Autrement dit, je ne suis pas sûre de pouvoir... ou d'être capable de...

Elle baissa la voix comme si elle manquait de mots, ne disant toujours pas ce qu'elle avait à l'esprit.

— Mais le feriez-vous? demanda Marie. Pour moi? Et pour Henry? En fait, dit-elle en baissant la voix, c'est Henry qui m'a suggéré de vous le demander. Il est vraiment un trésor, n'est-ce pas?

— Je…

Les mots ne venaient toujours pas, et Liz regarda de Marie à Malvern et revint à Marie.

— Voulez-vous? demanda Marie.

— Oui! lâcha-t-elle. Oui, bien sûr.

— Alors nous ferons ce qu'il faut.

Marie leva la main pour empêcher toute protestation.

— Je sais que votre père n'est pas vraiment d'accord. Tout va s'arranger, vous verrez.

Avant que Liz pût protester, Marie porta la main à son front et soupira.

— Ça va?

Marie hocha la tête.

— Je me suis sentie un peu étourdie, juste un moment. Ça va passer. Tant d'émotion dans cette scène.

Sous son maquillage, l'actrice semblait soudainement fragile et lasse.

Le jeune homme était assis patiemment dans la chaise qui se trouvait devant le bureau de Sir William. À côté de la chaise, sur le sol, il y avait une valise abîmée. Lorsqu'Eddie, George et Sir William arrivèrent, il se leva, se frottant les mains nerveusement.

— C'est gentil à vous de me rencontrer, Sir William. Et à une heure aussi tardive.

Sa voix était nasale et doucereuse. Il cessa de se frotter les mains, et passa plutôt l'une d'elles sur ses cheveux noirs, fins et huileux. Sa veste était une taille trop petite et il y avait des points pâles sur le devant comme si quelque chose y avait été éclaboussé.

— Bonsoir, dit Sir William. Comment puis-je vous être utile ? Eddie a dit que vous avez mentionné quelque chose à propos de photographies.

— Et de meurtre, ajouta calmement George.

L'homme se rassit et enfouit son visage entre ses mains pendant un moment. Lorsqu'il leva les yeux, Eddie put voir à quel point il paraissait fatigué.

— Je crains que oui. Mon nom est Gilbert Pennyman, dit l'homme. Je travaille comme apprenti et assistant de M. Denning. Ou plutôt, c'était le cas jusqu'à aujourd'hui.

— M. Bernard Denning, le photographe ? dit Sir William.

Pennyman hocha la tête.

— Le même.

— Alors que s'est-il passé ? demanda Eddie. Il vous a viré ?

George lui lança un regard furieux et Sir William lui fit signe de se taire.

— J'étais au travail tôt ce matin au studio de M. Denning. C'est-à-dire que c'est sa maison, mais il a adapté une pièce particulière comme chambre noire où il peut développer ses photographies. Comme je dois travailler là-bas à l'occasion quand il est absent, j'ai une clé. Nous avions beaucoup de travail cette semaine et j'avais besoin de commencer tôt, alors j'étais là à huit heures. Et c'est moi qui ai découvert le cambriolage.

— Cambriolage ? répéta George.

Sir William se pencha en avant.

— M. Denning n'était pas chez lui ?

À ces mots, Pennyman sembla pâlir.

— Vous voulez dire que vous n'êtes pas au courant ? dit-il. Je pensais, quand ce gentilhomme a parlé de meurtre, je pensais juste…

Il sortit à nouveau son mouchoir.

— Oh, mon Dieu, dit-il dans son mouchoir, la voix étouffée.

Lentement, il baissa le mouchoir.

— M. Denning a été assassiné la nuit dernière. À environ trois rues d'ici.

Il y eut un silence consterné pendant un long moment.

— Assassiné ? chuchota Eddie.

— Il semble qu'il se soit fait renverser par une voiture. La police a dit qu'elle croyait que c'était délibéré d'après la position du corps sur le trottoir. Dans le cas d'un accident, le carrosse se serait certainement arrêté.

— Et sa maison, son studio, a été cambriolée la nuit dernière, dit pensivement Sir William.

Pennyman hocha la tête.

— C'était un beau gâchis. Des photographies ont été retirées de leurs dossiers et éparpillées partout. On en a subtilisé quelques-unes, mais la plupart sont restées là. Je me suis demandé…

Il se pencha pour prendre la mallette à ses pieds.

— Oui ? dit Sir William.

— Je me suis demandé si les voleurs avaient pu chercher celles-ci.

Il sortit une grande enveloppe brune et la tendit à Sir William.

— M. Denning avait son appareil photo avec lui. Il était sous lui et miraculeusement il n'a pas été gravement endommagé. C'est un appareil qui contient un chargeur de plaques sèches à la gélatine, une dizaine en tout. Bien sûr, il avait gardé quelques plaques pour la soirée, mais les photographies que je sais qu'il a prises pour vous dans l'après-midi étaient sur les premières plaques et prêtes à être développées.

— Et vous les avez développées ? demanda Sir William.

Il tendit la main et prit l'enveloppe qu'on lui offrait.

Pennyman fit signe que oui.

— Que montrent-elles ? demanda George.

Pennyman haussa les épaules et cligna des yeux.

— Rien, dit-il. Elles ne montrent… rien.

Sir William fronça les sourcils et tira plusieurs photos de l'intérieur de l'enveloppe.

— Vous voulez dire qu'elles sont vierges ? demanda George. Les plaques ne sont pas exposées correctement ?

Pennyman secoua la tête.

— Elles montrent une boîte vide. Sauf la dernière, regardez.

Il tendit la main et sortit la dernière des photographies.

— Excusez-moi ; permettez-moi de jeter un coup d'œil, dit Eddie en se frayant un chemin devant George et en se penchant sur le bureau pour voir.

La photographie que Pennyman avait choisie était un brouillard de ténèbres. Il y avait une forme à peine visible, carrée et ressemblant à une boîte, avec ce qui semblait être des fourches de bois faisant saillie devant elle.

— La lumière était insuffisante pour prendre une bonne photo, expliqua Pennyman. On dirait qu'elle a été prise à l'extérieur, la nuit. Peut-être par accident. L'obturateur de l'appareil est automatique. Il expose la plaque pendant une fraction de seconde. Pas comme autrefois avec le développement humide où il était nécessaire de garder l'obturateur ouvert.

— Je crois que c'est un carrosse, dit soudainement George.

Il pointa vers la forme sombre et carrée.

— C'est l'avant de la voiture, et voici les brancards pour les cheveux, poursuivit-il, indiquant les fourches de bois.

— C'est peut-être la voiture qui l'a écrasé, s'écria Eddie avec enthousiasme. Une photo prise de son propre meurtrier pendant qu'il était en train de mourir.

— Oui, dit Sir William, bien, s'il y avait des chevaux, je serais d'accord.

— Un carrosse emballé, dit Eddie avec impatience. En train de descendre la colline sans personne pour l'arrêter. Il a roulé directement sur lui... vlan !

Il frappa dans ses mains en guise de démonstration.

— Il n'avait aucune chance de s'en sortir. Non ?

— Il y avait...

Pennyman avala sa salive.

— Des empreintes de sabots.

Il prit la photo des mains de Sir William et la fixa.

— Pas de cocher non plus. C'est un mystère, je le crains. Mais je suppose que ces autres photographies ont été prises pour vous dans l'après-midi, Sir William. J'ai cru qu'elles pourraient être importantes. Bien que vous puissiez voir...

Il laissa flotter le commentaire dans l'air alors que Sir William étalait les photographies sur le buvard.

— Comme c'est extraordinaire ! dit Sir William.

Il paraissait pâle.

Il y avait en tout cinq photographies. Et chacune montrait la même boîte. Eddie la reconnut immédiatement comme étant le cercueil où avait reposé la momie pendant la cérémonie du soir précédent. Le flash qu'avait utilisé le photographe avait reflété comme une lueur sur la doublure argentée du sarcophage. Le sable éparpillé au fond du cercueil ressemblait plus à du sel alors qu'il captait la lumière brillante. Chaque photographie avait été prise sous un angle différent, certaines plus près et d'autres plus loin. L'une d'elles montrait seulement l'extrémité supérieure du sarcophage, où la tête de la momie avait reposé.

George prit l'une des photographies.

— Elles semblent plutôt normales.

— Un peu ennuyeux, dit Eddie. Je veux dire, pourquoi avez-vous pris des photos d'une boîte vide ?

George hocha la tête.

— Je suis enclin à être d'accord, monsieur. Je croyais que vous aviez photographié les restes de la momie et pas seulement le sarcophage.

Sir William enleva ses lunettes et se pinça l'arête du nez entre le pouce et l'index.

— Ce serait plutôt un effort inutile que de photographier le sarcophage vide, dit-il. C'est pourquoi j'ai fait photographier la *momie* par M. Denning. Nous ne l'avons pas sortie du sarcophage. La momie était dans le cercueil lorsque ces photographies ont été prises.

— Alors où est-elle passée ? demanda Eddie. Où est la momie ? Pourquoi n'apparaît-elle pas sur les photos ?

— C'est précisément la question qui me préoccupe, dit Sir William en replaçant ses lunettes.

Chapitre 4

Il ne faisait pas encore jour lorsque Sir William arriva au travail le lendemain matin. Les restes de brume de la nuit précédente tourbillonnaient et dérivaient encore. Avançant allègrement dans le couloir qui menait à son bureau, Sir William réfléchissait sur les événements des jours précédents. Il avait confié à George la tâche d'examiner les photographies du sarcophage pour voir si elles n'auraient pas pu être altérées d'une façon ou d'une autre, mais il soupçonnait que la vérité ne fût pas aussi simple ni aussi banale.

La tête baissée, perdu dans ses pensées, ce ne fut qu'en préparant sa clé pour ouvrir la porte de son bureau qu'il vit que la porte était entrouverte. Prudemment, Sir William poussa doucement la porte. Une grande silhouette se tenait à la fenêtre près du secrétaire. Un homme grand et mince se détachant sur la grisaille de la matinée.

— Le jour se lèvera bientôt, dit l'homme en se retournant.

Son visage était une ombre, mais Sir William avait reconnu la voix cultivée.

— En effet, ce sera le cas, Votre Grâce.

Il se dirigea vers son bureau et fit signe à Lord Ruthven de s'asseoir de l'autre côté.

— Dites-moi, ai-je négligé de verrouiller ma porte hier soir ?

— On m'a donné carte blanche pour aller où je veux dans le musée. Mais s'il vous plaît, pardonnez cette intrusion, Sir William. J'ignorais dans combien de temps vous arriveriez. J'ai bientôt un autre rendez-vous, permettez-moi donc d'aborder directement le sujet de ma visite.

— Allez-y.

Sir William joignit les mains sur son gilet et se pencha en arrière sur sa chaise, regardant fixement son invité surprise.

Lord Ruthven avait passé l'âge mûr, mais il n'était pas encore vieux. Il aurait pu être dans la cinquantaine ou au début de la soixantaine. Il avait les yeux bleus et ses cheveux étaient gris acier. En revanche, sa moustache était presque blanche. Ses pommettes proéminentes et son nez légèrement busqué lui conféraient une allure aristocratique, et il respirait l'assurance. Si quelqu'un d'autre avait fait irruption dans le bureau de Sir William, celui-ci se serait assuré de le faire réprimander. Mais Lord Ruthven méritait le respect. Pas seulement pour qui il était, mais aussi pour ce qu'il était. Le Département des artefacts non classés ne relevait pas des administrateurs du British Museum, mais plutôt d'un comité de surveillance nommé par la Royal Society et choisi dans ses rangs. Lord Ruthven était un membre éminent de ce comité de surveillance.

— Cette malheureuse affaire de l'autre nuit, dit Lord Ruthven.

— La momie déambulant ?

Sir William conservait son ton prosaïque et calme.

— Le farceur déambulant plutôt. Mais quoi qu'il en soit, le Comité estime qu'il est important d'être prudent.

— En quoi ? sourit Sir William. Peut-être que tous les cercueils égyptiens devraient désormais être fermés à clé ?

Les yeux de Lord Ruthven brillèrent d'une lueur éclatante tandis qu'il jetait un coup d'œil vers la fenêtre.

— Ce n'est pas une question qu'il faut traiter à la légère.

— Mes excuses. Mais ma question demeure : pourquoi devrions-nous faire preuve de prudence ?

— Pour le respect de votre département, monsieur, dit Lord Ruthven d'un ton sévère. Comme vous pouvez bien l'imaginer, toute la presse couvre cet incident. Nous ne pouvons pas nous permettre que l'origine de la momie soit connue. Est-ce assez clair pour vous ?

— Nous sommes dans un musée rempli de momies et de reliques, souligna Sir William. Pourquoi la presse, ou qui que ce soit d'autre, d'ailleurs, prendrait-elle sur elle de s'interroger sur la provenance exacte de l'homme en question qui est mort depuis longtemps ?

— Pourquoi, en effet ? Mais les façons de faire et les opinions de Fleet Street sont une loi en soi.

— Nous serons discrets, si c'est ce que vous êtes en train de suggérer. Moi-même et mon assistant sommes les seuls à connaître le fournisseur de la momie. Même Brinson sait seulement qu'elle provenait d'une collection secondaire liée au Département égyptien du musée.

Bien sûr, ce n'était pas exactement vrai. Mais Sir William n'allait pas essayer d'expliquer la présence d'Eddie à Lord Ruthven et il était méfiant à l'idée de mentionner les photographies à quiconque.

— Il va falloir plus que cela, dit Lord Ruthven. Nous, c'est-à-dire le Comité, croyons qu'il serait raisonnable que tous les artefacts connexes soient retirés de votre département. Si nous avons besoin de les produire à une date ultérieure pour une raison quelconque, il faudrait qu'il paraisse qu'ils sont entreposés ailleurs.

Sir William fronça les sourcils.

— Des artefacts connexes?

— Le sarcophage, par exemple.

— J'ai de la difficulté à croire que les journaux soient susceptibles de déboucher dans les caves cachées dont ils ne connaissent pas l'existence pour regarder un sarcophage vide.

— Néanmoins, nous croyons qu'il est préférable que le sarcophage soit gardé ailleurs.

Il y avait une pointe d'impatience dans la voix de Lord Ruthven.

— Et où cela pourrait-il être?

L'impatience devenait de l'agacement.

— Cela ne vous concerne pas, Protheroe.

Sir William se pencha sur le bureau.

— Pardonnez-moi, mais je pense qu'au contraire, cela me concerne.

Lord Ruthven le regarda à nouveau fixement pendant quelques secondes. Puis, il détourna les yeux. Il se leva, ramassant son chapeau et ses gants qui avaient été déposés sur la table d'appoint.

— Très bien, si vous voulez le savoir, et je suppose que ce n'est que juste et convenable, je ferai transférer le sarcophage des salles égyptiennes à mon club.

— Votre club? répéta Sir William, incrédule.

— Où il n'attirera pas une attention non désirée et l'intérêt de colporteurs de nouvelles à sensation. On ne peut pas avoir des gens qui viennent de partout dans Londres pour examiner la chose.

Il se tourna vers la porte.

— Nous sommes au British Museum, monsieur, dit sèchement Sir William. Le but de cet endroit est d'attirer des gens de tout Londres et même d'un peu plus loin, pour examiner les choses.

Lord Ruthven se tourna vers l'entrée.

— Je crois que peut-être, sur cette question, nous devrons convenir que nous différons d'opinion. Mais ne nous querellons pas là-dessus.

Il mit son chapeau et commença à mettre ses gants.

— Très bien, concéda Sir William. Même si je suis sûr qu'elle ne vous est pas nécessaire, vous avez ma permission pour amener le sarcophage en détention préventive. Je ne vois vraiment pas l'idée de retirer quelque chose d'un lieu secret pour le cacher dans un autre. Mais, comme vous le dites, ça ne vaut pas la peine de discuter là-dessus.

— Je vous remercie. Vous savez, poursuivit Ruthven, il y a un poste vacant au club. Cela ne se produit pas souvent, et bien sûr, l'adhésion se fait seulement par nomination. Je me demandais si je pouvais proposer votre candidature.

Sir William cligna des yeux de surprise.

— Pardonnez-moi, de quel club s'agit-il ?

— C'est plus qu'un club, vous savez. Je crois que le titre exact est Société des candidats diaboliques et mystiques. Nous sommes très… exclusifs.

— Et très secrets, dit Sir William. Je suis flatté et honoré, Votre Grâce. Mais je suis assez satisfait de mon propre club, et je n'aurais guère le temps ni l'endurance pour faire partie de deux.

— Le Club Atlantide ?

Lord Ruthven fit un léger sourire, sa moustache tressautant.

— Vous pourriez démissionner.

— Ce cher Julius ne me le pardonnerait jamais. Comme je l'ai dit, je suis reconnaissant de l'honneur, mais je crains de devoir refuser.

Lord Ruthven haussa les épaules.

— Très bien.

Il semblait sur le point de partir, mais il s'arrêta et se retourna.

— Oh, et le cercueil contenant les vases canopes. Il est préférable de s'en occuper aussi, à l'abri des regards indiscrets. Faites-le transporter de la cave, vous voulez bien ? J'enverrai quelqu'un pour le cueillir ce matin.

Sir William fixa la porte fermée pendant quelques instants, le bout de ses doigts tapotant un rythme régulier sur le buvard. Ainsi, le sarcophage et les vases — comment Lord Ruthven avait-il pu être au courant de leur existence ? — devaient être transportés au club de Lord Ruthven. D'une certaine façon, cela semblait étrangement approprié, car Sir William était au courant que la Société des candidats diaboliques et mystiques était mieux connue sous un autre nom.

On l'appelait plus communément le Club Damnation.

Eve était allée travailler, et Eddie ressentit cela comme une trahison mineure. Surtout un samedi. Elle aurait dû chercher le carrosse comme les autres au lieu d'aller tisser des paniers d'osier avec les filles et les femmes plus âgées. Bien qu'en fait, ils se rencontraient simplement comme la fois précédente, et qu'ils ne cherchaient pas. Sauf Eve.

Et Charlie, qui n'était pas revenu. Connaissant Charlie, il devait être avec les gamins chiffonniers des rives : les enfants qui se rendaient sur les rives boueuses de la Tamise à la recherche de tout ce qui aurait pu y échouer. Tout ce qu'ils pouvaient vendre, mettre en gage ou utiliser.

— Il a dit qu'il serait ici, fit remarquer Jack. Il ne te laissera pas tomber, Charlie. Quand il dit quelque chose, il ne plaisante pas. À moins que Pearce lui ait fait nettoyer les cuisines ou quelque chose du genre. Quand il est rentré hier soir, Pearce l'attendait, poursuivit Jack. Il a eu à peine le temps de nous dire quelque chose avant que Pearce arrive et l'arrache pour l'emmener au dortoir. Mais il a dit qu'il serait ici. Il semblait excité.

— Qu'est-ce que c'était ? demanda Eddie.

Il sentait lui-même une pointe d'excitation ; Charlie avait-il trouvé quelque chose ?

— Sais pas, avoua Jack. Il était en train de parler à Mikey, n'est-ce pas, Mikey ?

Il leva la voix et hocha la tête avec véhémence pour que Mikey comprît. Mais l'autre garçon le regarda à nouveau d'un air absent.

— Il faut que nous sachions s'il a trouvé quelque chose, et où il a cherché, décida Eddie.

— Il est peut-être dans les cuisines, dit Jack. Tu veux que j'aille le chercher, Eddie?

Il ne paraissait pas très enthousiaste.

Eddie pouvait imaginer ce qui allait lui arriver s'il se faisait attraper à faire l'école buissonnière.

— Très bien, dit-il. Mais juste un coup d'œil rapide. Si tu penses que tu risques d'être vu, reviens. Je ne veux pas que tu attrapes le côté rugueux de la ceinture de Pearce comme Charlie. Si c'est ce qui lui est arrivé.

Eddie regarda Jack qui filait en faisant le tour du bâtiment inhospitalier.

— Eddie.

La voix était hésitante et nerveuse. Eddie pivota. Mais il n'y avait personne. Personne sauf lui et Mikey; et Mikey ne parlait jamais.

— Eddie.

Un ton ferme et plus confiant cette fois-ci. Il en resta bouche bée.

— Tu peux parler, dit-il à Mikey.

L'autre garçon déplaça ses pieds et détourna les yeux.

— Ne le dis à personne, dit-il. Charlie est au courant. Il est le seul. Mais si je ne peux pas entendre ni parler, bien, ils me laissent tranquille.

— De qui parles-tu?

Eddie était outré. Qui avait tellement fait peur à un enfant au point où il faisait semblant d'être sourd et muet?

— Mon papa. Il y a des années, avant que je vienne ici. Si tu ne peux pas parler, tu ne peux pas répondre. J'avais l'habitude de répondre. Mais alors...

Il haussa les épaules.

— J'ai cessé de le faire. Alors on a cessé de me frapper autant. Ne réponds pas, disait-il. Alors je n'ai plus répondu. Plus jamais.

Il leva des yeux écarquillés et effrayés vers Eddie.

— Ne le dis à personne, répéta-t-il.

— Bien sûr que non, promit Eddie. Mais, pourquoi parler maintenant? Pourquoi me parler à moi?

— À cause de Charlie, dit Mikey. Je ne pense pas qu'il soit dans les cuisines. Je ne pense pas qu'il soit en train de faire des corvées supplémentaires ou quoi que ce soit. Je pense qu'ils l'ont renvoyé.

— Pourquoi?

Mikey regarda autour de lui, comme s'il craignait d'être entendu. Eddie se sentait troublé par la peur du garçon, et il regarda aussi autour de lui. Mais ils étaient tout à fait seuls. Un rayon de lumière du soleil coupa soudainement l'air brumeux du matin et jeta des ombres contre le mur sombre de l'hospice.

— Pourquoi penses-tu qu'ils ont renvoyé Charlie? répéta Eddie. Qu'est-ce qu'il t'a dit hier soir, avant que Pearce vienne le chercher?

Mikey prit une profonde respiration, et sa réponse arriva d'un coup, sans ponctuation.

— Il a dit qu'il avait trouvé le carrosse quelque part à l'ouest. Un allumeur de réverbères de ses connaissances lui a dit où chercher et il y était.

Eddie posa la main sur l'épaule de Mikey. Il sentait que le garçon tremblait sous sa veste élimée.

— Où? A-t-il dit où se trouvait le carrosse?

— Dans une rue latérale. À l'arrière de certains bâti-ments. Des clubs huppés et des trucs semblables. Charlie a dit…

Mikey fit une pause, regardant par-dessus son épaule avant de poursuivre.

— Il a dit qu'il se trouvait à l'arrière du Club Damnation.

Il leur fallut plusieurs voyages. Étant donné que Sir William n'était pas disposé à permettre aux hommes de Lord Ruthven de descendre dans ses archives, George et lui transportèrent le lourd cercueil entre eux. Ils montèrent à grand-peine l'escalier de pierre de la cave qui menait au rez-de-chaussée du British Museum.

Ils laissèrent le grand cercueil rectangulaire dans le bureau de Sir William, où il prenait la plus grande partie de l'espace vide. Puis, ils retournèrent pour chercher les vases canopes.

— J'allais examiner ces photographies ce matin, dit George. Voir si je peux y distinguer quelque chose d'inha-bituel. Je veux dire, par rapport à la façon dont elles ont été développées et imprimées.

— Heureusement que nous avons réussi à faire photo-graphier ce cercueil et les vases par Pennyman hier soir, dit Sir William. Au moins, nous en aurons une trace.

Sir William tapota pensivement son doigt contre son menton.

— Il y a d'autres photographies qui pourraient nous intéresser, dit-il.

Les catalogues du département étaient conservés dans la salle de travail, rangés dans une lourde bibliothèque vitrée. Sur l'épine de chacun des volumes reliés de cuir, il y avait un chiffre écrit à l'encre noire. Le premier de ces livres était un index que Sir William consulta.

— Ah oui. Le volume 17 est listé ici comme *Illustration, peinture, photographie.*

Il replaça l'index, retira le volume 17 du catalogue et le tendit à George.

George ouvrit le livre sur la table de travail afin qu'ils puissent le regarder tous les deux. Il tourna les lourdes pages de parchemin jusqu'à ce qu'il atteignît une section intitulée « Articles photographiques ».

— Lentille de verre poli qui focalise la lumière, comme pour un appareil photo ou une chambre noire, lut-il à voix haute à partir de la première entrée. Découverte parmi les artefacts datant de la Rome antique et montrant des signes d'usinage sophistiqués.

— Fascinant, dit Sir William. Mais ce n'est pas ce qui nous intéresse pour le moment.

Il tourna la page.

— Voilà qui est mieux. Images photographiques…

Il tourna encore quelques pages, faisant glisser son doigt le long des listes de numéros de catalogue.

— Nous avons des photographies d'objets qui ne devraient pas exister, des photos qui ont été prises avant l'invention du procédé photographique. Des croquis d'un certain suaire dans une église d'Italie… Et une section de photographies qui présentent des problèmes apparents sur le plan du détail. Je crois que c'est ici que nous devrions commencer.

Il pointa un code de référence complexe composé de chiffres et de lettres.

Sir William referma le livre et le replaça sur l'étagère avant de se hâter vers l'escalier qui menait à la cave.

— Avez-vous connu le professeur Hemming ? demanda à nouveau George en même temps qu'ils retournaient vers le sous-sol.

— Je suis allé à son enterrement. Je n'ai malheureusement jamais rencontré cet homme, mais il était de toute évidence un génie. Excentrique, mais génial. Le département a été créé à son instigation et la majorité de la première série d'objets, y compris nos momies, provenait de sa propre collection. Ah, nous y voilà.

Sir William s'arrêta devant une bibliothèque poussiéreuse remplie d'enveloppes et de chemises de carton.

Il ne semblait absolument pas y avoir quoi que ce soit de bizarre avec les photographies versées au dossier. Une vingtaine d'entre elles étaient étalées sur le bureau de George pendant qu'il les examinait. Certaines étaient très anciennes et très défraîchies. D'autres semblaient avoir été prises quelques jours avant, quoique si c'était Xavier Hemming qui les y avait déposées, elles devaient avoir au moins dix ans.

George fut reconnaissant de l'arrivée de Pennyman qui apportait les photographies imprimées du cercueil et des vases canopes. Étant donné que l'assistant du photographe savait déjà qu'il y avait quelque chose d'incontestablement bizarre dans les photographies que son ancien employeur avait prises pour Sir William, George ne voyait pas de mal à lui montrer les photos du fichier d'archives.

Pennyman était beaucoup plus sûr de lui qu'il ne l'était la veille au soir. Il était évidemment en train de se remettre de la perte de son employeur et il était heureux de regarder les photographies pour George.

— Bien, un procédé judicieux, elles semblent très bien, dit-il. Mais, oh mon Dieu, qui a pris celles-ci ?

— Est-ce important ? demanda George. Beaucoup de gens, je crois. Y a-t-il un problème ?

Pennyman renifla.

— Je dirais que oui. Je veux dire, je ne suis pas un expert, pas en composition ou ce genre de chose. Mais regardez celle-ci.

Il tendit la main pour prendre une photographie d'un groupe de personnes. Elle avait été prise dans un jardin. Une grande haie formait le fond, et une vingtaine de personnes se trouvaient dans un groupe. Ou plutôt, se tenaient en deux groupes, un espace étroit entre les deux groupes.

— Pourquoi a-t-il fait cela, alors ? demanda Pennyman en tapotant chacun des groupes de personnes à tour de rôle. Ça n'a aucun sens. Ils devraient tous être debout ensemble. Et regardez ici.

Il tira une autre photographie de la pile désordonnée. Celle-ci montrait trois enfants et une grande chaise. Il y avait une jeune fille debout à côté de la chaise et deux jeunes garçons assis sur le sol en face d'elle.

— À quoi sert la chaise ?

— On dirait qu'il manque quelque chose, dit lentement George. Quelque chose ou quelqu'un.

Pennyman laissa à nouveau retomber la photographie sur la pile.

— Je ne sais pas, peut-être pratiquaient-ils des prises. Comme une répétition pour une pièce de théâtre. M. Denning le faisait parfois, pour vérifier l'éclairage et la disposition et tout le reste. Mais généralement pas avec des personnes réelles. Ensuite, lorsque toutes les personnes sont présentes, ils prennent la vraie photographie, sachant que les conditions sont bonnes et favorables.

— Peut-être, dit George, mais il n'était pas convaincu que ce fût la réponse.

— Pour ce qui est du procédé utilisé et s'il y a quelque chose de bizarre à ce sujet…

Pennyman haussa exagérément les épaules.

— Je sais ce qu'il faut faire, mais je ne comprends pas comment ou pourquoi tout cela fonctionne. Il faudrait que vous parliez à un expert. M. Denning l'aurait su. Ou…

Il s'interrompit et fit claquer ses doigts.

— Il faudrait que vous parliez à Nathaniel Blake, dit-il.

La voix de Nathaniel Blake était aussi étirée et craquelée que son vieux visage.

— J'ai travaillé avec lui dans les années quarante, dit-il.

La peau était lâche et ridée, et la chair de son cou ressortait par-dessus le haut de son col. Le peu de cheveux qu'il avait était constitué d'une mèche blanche agitée par le vent froid. Il se blottit plus profondément dans la couverture drapée sur ses épaules.

— Alors vous comprenez le procédé photographique ?
suggéra George.

Lui-même sentait le froid, en dépit de son lourd
manteau.

Les deux étaient assis sur un banc à l'écart du bâtiment
principal. Les jardins étaient bien entretenus, avec plusieurs petits sentiers à travers les pelouses et les parterres
de fleurs. Plusieurs des pensionnaires de la maison pour
personnes retraitées et handicapées se promenaient lentement dans la cour. Un vieil homme passa devant le banc en
se traînant les pieds tandis qu'une infirmière lui tenait le
coude.

— Votre petit-fils, Nathaniel ? demanda le vieil homme
d'une voix rauque.

Blake ne répondit pas.

— Il travaillait sur son livre, dit-il à George. *The Pencil of
Nature*. C'était ainsi que Fox Talbot voyait la photographie.
Tout le monde l'appelait Fox. Il détestait cela. William Henry
Fox Talbot.

Blake s'interrompit pour laisser libre cours à une canon-
nade de toux rauque.

— Oui, je comprends le procédé argentique. Je l'ai aidé
à le perfectionner. Il le voyait comme un outil, un mécanisme. Pas comme un art. Pas comme ces garçons préten-
cieux qui photographient n'importe quoi. Vous devez
reculer à l'époque où il y avait ces longues durées d'exposition. Plus besoin maintenant. Vous pouvez attraper le
naturel dans le geste. Alors pourquoi ne le font-ils pas ?
Hein ?

— Bien, euh, tout à fait, dit George.

— Exactement.

Blake hocha la tête.

— Exactement. Quel est votre nom déjà ?

— Archer, monsieur. George Archer.

— Sir George Archer ?

Blake semblait impressionné.

— Euh, non. Tout simplement monsieur.

— Oh, dit Blake, déçu. Ça ne fait rien. Peut-être un jour... Au fait, que voulez-vous ?

— Je me demandais si vous voudriez bien regarder quelques photographies pour moi, dit George. Il y a peut-être quelque chose d'étrange dans la façon dont elles ont été créées. Le procédé.

Blake grogna et ajusta sa couverture.

— Je suppose que je pourrais le faire, murmura-t-il. Vous avez dit que vous êtes du British Museum, ajouta-t-il avec l'ombre d'un soupçon dans sa voix.

— Exactement. Je crains que les photographies doivent rester au musée, mais peut-être que vous pourriez venir les voir là-bas. Je peux envoyer une voiture, ajouta-t-il, espérant que ce soit possible. Demain ?

— Une sortie, hein ?

Blake semblait intéressé.

— British Museum. Comme c'est formidable.

Il hocha lentement la tête.

— À condition que cette harpie de Mme Eggerton me permette de m'évader pour une journée.

— Je suis convaincu que tout ira bien, dit George, même s'il n'avait pas très envie de parler avec Mme Eggerton.

La grande femme sévère qui dirigeait la maison l'avait rencontré à la porte, et avant de lui permettre de voir Blake, elle l'avait soumis à un questionnement intense.

— La chose la plus étrange que j'ai vue, dit Blake, pour ce qui est de photographie bizarre…

Sa voix baissa et il regarda fixement de l'autre côté du terrain.

— Oui ? demanda George.

— J'ai vu des doubles expositions, où l'on obtient deux images mêlées ensemble. Des plaques embuées où il y a eu entrée de lumière. Même la photographie d'une séance où il y avait des esprits au-dessus du médium, quoique je soupçonne qu'on ait truqué le traitement. Il y a toujours une explication, une explication technique. Mais le plus étrange, c'était quand j'étais avec Talbot, pendant toutes ces années. Quand il était en train de perfectionner le procédé, cherchant à utiliser l'argent pour prendre ses premières photographies.

— Et de quoi s'agissait-il ?

Blake semblait perdu dans ses souvenirs, et George dut lui poser la question à nouveau pour l'inciter à continuer.

— Il y avait un homme. Il avait fait tout ce chemin vers Lacock un soir pour nous voir. De Londres. En fait, pour voir Talbot. Lui avait offert de l'argent.

Blake se mit à rire, mais sa gaieté se transforma en toux et il lui fallut un certain temps pour se remettre.

— Il a essayé de convaincre Talbot d'abandonner. Lui disant que le procédé ne fonctionnerait jamais, même si nous pouvions lui prouver le contraire. Ensuite, il a offert de l'argent à Talbot. Beaucoup d'argent. Juste pour qu'il arrête, qu'il fasse autre chose, pour qu'il abandonne son travail. Assez bizarre.

— En effet, convint George, se demandant si l'homme était tout simplement en train de divaguer.

— Mais Talbot ne voulait rien savoir. Entêté ce Fox. Il a dit qu'il le prouverait aux gentilshommes, et il *était* un gentilhomme. Très haut placé, je m'en souviens bien. Fox a dit qu'il allait lui montrer que ça fonctionnait ; et il m'a fait installer un appareil photo dans la pièce à côté. Il y avait une porte attenante, et il l'a entrouverte. Juste assez pour que je pointe l'appareil sans me faire voir. Et cet homme était assis dans un fauteuil près de la fenêtre, tandis que Talbot a dit qu'il devait sortir pour une minute et lui a demandé d'attendre. C'est alors que je l'ai prise. J'ai pris la photographie avec cet homme assis aussi clair comme le jour, beau et immobile dans la chaise près de la lampe la plus brillante. Fox devait la lui envoyer par la poste par la suite, juste pour attirer son attention.

— Et il a réussi ? demanda George.

Les yeux larmoyants de Blake s'élargirent légèrement et la peau flasque de son cou frissonna.

— Réussi quoi ?

— À envoyer la photographie.

— Non, dit Blake. Et vous savez pourquoi ? Parce que quand j'ai développé cette photographie, et quand je l'ai imprimée, elle montrait la lampe et la chaise, aussi claires que le jour. Mais l'homme, l'homme qui voulait que Talbot arrête de travailler…

Blake frissonna, peut-être à cause du froid. Il tira sa couverture et la serra autour de lui.

— L'homme, poursuivit-il, n'était pas là. La chaise était vide. C'était moi qui avais pris la photo, je savais que je l'avais fait. Mais il n'apparaissait tout simplement pas sur la photographie. Comme s'il était invisible pour l'appareil photo. La chose la plus bizarre que j'ai vue de toute ma vie, dit-il. Ou que je n'ai jamais vue. Le British Museum, ajouta-t-il, hochant la tête. Oui, j'aimerais beaucoup.

Mais George n'entendit guère.

Chapitre 5

La matinée était aussi froide et sombre que leur humeur. Eve était pâle, et Mikey ne regardait aucun d'entre eux. Pour une fois, Jack ne rigolait pas. De fait, il ne souriait même pas, ce qui sembla à Eddie l'expression de douleur la plus poignante.

— Quelqu'un a-t-il raconté ce qui s'était passé ? demanda Eddie.

— On vient tout juste de le trouver, dit Eve. Près de la rivière. On croit qu'il y est tombé.

— Gamin des berges un jour, gamin des berges toujours, dit Jack. On n'a pas voulu que nous le voyions. Le pauvre Charlie était étendu, mort, et ils n'ont permis à aucun de ses amis d'aller le voir.

— Alors, qu'est-ce qui s'est passé, il s'est noyé ? demanda Eddie.

Cela semblait si irréel. Il se souvenait d'avoir ri et plaisanté avec Charlie rien que l'autre jour. Il se souvenait du sourire espiègle du garçon et de la crinière de cheveux emmêlés couleur de sable. Charlie avait environ le même âge qu'Eddie, ce qui rendait la chose tellement plus injuste.

— Connie a dit qu'ils ne savent pas comment c'est arrivé, poursuivit Eve. Elle était là quand les policiers l'ont trouvé sur la rive. Elle a expliqué qu'on aurait dit qu'il était en train de dormir ou de se reposer. Mais il était pâle, tellement pâle.

Eve ravala ses larmes et cligna des yeux. Elle fixait ses pieds pendant qu'elle parlait.

— Connie a raconté que l'homme qui accompagnait les policiers, celui qu'ils ont emmené voir Charlie, a dit qu'il était mort depuis la nuit, peut-être même depuis plus longtemps. Et y'a autre chose aussi, mais je pense que c'est une invention de Connie.

— Quoi? demanda Eddie. Qu'est-ce qu'elle a dit?

Eve leva les yeux, et maintenant, elle pleurait vraiment. Elle essuya son visage avec le dos de sa main, répandant les larmes.

— Connie a dit que le corps de Charlie avait été vidé de son sang.

Il y eut un moment de silence, puis Jack se mit à rire. Ce n'était pas le genre de rire qui voulait dire qu'il croyait que c'était drôle. C'était un rire nerveux et incrédule.

— Connie a écouté ces histoires, dit-il. Elle a rôdé au Dog and Whistle encore une fois et elle a écouté les propos des buveurs de gin et les commérages. Tout le monde en parle.

— De quoi? demanda Eddie. Première fois que j'en entends parler.

— Des corps sans sang, leur dit Jack. Il y a un type au marché qui jure que c'est Jack Talons-à-Ressort qui est de retour pour se venger.

— J'ai entendu dire qu'il y a eu un fléau apporté par un navire en provenance de la Chine, dit Eve. Mais ce n'est pas important, poursuivit-elle avec impatience. Juste des commérages, probablement.

Elle hocha la tête.

— C'est le temps d'y aller.

— Aller où?

— À l'église, dit Eve. Nous y allons tous. C'est dimanche. Nous allons prier pour l'âme de Charlie. Et toi aussi, tu devrais le faire, Eddie Hopkins.

— Et qu'est-ce que vous pensez que vous faites à vous cacher ici quand c'est le temps d'aller à l'église? demanda une voix.

Eddie se retourna pour trouver un autre garçon appuyé sur le coin du mur à quelques mètres du groupe. Il était grand et maigre, plus âgé qu'Eddie de quelques années. Un ricanement de mépris était plâtré sur son visage.

— M. Pearce ne sera pas trop content si vous êtes en retard, dit-il. Vous pouvez compter qu'il va vous donner une bonne leçon.

Il se détacha du mur et se dirigea vers eux.

— Je pense que c'est moi qui vous donnerai une leçon en premier.

Jack traînait nerveusement les pieds. Mikey battit en retraite, visiblement apeuré. Seule Eve semblait imperturbable; Eve et Eddie.

— Va te faire voir, John Remick, dit Eve. De toute façon, nous partions pour y aller.

Peut-être parce qu'il ne semblait pas du tout effrayé, Remick lança un coup d'œil meurtrier à Eddie.

— Et qui es-tu?

— Qui veut le savoir?

— Nous ne voulons pas de problèmes, assura Jack à Remick alors que le jeune homme avançait d'un pas vers Eddie. Justement, nous y allions.

— Vous feriez mieux, sinon je trouverai une utilisation pour ma ceinture que vous n'aimerez pas.

Il leva la main.

— Allez, fichez le camp.

Il donna une claque sur les oreilles de Jack.

— Tu veux te servir de ta ceinture? dit Eddie, d'un ton de défi. Je vais t'en donner la chance. Sors ta ceinture!

Les yeux de Remick étaient flamboyants alors qu'il s'avançait lentement vers Eddie. Eddie tint bon, ses mains transformées en poings serrés sur les côtés.

— Eddie! avertit Eve.

— Tout va bien, l'assura Eddie alors qu'il faisait face à Remick. Allez tous à l'église. Priez pour Charlie. Et priez aussi pour ce rustre.

Remick se lança sur Eddie. Mais Eddie n'était plus là. Il fit adroitement un pas de côté et les poings du plus grand garçon matraquèrent l'air.

Pendant qu'il se déplaçait, la main d'Eddie frôla Remick. Légèrement, juste un peu. Juste assez.

— Qu'avons-nous ici? demanda Eddie alors qu'il soulevait les trucs qu'il avait si facilement et si élégamment enlevés de la poche de Remick.

— Comment as-tu fait… Rends-moi ça !

— Ooh, regardez, un mouchoir.

Eddie agita le mouchoir sale.

— Un peu morveux, mais c'est tout un pif que tu as là.

Il lança le mouchoir à Remick alors que le garçon avançait.

— Quoi d'autre ? demanda Eddie, évitant un autre coup de poing.

Avec le mouchoir, Eddie avait sorti un morceau de papier à demi effacé.

— Qu'est-ce que c'est ?

— Redonne-moi ça.

Remick voulut l'arracher… et le manqua.

— Allez, allez, on y va mollo, mon pote, réprimanda Eddie.

Il déplia le papier.

Et Remick se jeta sur Eddie avec un cri de rage, saisissant désespérément le papier.

Eddie le tint à l'écart des doigts crispés et essaya de repousser Remick.

— Calme-toi, cria-t-il par-dessus les cris de colère de Remick. C'est juste une lettre.

Il réussit à y jeter un coup d'œil avant que Remick réussît à la lui arracher. Il n'avait vu que quelques mots, une signature. Mais c'était suffisant. Il y avait un mot qu'Eddie pouvait lire facilement.

— Ta maman te manque, hein ? demanda Eddie. Tu gardes sa lettre dans ta poche tout le temps ?

Remick le regarda fixement, les lèvres frémissantes.

— Tu…

Il semblait avoir de la difficulté à parler.

— Tais-toi.

— Tu penses qu'elle serait fière de toi ? dit Eddie à voix basse. Fière de la façon dont tu bats les petits enfants ? Et quand tu les frappes avec ta ceinture, tu crois qu'elle est fière de toi ?

— Il est temps d'aller à l'église.

La voix de Remick tremblait, en même temps que ses mains serrées sur ses côtés.

— Fichez le camp, vous tous.

— Nous nous verrons plus tard, Eddie, dit tranquillement Jack.

Mikey était déjà en marche. Pendant un moment, Eve regarda Remick d'un air furieux, puis elle suivit les autres.

Remick fixait toujours Eddie.

— Si je te vois encore par ici… Si je te vois *n'importe où* encore une fois, dit-il, je vais te tuer.

Et il y avait quelque chose dans la façon dont il avait prononcé ces mots, quelque chose d'intense dans les yeux de John Remick qui fit frissonner Eddie.

Sir William avait patiemment écouté Eddie décrire brièvement la disparition de Charlie, qu'on avait fini par retrouver mort.

Ils étaient maintenant dans la salle de travail à la fin du dernier couloir qui menait aux bureaux de Sir William et de George. La pièce était bordée d'armoires et de placards, et dominée par une lourde table de bois. Eddie n'avait pas été surpris de trouver Sir William au travail, même si c'était dimanche. Il savait que George montrait des photographies à un vieux mec dans son propre bureau à une courte distance de là.

Sir William fit une pause pour plonger ce qui semblait être un morceau de verre sale dans ce qui paraissait être un bol d'eau. L'eau commença à faire de la vapeur et à bouillonner, et Sir William regardait avec attention.

— Pendant un certain temps, c'était un gamin des rives, dit Eddie. Il descendait dans l'eau jusqu'à ses genoux pour sortir des morceaux de charbon du fleuve, c'était ce que faisait Charlie. Des chiffons, des éclats de métal, des tessons de métal, des clous de cuivre aussi, s'ils étaient en train de réparer un gros navire près des quais.

Sir William souleva le morceau de verre qui n'était pas du verre de l'eau qui n'était pas de l'eau. Le liquide cessa immédiatement de faire de la vapeur et de bouillonner. Il déposa soigneusement le fragment de verre et se retourna pour regarder directement Eddie.

— Oh, Eddie, dit-il. Je crains que la mort ne fasse partie de la vie. En particulier pour les jeunes et les personnes vulnérables. La fièvre, la pauvreté, la violence, la malchance. Quelle que soit la cause, c'est triste, mais ça arrive.

Il tendit le bras et posa la main sur l'épaule d'Eddie.

— Et je suis désolé pour celui que vous avez perdu, je le suis vraiment.

Eddie se défit de la prise de Sir William.

— Ce n'était pas la fièvre, ou la peste, ou rien de tout cela, protesta-t-il.

Il commençait tout juste à se rendre compte de ce qui était arrivé.

— C'est ma faute. Je lui ai demandé de trouver ce carrosse et il l'a fait. Et puis, on l'a retrouvé au bord du fleuve, avec le sang drainé hors de lui, comme tous les autres.

Sir William hochait la tête avec tristesse. Mais alors qu'Eddie finissait de parler, le vieil homme s'immobilisa soudainement et devint attentif.

— Qu'avez-vous dit ? demanda-t-il.

— J'ai dit que c'était ma faute.

— Non, non, non. Vidé de son sang ? Comme tous les autres ?

— C'est ce que j'ai dit. Mais ça ne vous intéresse pas, pas Charlie. Pour vous, c'est juste un autre enfant pauvre qui meurt par manque de chance, n'est-ce pas ?

Sir William fixait intensément Eddie.

— C'est peut-être très important, dit-il avec gravité. Dites-moi ce que vous savez, depuis le début.

Des corps mystérieusement vidés de leur sang, c'était exactement le genre de truc sur quoi Sir William Protheroe croyait que son département devrait enquêter. Mais les ouï-dire et les ragots transmis par le jeune Eddie n'étaient pas exactement des preuves fiables et découlaient probablement de rumeurs sans fondements.

Néanmoins, Sir William écrivit un petit mot au sergent de service à Scotland Yard et il demanda à Eddie d'aller le livrer. Eddie était peu impressionné jusqu'à ce qu'il soit influencé par la promesse d'un demi-penny.

Sir William ne s'attendait pas à recevoir des nouvelles avant plusieurs jours, voire une semaine, puis, probablement, une réponse par la poste de troisième classe niant toute connaissance de tels incidents. Alors, lorsque le commissaire du Metropolitain Police se pointa le soir même pour dire à Sir William qu'il n'y avait pas une once de vérité dans ces histoires, il devint beaucoup plus intéressé.

— Alors, pardonnez-moi, Sir Harrison, mais vous avez fait tout ce chemin, et un dimanche, rien de moins, pour me dire en personne que ces rumeurs ne valaient pas que je perde mon temps?

Sir Harrison Judd plissa les yeux.

— Récemment, il y a eu certains décès inexpliqués, admit-il. Mais pas plus que d'habitude.

— Et certains de ces infortunés ont été vidés de leur sang?

— Quand c'est causé par un assassinat, on s'attend toujours à une perte de sang.

— Pas quand c'est un empoisonnement, souligna Sir William. Mais les meurtres ont été commis avec un couteau?

— C'est encore à déterminer.

— Et de combien de meurtres pas du tout inhabituels impliquant la perte de sang sommes-nous en train de discuter, Sir Harrison?

— *Je* ne suis pas du tout en train d'en discuter, répondit sèchement le commissaire. Si nous avons besoin de vos méthodes peu orthodoxes, Sir William, et seulement à ce moment-là, nous vous le demanderons.

Sir William sourit.

— Et bien sûr, ce sera un plaisir pour moi de vous rendre service. Quand le temps sera venu.

Il se leva et tendit le bras par-dessus son bureau pour serrer la main de Sir Harrison.

— Je vous remercie d'avoir pris le temps de venir de si loin pour ne pas me demander mon aide.

— Oui, eh bien, ce n'était pas la seule raison, admit Sir Harrison.

— Oh ?

— Je suis également venu pour voir un membre de votre personnel. M. George Archer.

Ce fut une surprise.

— Vraiment ? Et puis-je vous demander pourquoi ?

— Je voudrais qu'il identifie un corps. Quelqu'un qu'il connaît, ou plutôt qu'il connaissait très bien, à ce que je peux comprendre.

George pâlit visiblement lorsqu'on lui demanda de se rendre à la morgue. Sir Harrison n'avait pas donné plus de détails, et Sir William lui dit de prendre autant de temps qu'il lui faudrait ; il ne s'attendait certainement pas à ce que George revînt au musée aujourd'hui.

— Je m'occuperai de M. Blake et je m'assurerai de le ramener à la redoutable Mme Eggerton, assura-t-il George. Maintenant, allez-y. Et je prie pour que cet épisode ne soit pas trop traumatisant.

Le vieux Nathaniel Blake était coincé inconfortablement dans la chaise de bureau de George, une couverture sur les épaules en guise de châle, examinant les photographies provenant des archives à l'aide d'une loupe. Il semblait heureux qu'on l'ait laissé à son travail, avouant que jusqu'ici, il n'avait rien trouvé de louche dans aucune des photographies.

— Faites-le-moi savoir immédiatement si vous trouvez quoi que ce soit, dit Sir William.

— Aucune idée, ces jeunes effrontés, répondit la voix rauque de Blake. Aucune idée sur la composition. Aussi mauvais que Fox Talbot lui-même. Ils auraient tout aussi bien pu photographier une fenêtre.

Sir William retourna dans son bureau, laissant la porte donnant sur la pièce de George ouverte pour pouvoir facilement jeter un coup d'œil dans le couloir et s'assurer que Blake allait bien.

— Pas de paix pour les mécréants, semble-t-il, dit-il à la grande silhouette qui l'attendait.

— En effet, non, répondit Lord Ruthven. Pardonnez-moi, mais je ne vais pas vous déranger longtemps.

— Vos hommes sont venus chercher le coffre canope, l'assura Sir William. Comme vous pouvez le voir.

Il décrivit les égratignures sur le plancher avec le bout de sa chaussure, celles que les hommes avaient causées en malmenant maladroitement le lourd cercueil.

— Effectivement. On m'a dit qu'il est maintenant sain et sauf au club, de même que le sarcophage. Et quatre des vases canopes.

— Alors j'espère que vous êtes satisfait.

Sir William ouvrit la porte, mais Lord Ruthven ne fit aucun effort pour partir.

— Je le serai, dit-il. Dès que j'aurai le cinquième vase.

Sir William fronça les sourcils.

— Le *cinquième* vase ? Il n'y a pas de cinquième vase.

— Oh, je vous assure qu'il y en a un.

— Non.

Sir William secoua la tête.

— J'ai moi-même ouvert le cercueil. Quatre vases seulement. Comme d'habitude, je suppose.

— Mais il y a un cinquième compartiment dans le coffre.

Sir William plissa les yeux.

— Le coffre que vous n'avez pas encore vu, d'après ce que vous venez tout juste de me dire. Alors comment pouvez-vous savoir qu'il y a un espace pour un cinquième vase ?

Lord Ruthven hésita.

— Je... on me l'a décrit.

— Eh bien, je peux vous assurer encore une fois qu'il n'y a pas de cinquième vase. Ou s'il y en a un, je n'ai aucune idée où il pourrait se trouver.

Lord Ruthven regarda fixement Sir William pendant quelques instants, son expression indéchiffrable.

— Alors, je me trompe, finit-il par dire. Mais s'il vous arrivait de trouver un cinquième vase, ou de découvrir une preuve qu'il y en a eu un, vous me le ferez savoir ?

— Bien sûr. Bonne journée à vous.

— Et à vous aussi.

Lord Ruthven s'éloigna rapidement, laissant Sir William seul avec ses pensées à la porte de son bureau.

Avant qu'il n'eût le temps d'organiser et de formuler ces pensées, il eut conscience d'une silhouette debout dans le couloir, juste devant le bureau de George. Nathaniel Blake.

La couverture avait glissé de l'une des épaules de Blake et elle pendait comme une toge. La mâchoire tombante, l'homme regardait dans le couloir, en avant de Sir William. La chair de son cou oscillait à l'endroit où elle gonflait par-dessus le collet, et Sir William se rendit compte que c'était tout le corps de l'homme qui tremblait. Blake leva la main, pointant plus loin dans le couloir en direction de l'endroit où venait tout juste de partir Lord Ruthven.

— Cet homme… dit-il, la voix rauque et gutturale.

— Lord Ruthven, que se passe-t-il avec lui?

Sir William s'avança rapidement vers Blake, inquiet à l'idée qu'il pourrait être en train de faire une attaque tellement il tremblait.

— Cet homme, répéta Blake. C'était *lui*.

— Je ne comprends pas.

Sir William prit doucement le coude de Blake et le ramena dans le bureau de George.

— J'ai parlé de lui à Archer. Il est venu voir Fox Talbot, il a essayé d'arrêter ses recherches. Il y a plus de trente ans.

— Lord Ruthven? Je suppose que c'est possible.

Blake serra la manche de Sir William.

— Mais… je l'ai photographié. Et puis, lorsque nous avons développé la plaque, il n'était pas là. Il n'apparaissait tout simplement pas sur la photographie.

Sir William lâcha Blake, permettant à l'homme de s'enfoncer dans la chaise à côté du secrétaire.

— Vous êtes certain?

— Ça me hante depuis ce temps. Bien sûr que j'en suis certain.

Sir William pouvait dire que Blake était sincère, même si la situation était extraordinaire.

— Êtes-vous certain qu'il s'agit du même homme? Je veux dire, après plus de trente ans.

Blake leva les yeux vers lui, ses traits flasques pâles.

— Mais c'est justement ça. Je me souviens très bien. Gravé dans ma mémoire, plutôt que sur la plaque photographique. C'était le même homme. Le même. Même après toutes ces années, le même. Ne comprenez-vous pas ? Il n'a pas vieilli ou changé du tout.

Chapitre 6

Le père de Liz avait prévu passer l'après-midi du dimanche à l'église locale. D'habitude, elle l'accompagnait, mais aujourd'hui, elle avait d'autres plans. Elle marcha avec lui jusqu'à l'église.

— Vous ne restez pas cette semaine? demanda son père.

— J'ai pensé que je pourrais prendre un peu d'air. Si vous n'avez pas besoin de moi.

— Mon Dieu, non, faites à votre gré. L'air sera froid, faites attention; il fera plutôt frisquet aujourd'hui. Bien que j'aie l'impression que je dois le ressentir plus intensément dans mes vieux os que vous ne pouvez le ressentir dans les vôtres.

— J'ai un manteau, fit remarquer Liz. Si j'ai trop froid, je rentrerai chez nous et je ferai un feu.

— Votre mère a toujours senti le froid, rappela Oldfield. Surtout dans ses pieds. J'espère que vous avez de bonnes semelles.

— Tout sera parfait.

Son père sourit et lui tapota doucement l'épaule.

— À la recherche d'âmes robustes : cela pourrait être l'histoire de ma vie. Peut-être écrirai-je un livre sur ma vie.

Il regarda fixement au loin.

— J'avais l'habitude de tenir un journal. Mais il y a très longtemps de cela.

— Vous devez me le montrer un jour, dit Liz.

C'était la première fois qu'il mentionnait l'existence d'un journal, mais peut-être qu'ils pourraient le lire ensemble. Bien trop souvent, la maison était silencieuse pendant qu'ils s'assoyaient tous les deux et lisaient.

— Oh, je ne suis pas sûr que ce soit vraiment quelque chose que vous deviez voir, dit doucement son père.

Il avait toujours le regard perdu dans le lointain, dans ses souvenirs.

— En fait, je souhaite ardemment que personne n'ait jamais de raison de le lire.

Liz sourit et l'embrassa doucement sur la joue.

— Ce ne doit pas être si mauvais que cela.

— Il y a de très mauvaises choses dans ce monde, répondit son père.

Il frissonna.

— Le mal.

— Comme le théâtre ? suggéra Liz avec un petit sourire, incapable de résister à la tentation de le taquiner juste un peu.

Il sourit à peine, d'un air triste.

— Oh, vous vous moquez de moi, ma fille. Bien que rien de bon ne soit jamais sorti du théâtre. Il nourrit la décadence, et la décadence le nourrit. Il fait appel aux plus bas instincts de l'homme. Et de la femme aussi, je crois. Non.

Il devint soudainement aussi grave et solennel que Liz ait pu le voir dans sa vie.

— Croyez-moi, si Dieu veille sur nous tous dans Son infinie sagesse, d'autres aussi, qui ne veulent que le mal et la destruction, le font.

Un peu perturbée par l'échange, Liz laissa son père dans la sacristie avec le recteur et les gardiens de l'église. Elle aurait voulu rester pour s'assurer que tout allait bien. Mais elle avait promis, ou presque promis, à Henry Malvern qu'elle allait essayer d'assister à la répétition de l'après-midi au Théâtre du Parthénon. Elle frémit de penser à ce que son père dirait, particulièrement dans son état d'esprit actuel, s'il apprenait où elle allait.

Liz arriva tôt pour la répétition de dix-sept heures, et Marie Cuttler la salua comme si elles étaient amies depuis des années. L'actrice semblait encore un peu fatiguée, et la profondeur et l'énergie que Liz avait déjà remarquées dans ses yeux y semblaient absentes.

— J'ai tellement de difficulté à dormir, confia-t-elle à Liz après avoir passé un certain temps à repasser leurs courtes scènes ensemble. Dites-moi, avez-vous de la facilité à apprendre un texte?

— Oh, je n'aurai pas de problème, l'assura rapidement Liz. La femme de chambre parle très peu. Je suis certaine de déjà savoir son texte.

Marie sourit.

— J'en suis sûre. Mais Henry n'a pas encore désigné une doublure. Je suis convaincue que je n'en aurai pas besoin, mais étant tellement fatiguée, je me demande si ce ne serait pas une bonne idée…

— Être votre doublure ? répéta Liz, croyant à peine ce qu'elle venait d'entendre. Être la doublure du rôle de Marguerite ? Moi ?

— Eh bien, la décision revient à Henry, répondit Marie. Mais il m'en a parlé hier, à condition que nous soyons satisfaits de votre jeu dans le rôle de la femme de chambre.

Henry Malvern fut en effet très heureux d'apprendre que Marie avait déjà parlé à Liz de prendre le rôle de la doublure pour le rôle principal. Il était arrivé sur le coup de dix-sept heures et avait passé quelques minutes à parler à tous les membres de la troupe. Liz sentait presque leurs sentiments de respect mêlés d'admiration.

Ses propres sentiments étaient mitigés. Qu'arriverait-il si elle était effectivement appelée à jouer ? Elle était déjà assez nerveuse rien qu'à penser à la façon dont elle jouerait le rôle de la femme de chambre ; mais au moins, elle pouvait arriver tard et partir immédiatement après le spectacle chaque soir.

Dans le contexte de cette occasion, il y avait l'expérience et l'excitation incitées par le fait de répéter un rôle principal aux côtés de l'une des sommités du théâtre moderne. S'y faire inviter, et si peu de temps après s'être jointe à la production, était un tel honneur que c'était presque une leçon d'humilité. Pouvait-elle vraiment refuser l'offre ?

Malvern sentit son incertitude. Il prit la main de Liz dans la sienne et la serra si fort qu'elle pouvait sentir les coutures dans le cuir de ses gants.

— Permettez-moi de parler à votre père, dit-il.

— Je ne sais vraiment pas…

— S'il vous plaît, insista-t-il. Permettez-moi d'essayer.

— Vous croyez qu'il peut se souvenir de vous ? demanda Liz.

Malvern cligna des yeux de surprise.

— Vous m'avez dit que vous l'aviez déjà rencontré, poursuivit Liz.

— C'est vrai. Mais c'était il y a longtemps. Quel que soit le résultat, quoi qu'il arrive, je voudrais bien rencontrer votre père. D'après ce que je me souviens, et je me souviens très bien de notre rencontre, il était un homme extraordinaire.

Même si elle n'était toujours pas convaincue que ce plan d'action était le meilleur, Liz finit par accepter, et Malvern insista pour l'accompagner à la maison après la répétition. Il héla un taxi devant le théâtre et avant longtemps, ils se retrouvèrent dans le couloir de la maison que Liz partageait avec son père. Elizabeth Oldfield se tenant là debout avec Henry Malvern ; Liz avait de la difficulté à le croire.

Il n'y avait aucun signe de son père dans le salon.

— Peut-être n'est-il pas à la maison pour le moment. Ou peut-être se trouve-t-il dans son bureau, dit doucement Liz à Malvern.

Effectivement, au même moment, la voix de son père se mit à crier :

— Liz… c'est vous ?

— C'est moi, répondit-elle. Et j'ai emmené quelqu'un pour vous voir.

Malvern leva un doigt.

— S'il vous plaît, permettez-moi de parler seul avec lui. Juste nous deux.

— Mais il faut certainement que je vous présente.

Liz se dirigea vers la porte.

Mais Malvern l'immobilisa.

— Non. Seuls. Je pense vraiment que ce serait mieux.

Liz hocha la tête.

— Très bien.

Malvern frappa à la porte. Sans attendre une réponse, il l'ouvrit et entra, poussant la porte pour la refermer derrière lui.

Liz attendit nerveusement à l'extérieur, ayant de la difficulté à entendre ce qui se disait. Mais, presque aussitôt, elle entendit Malvern crier :

— Liz, vite !

Elle ouvrit la porte et entra en courant dans la pièce.

— Qu'y a-t-il ?

Malvern était encore debout juste derrière la porte.

Mais Liz le remarqua à peine. Toute son attention était sur son père, affalé sur son bureau. Elle courut vers lui rapidement.

— Il était à peine conscient quand je suis entré, dit Malvern, se hâtant de la rejoindre. Il a essayé de dire quelque chose, mais il doit avoir employé ce qui lui restait d'énergie pour vous appeler à l'aide à l'instant.

— Il a un pouls, dit Liz, soulagée de le trouver. Très faible. Il a l'air si pâle.

Les yeux de l'homme étaient fermés et sa respiration était profonde.

— Père, père, pouvez-vous m'entendre ?

— Je suis désolé, dit Malvern en voyant qu'il n'y avait pas de réponse. Il m'a fallu un moment pour me rendre compte qu'il était en difficulté. Un choc, en fait.

Il essuya son front pâle avec son mouchoir.

— Permettez-moi d'aller chercher un médecin.

— Oui, convint Liz. Oui, je vous remercie. Mais croyez-vous que nous devrions le déplacer ?

— Je ne sais vraiment pas. Je pourrais le porter jusqu'à son lit. Il serait plus à l'aise là-bas. Je ne crois pas qu'il soit en danger immédiat ; on dirait qu'il s'est endormi.

— Il a eu une semaine chargée, et il est plutôt fragile même dans les meilleures conditions, dit Liz.

Peut-être s'accrochait-elle désespérément à la moindre lueur d'espoir, mais il était aussi possible que le vieil homme fût tout simplement épuisé.

— Oui, s'il vous plaît, décida-t-elle. Si vous voulez bien m'aider à le transporter dans son lit ; et ensuite, je m'assoirai avec lui pendant que vous allez chercher le médecin.

Un mouvement soudain derrière eux fit tressaillir Liz. Mais ce n'était que les rideaux qui soufflaient dans la brise par la fenêtre ouverte.

— Il a dû ne pas se sentir bien, dit-elle en fermant la fenêtre. Il est tellement rare qu'il ouvre la fenêtre. Il ressent le froid profondément.

Elle aida Malvern à appuyer à nouveau son père contre la chaise. Puis, Malvern posa ses bras sous le vieil homme et le souleva doucement par les épaules.

Si l'un des deux avait remarqué les deux petites taches de rouge qui s'étaient infiltrées dans le buvard sous la tête d'Horace Oldfield, ils n'y prêtèrent pas attention.

George dormit mal cette nuit-là. Ses pensées étaient remplies de souvenirs de son apprentissage et de l'offre que Sir Harrison Judd lui avait faite.

Au début, quand il avait appris son métier d'ingénieur après sa sortie de l'école, il avait fait son apprentissage auprès de l'un des ingénieurs en chef du London and North Western Railway. Il y avait plusieurs apprentis, mais l'ingénieur en chef avait reconnu l'enthousiasme et les aptitudes de George et l'avait pris sous son aile. Lorsque George était parti pour occuper un autre emploi, les deux étaient de très bons amis et partageaient un respect mutuel pour les habiletés et les talents de l'autre.

Le nom du chef mécanicien était Christopher Kingsley. Et George l'avait vu ce soir-là, étendu, pâle et mort, sur une dalle mortuaire.

— Désolé de vous demander cela, mais il n'avait pas de famille, expliqua Sir Harrison. Sa femme est morte de la grippe il y a des années.

— Il avait une fille, rappela George. Une petite fille aux cheveux noirs. Je crois que son nom est Lucy ?

Le commissaire de la Metropolitan Police hocha tristement la tête.

— Non, il n'en avait plus. Apparemment la scarlatine. Vous pouvez confirmer que c'est Christopher Kingsley ?

George hocha la tête.

— C'est lui.

L'homme semblait si pâle, presque aussi blanc que le drap qui couvrait la majeure partie de son corps. Il paraissait plus jeune que dans les souvenirs de George. Étrange que l'on suppose toujours que les gens plus expérimentés doivent être plus âgés. Mais Kingsley semblait se trouver à peine dans la quarantaine en le regardant à cet instant.

Il se souvenait de sa première journée de travail pour l'homme. George s'était coupé sur un tour ; pas sérieusement, mais Kingsley lui avait témoigné beaucoup de sympathie.

— Vous saignez, George, lui avait-il dit, sérieusement inquiet. C'est malheureux.

George avait beaucoup appris de Christopher Kingsley.

— Pourquoi êtes-*vous* venu ? demanda George à Sir Harrison Judd.

— Je vous demande pardon ?

— Pourquoi êtes-*vous* venu… en personne ? Pourquoi ne pas avoir envoyé un agent de police ? Cet incident doit être routinier.

Sir Harrison Judd hocha la tête. Il regarda le mort pendant un moment, puis le couvrit avec le drap de nouveau.

— Je suppose, dit-il lentement, que j'aurais pu l'identifier formellement moi-même. Mais cela ne me semblait pas convenable.

Et soudain, George comprit.

— Vous le connaissiez. Il était un ami.

Sir Harrison soupira.

— Plus une connaissance. Mais de nos brèves conversations, je savais qu'il vous tenait en haute estime, M. Archer.

George était surpris. Il avait vénéré Kingsley. Mais même s'ils étaient devenus de bons amis, George et Kingsley avaient perdu contact après que George eut quitté l'entreprise de chemin de fer.

— Oh oui, il parlait souvent de vous. Nous étions membres du même club. En fait, c'est en partie pour cette raison que je suis venu vous trouver. J'ai eu l'occasion de voir Sir William aussi, mais c'était vraiment à vous que je voulais parler.

— À propos de Kingsley ?

— D'une certaine façon. J'ai mentionné que nous étions membres d'un même club. L'adhésion est strictement limitée, mais il y a maintenant, malheureusement, un poste vacant. Je pense que Christopher ne souhaiterait rien de mieux que je vous propose pour le remplacer.

— Je…

George était étonné.

— Je ne sais pas quoi dire.

— Pas besoin de décider maintenant.

Son attitude militaire et une certaine brusquerie étaient revenues alors qu'ils quittaient la morgue.

— Pensez-y. Faites-moi savoir. Mais je serais ravi de proposer votre nom. Cela ne signifie pas que vous serez accepté, bien sûr. Bien que je puisse avoir une certaine influence. Une chose, cependant, nous sommes très soudés. Je vous serais reconnaissant de ne parler à personne de cette invitation. Ne fût-ce que parce qu'ils pourraient être jaloux. C'est tout un honneur même d'être pris en considération.

— Je vous remercie. Je suis honoré, vraiment. Et je vais y réfléchir, promit George. Je suis désolé… tout cela. Voir Christopher ainsi. Eh bien, c'est un choc.

— C'en est un, en effet.

— Ce club, demanda George alors que Sir Harrison lui disait au revoir. De quel club s'agit-il ?

— C'est véritablement une société, lui dit Sir Harrison. Mais on l'appelle plus souvent le Club Damnation.

Lorsqu'il se réveilla le lendemain matin, l'esprit de George était rempli de chemins de fer, de trains et de souvenirs de Christopher Kingsley. Il fut surpris de constater qu'il était déjà dépassé dix heures, mais se rappelant le conseil de Sir William de prendre un certain temps et de se remettre du choc, il ne se soucia pas de se presser pour aller travailler.

Quand George finit par se rendre au British Museum, l'après-midi touchait à sa fin et il faisait presque nuit. George maudit la pollution élevée, tenant son mouchoir sur sa bouche, dans un effort pour bloquer le plus gros de la fumée. Il ne se rendit pas tout de suite à son bureau. Au lieu de cela, il traversa la grande cour pour se rendre à la salle de lecture. Le grand bâtiment rond construit de briques sombres dominait la cour. À l'intérieur, la salle de lecture circulaire unique avec son plafond haut et voûté était tout aussi impressionnante, et même un peu intimidante.

Le bibliothécaire regarda George de haut lorsque celui-ci lui demanda de trouver la dernière édition du *Gentleman's London Journal*. Il le lui fournit quelques minutes plus tard, sans commentaire. Les pupitres de lecture avaient la forme incurvée des murs, et George trouva une section vide et y déposa le livre. Comme il l'avait espéré et attendu, une annexe fournissait une brève description de tous les clubs londoniens. Il trouva rapidement ce qu'il cherchait.

LE CLUB DAMNATION

De tous les clubs de gentilshommes enregistrés à Londres, celui que l'on nomme «Club Damnation» est peut-être le plus exclusif. Son véritable nom est «la Société des candidats diaboliques et mystiques». On se réfère au nom «Club Damnation» dans ses documents d'orientation, où l'on prétend qu'il remonte à 1457, alors qu'il portait le nom «Parlement du sang», même s'il n'existe pas d'explication connue pour ce titre.

Il n'est pas clair que les membres doivent démontrer d'aptitude pour le mysticisme ni d'ailleurs aucun intérêt pour les sciences occultes. Mais certainement, l'adhésion est exclusive et se fait uniquement par nomination. Il y a des rumeurs de rites d'initiation étranges et complexes, mais il est probable qu'elles soient entretenues par le club lui-même pour renforcer son estime et son exclusivité, et pour ajouter au mythe.

Il ne sert à rien de poser sa candidature au Club Damnation, même si la légende raconte que le troisième comte Aldebourne s'est effectivement rendu au Club et a demandé à y être admis. Il a disparu ce soir-là, en 1723. Ce récit ne semble pas avoir de fondement historique.

À diverses reprises, le ministre de l'Intérieur, le gouverneur de la Banque d'Angleterre et de nombreuses autres personnalités, y compris Sir Harrison Judd, le commissaire de la Metropolitan Police, ont été associés au Club Damnation.

Comme le lui avait dit Sir Harrison Judd, cela semblait effectivement être un honneur, bien qu'il soit inattendu, d'être désigné pour être membre. En refermant le livre, George fit un bruit sourd plus fort qu'il en avait eu l'intention, et il regarda nerveusement autour de lui en espérant qu'il n'avait dérangé personne.

Ses yeux croisèrent immédiatement ceux de la femme assise à côté de lui, à quelques mètres seulement. Une femme qu'il reconnut immédiatement. Une femme assise seule, sans livre ou journal devant elle. Une femme qui se tournait légèrement vers George et qui le regardait fixement. Il eut l'impression qu'elle avait dû le faire depuis un certain temps.

C'était la femme qu'il avait aperçue lors du déballage. Elle portait un lourd manteau noir et ses cheveux noirs débordaient du col de fourrure. Ses lèvres pleines et rouges se recourbaient dans un sourire et elle pressa son index contre elles pour avertir George d'être silencieux.

— Désolé, articula-t-il.

La femme se leva, regardant toujours George. Le doigt sur ses lèvres remua pour pointer vers George, puis se recourba pour lui faire signe. Elle se mit à marcher lentement à partir de la salle de lecture, s'arrêtant pour regarder en arrière par-dessus son épaule, afin de s'assurer que George la suivait.

— Qui êtes-vous, que voulez-vous? haleta-t-il dès qu'ils furent à l'extérieur.

Une brume froide flottait dans l'air entre eux, de sorte que ses traits semblaient légèrement flous et encore plus parfaits.

— Vous étiez ici l'autre soir.

— Pour le déballage d'Orabis, convint-elle. Ce fut toute une nuit, n'est-ce pas, M. Archer ?

— Oui. Je suis désolé. Vous me placez en position de faiblesse. J'ignore qui vous êtes.

— Clarissa.

— Clarissa ? répéta-t-il.

— Simplement Clarissa.

— Et vous vouliez me parler ?

Sa bouche tremblait comme si elle était en train de réprimer un sourire.

— Je me demandais si vous aviez pris votre décision.

George eut soudainement froid.

— Décision ?

— Si vous allez vous joindre à nous.

Elle rit à son expression.

— Vous joindre à la société, comme Sir Harrison Judd l'a suggéré.

George avait du mal à comprendre.

— Vous êtes membre du Club Damnation ?

— Nous sommes tous damnés, d'une manière ou d'une autre. Avez-vous décidé ?

— Je, euh, non, admit George.

— C'est dommage. Mais peut-être puis-je vous aider ?

Elle fit un pas vers lui.

George recula, soudainement nerveux, et elle rit de nouveau. Clarissa tendit le doigt, celui avec lequel elle lui avait fait signe. Elle le glissa lentement sur la joue de George et il sentit à quel point il était froid, même à travers son gant.

— Il y a un bal ce soir. Seuls les membres sont invités. Les membres et leurs invités. Je serais ravie si vous acceptiez d'être mon invité.

— Moi ?

— Retrouvez-moi là-bas à vingt heures, dit-elle.

Elle n'attendit pas sa réponse, mais elle se détourna et continua de traverser la cour.

— À vingt heures, cria George après elle.

Elle ne se retourna pas, mais sa voix dériva vers lui à travers la brume qui épaississait.

— Au Club Damnation.

Chapitre 7

Liz était restée assise toute la nuit près du lit de son père. Vers minuit, il sembla entrer dans un sommeil agité. Elle lui tint la main, consciente de sa froideur. Sa peau était lâche et ridée, et ses doigts étaient osseux et fragiles. Comme la respiration du vieil homme devenait de plus en plus régulière, Liz se sentit elle-même sombrer dans le sommeil.

À un certain moment, Horace Oldfield se mit à crier. Un son brusque, effrayé, qui réveilla immédiatement Liz en sursaut. À la lumière de la lune filtrant autour des rideaux, elle vit que son père avait les yeux ouverts. Il la regardait fixement, mais son regard semblait fixer quelque part derrière elle.

— La boîte, haleta-t-il faiblement.

Il tenta de s'asseoir, poussant contre les oreillers pour se redresser.

— Allez me chercher la boîte !

Puis, il se laissa retomber, les yeux fermés et la respiration saccadée.

— Tout va bien.

Liz tint ses épaules pour un moment, sentant les os trembler à travers sa chemise de nuit. Mais il semblait dormir à nouveau.

— Juste un rêve, murmura-t-elle en bordant les draps.

Malgré son inquiétude, Liz s'était aussi rendormie très rapidement. Sa tête reposait sur le couvre-lit, la main sur l'oreiller à côté de la tête de son père.

L'aube vint et s'en alla rapidement, et Liz ne se réveilla qu'au milieu de la matinée. Elle s'assit, clignant des yeux dans la lumière pâle et sentant encore la pression des couvertures contre sa joue. Elle se leva, prenant un moment pour se réveiller complètement, puis doucement, silencieusement, elle ouvrit les rideaux.

— Bonté divine, quelle heure est-il ? demanda son père.

— Assez tard, je pense.

Il se releva, pâle, faible et perplexe.

— Je dois commencer, annonça-t-il. J'espérais indexer quelques-uns de mes sermons aujourd'hui.

— Vous ne ferez rien de tel, lui dit Liz.

Elle souriait, de sorte qu'il lui était difficile de paraître stricte. Mais elle était tellement heureuse de voir que son état s'améliorait.

— Vous êtes malade.

— Je suis malade ?

Il semblait surpris.

— J'avoue que je me sens un peu fatigué.

Il se laissa retomber sur les oreillers.

— Peut-être quelques minutes encore pour retrouver mes forces.

— Vous restez au lit toute la journée, lui dit Liz avec fermeté. Vous vous êtes effondré sur votre bureau hier ; vous avez oublié ?

Il fronça les sourcils et hocha la tête.

— Non, je ne me suis pas effondré. J'étais… La porte s'est ouverte et… tout est devenu sombre.

À midi, Oldfield était de nouveau endormi. Sa respiration semblait normale quoique peu profonde, et son visage était pâle et cireux. Mais Liz était beaucoup moins inquiète à son sujet maintenant, et son état semblait s'être encore amélioré après un petit bol de soupe aux légumes pour le dîner tardif.

Liz fit une sieste après le dîner. Elle fut réveillée par le bruit de coups à la porte d'entrée. Elle descendit précipitamment, en espérant que le bruit n'avait pas réveillé son père.

À l'extérieur, la lumière de l'après-midi tirait à sa fin et une brume de smog bloquait le soleil, le smog le plus épais qu'avait connu George Archer alors qu'il se rendait au British Museum au même moment. La silhouette à la porte se détourna de son inspection de la rue et sourit à Liz. C'était Henry Malvern.

— Comment va votre père ? demanda-t-il. Je passais, et j'ai pensé que j'allais m'informer.

Liz le fit entrer dans le salon.

— Vous passiez ? demanda-t-elle.

— Dans le secteur. La brume commence vraiment à s'épaissir maintenant.

Il toussa et s'excusa.

— Oh, mon Dieu, vraiment pas bon pour les poumons. Oserais-je vous déranger en vous demandant une tasse de thé pour laver le smog ?

— Bien sûr.

Venant tout juste de se réveiller, Liz avait la gorge sèche. Une tasse de thé lui paraissait très invitante.

— Ça ne sera pas long. Faites comme chez vous.

— Vous êtes très aimable.

Malvern allait s'asseoir, mais il changea d'avis.

— Puis-je aller voir votre père ? Je promets de ne pas le déranger ou le fatiguer, mais je voudrais bien savoir qu'il est en voie de guérison.

— Il dort, dit Liz. Mais vous pouvez y aller.

— Je connais le chemin, l'assura Malvern, ayant aidé à transporter Oldfield à sa chambre la veille au soir.

Quand Liz revint avec le thé, Malvern était de retour dans le salon.

— Il semble dormir paisiblement. Espérons que ce n'était rien de grave.

Malvern but son thé avec satisfaction.

— Maintenant, j'ai une confession à faire.

Liz déposa sa tasse.

— Oh ?

— Je ne faisais pas que passer. Je suis venu ici tout à fait à dessein. Pour vous voir.

— Oh.

Liz pouvait sentir le sang dans ses joues alors qu'elle rougissait.

— Père ira bien. Mais c'est gentil de votre part de…

— Non, pour *vous* voir.

— Oh, dit à nouveau Liz. Euh, vous voulez encore du thé ?

C'était tout ce qu'elle pouvait penser à dire.

Malvern se mit à rire devant son expression.

— Merci. Mais non. Je suis certain que ce n'est pas opportun, et que vous êtes préoccupée par votre père, mais je me demandais si vous pouviez me consacrer quelques heures ce soir.

— Une répétition ? demanda Liz. Je ne suis pas certaine de pouvoir le quitter. Je veux dire, il semble aller beaucoup mieux et il dort, mais...

Malvern hocha la tête.

— Pas une répétition. J'ai été invité à une... réception ; je crois qu'on pourrait l'appeler ainsi. Ce soir. Très exclusive. Je me demandais si vous pourriez m'accompagner.

— Moi ?

Liz était étonnée.

Malvern rit encore.

— J'avoue que j'avais invité Marie, mais elle était tellement fatiguée après les répétitions cet après-midi qu'elle a dû se décommander. Ensuite, j'ai cru que cela *vous* ferait du bien. Cela pourrait vous changer les idées.

En regardant dans les yeux pâles et profonds de Malvern, Liz sentit qu'elle désirait que ce moment continue, qu'elle souhaitait demeurer en compagnie de l'homme... Pourtant, elle hésitait.

— Je ne sais pas. Père...

Elle se détourna.

— S'il vous plaît, ne décidez pas maintenant, dit Malvern. Permettez-moi de venir vous prendre à vingt heures et de voir comment il va alors. S'il semble assez bien pour qu'on le laisse, alors deux heures, je le promets. Si ce n'est pas le cas...

Il soupira, une lourde déception dans sa voix.

— Bien, une autre fois peut-être.

C'était le « peut-être », la pensée que c'était une offre qui pourrait ne jamais être répétée, qui fit que Liz reprit son souffle.

Il faisait sombre lorsque le taxi de Sir William s'arrêta devant l'imposante demeure de Lord Ruthven. C'était une grande maison, peut-être une centaine d'années, en retrait de la route principale sur un petit terrain privé. La place était une silhouette noire sur le gris de la soirée brumeuse. Les fenêtres vides ressemblaient aux orbites d'un crâne ancien. Les marches pâles en pierre taillée qui conduisaient à la porte étaient ses dents brisées.

Le chauffeur de taxi frissonna et serra son manteau autour de son corps. Son cheval hennit nerveusement et traîna un sabot impatient à travers le gravier.

— Je ne serai pas long, l'assura Sir William.

La porte s'ouvrit avant même qu'il ne tirât sur la sonnette. Un homme mince, presque décharné, avec des pommettes saillantes se tenait sur le seuil. Il ne dit rien, ses yeux profonds et sombres fixés sur Sir William.

— Sir William Protheroe. Pour Lord Ruthven.

Sir William sourit.

— S'il vous plaît, faites-lui savoir que je suis ici.

Le domestique hésita juste assez longtemps pour montrer qu'il décidait de ce qu'il fallait faire plutôt que de se le faire dire. Puis, il entraîna Sir William au salon. De lourds rideaux étaient tirés à travers les baies vitrées, et les lampes tellement tamisées que le milieu de la pièce était une nappe noire.

Dans la noirceur, quelque chose bougea. Une forme, une obscurité se déplaçait lentement vers Sir William. Elle fusionna progressivement pour devenir une silhouette. Sir William laissa échapper un soupir de soulagement en reconnaissant Lord Ruthven.

— Que me vaut cet honneur? demanda Lord Ruthven. Vous avez peut-être trouvé le vase canope manquant?

— Je crains que non.

— Dommage.

Lord Ruthven ouvrit la lampe la plus proche et les ombres reculèrent.

— Pardonnez-moi, je dormais. Alors, est-ce une visite de courtoisie? Il est trop tard pour prendre le thé et trop tôt pour le dîner.

Il se déplaça vers la prochaine lampe murale.

La pièce paraissait presque aussi sombre, même lorsque les lumières étaient allumées. La moquette était d'un rouge foncé, mais décoloré. Le mobilier était en chêne foncé, les tissus tous bordeaux et écarlates. Une horloge sur la cheminée surplombant les braises rouges d'un feu mourant était déposée sur un socle de bois surélevé qui semblait avoir un jour été recouvert d'un dôme de verre. Il n'y avait plus de dôme maintenant. Aucun verre nulle part, sauf celui caché derrière les lourds rideaux.

— Je suis venu vous demander un conseil, dit Sir William.

— Comme c'est flatteur.

— Certaines choses m'ont récemment perturbé. M'ont même fait peur.

— Comme quoi ? demanda prudemment Lord Ruthven.

— Oh, je ne sais pas.

Sir William se leva, marchant lentement autour de la salle et notant la couche de poussière recouvrant tout, conscient que le regard de son hôte le suivait.

— L'histoire avec la momie.

— Une blague inoffensive.

— J'avoue que cela semble probable, mais nous ne le savons pas vraiment, n'est-ce pas ? Ensuite, il y a la mort malheureuse du photographe, Denning.

— Un accident.

Sir William hocha la tête.

— Peut-être. Encore une fois, peut-être. Il avait pris quelques photographies très étranges, vous savez.

Lord Ruthven sembla se redresser sur sa chaise.

— Je ne le savais pas.

— Non. Non plus que celui qui l'a tué.

Il hésita, attendant que Lord Ruthven exprimât de la surprise. Mais il n'y avait que le silence.

— Je me suis demandé s'il a été tué pour empêcher qu'il prenne des photographies de la momie d'Orabis.

— Et pourquoi aurait-on voulu l'en empêcher ?

— Eh bien, si nous avions encore la momie, nous pourrions la photographier et le découvrir.

— C'est dommage alors qu'elle soit perdue.

— Comme vous le dites.

— Et que croyez-vous, demanda Lord Ruthven, qu'auraient montré les photographies ?

Sir William se retourna pour regarder directement Lord Ruthven.

— Rien, dit-il. Et je veux dire littéralement rien. Vous voyez, j'ai fait photographier la momie l'après-midi avant le décès de Denning.

— Et vous avez vu les photographies ?

— Je les ai vues.

Lord Ruthven se laissa retomber sur sa chaise.

— Alors, vous savez, dit-il doucement.

Sir William fit trois pas rapides vers Lord Ruthven.

— Non, monsieur, je ne sais pas ! dit-il. Mais il semble que *vous* le savez. Vous savez pourquoi on ne peut photographier la momie. Et je crois que vous le savez parce que vous-même n'apparaissez pas sur les photographies.

La bouche de Lord Ruthven s'ouvrit de surprise.

— Oh oui, mentit Sir William, j'ai passé la plus grande partie de deux journées à la recherche d'une seule photographie de vous. Et il n'y en a pas. Même pas, reprit-il plus lentement, plus doucement, celle que l'assistant de Fox Talbot a prise secrètement de vous, il y a toutes ces années, à Lacock.

La porte grinça légèrement en s'ouvrant. La silhouette décharnée du valet de chambre était encadrée dans la pâle lueur du couloir à l'extérieur.

Lord Ruthven se leva.

— Je dois maintenant partir, dit-il. Si vous voulez bien m'excuser.

— Bien sûr, murmura Sir William, déçu de l'interruption.

Il sentait qu'il avait été sur le point de découvrir quelque chose d'important, mais il craignait que le moment se soit envolé.

Lord Ruthven tendit le bras pour serrer la main de Sir William, et la sienne était glacée.

— Mais, dit-il doucement, nous devons reparler. Bientôt.

Il hocha la tête, et Sir William put voir l'inquiétude dans les yeux sombres de l'homme.

— Et je vous dirai ce qui m'effraie.

À travers la brume, on aurait dit que les pierres tombales étaient surélevées. Eddie était assis sur le muret au bord du cimetière, balançant ses pieds et serrant ses bras contre sa poitrine pour se protéger du froid humide de la soirée. Si Charlie avait été un gosse de riche, ou même s'il avait eu une famille, on n'aurait pas aussi rapidement et simplement enterré son corps dans le sol.

Déjà, il était dans le cercueil et sous la terre en deux jours. S'il y avait eu une enquête, elle n'avait probablement duré que quelques minutes. Cela semblait injuste. Mais la mort de Charlie n'était guère équitable. Ce n'est que l'après-midi de la veille qu'Eddie avait découvert qu'il y avait eu un court service le dimanche soir. Eve et Mikey y étaient allés. Juste eux et le prêtre.

S'il avait su, il y serait allé aussi. Mais le mieux qu'Eddie pouvait faire maintenant, le moins qu'il pouvait faire, c'était de s'asseoir et de tenir compagnie à ce pauvre Charlie dans la froideur de la nuit. Le soir était arrivé et la brume devenait plus épaisse. Eddie se rendit compte qu'il ne pouvait plus voir le petit monticule de terre qui recouvrait son ami. Aucune pierre tombale encore, bien sûr. Il fallait attendre que le sol se tassât. Et de toute manière, qui achèterait une pierre tombale pour un gamin comme Charlie? Qui saurait même qu'il avait été là?

Il sauta en bas du mur et fourra ses mains dans ses poches. Il y avait quelque chose qui grattait, qui craquait dans le brouillard. On creusait peut-être une autre fosse. Ou quelqu'un d'autre rendait visite à un être cher disparu. Ça ne dérangeait vraiment pas Eddie. Le froid engourdissait ses pensées et ses émotions, en même temps que ses doigts et ses orteils.

Puis, soudain, il redevint vigilant. Fixant le monticule de terre dans la nuit sombre, un trou irrégulier. Quelqu'un avait creusé la tombe de Charlie. Eddie se mit à courir, glissant en s'arrêtant sur le sol boueux au bord du trou et regardant à l'intérieur. Il pouvait à peine distinguer le bois éclaté du cercueil. Il regarda autour de lui, en colère, effrayé, choqué.

Et quelque part dans le brouillard, il entendit un rire. Un rire aigu et moqueur, comme celui d'une jeune femme. Ou d'un enfant. Il y avait une forme, à peine plus qu'une ombre, qui s'éloignait dans l'obscurité. Tombant et glissant dans sa hâte, Eddie suivit dans la nuit brumeuse, désespéré de ne pas perdre l'individu, peu importe qui c'était.

Lorsqu'ils atteignirent la porte vers la route principale à l'extérieur du cimetière, il avait presque rattrapé la silhouette. Si elle savait qu'elle était suivie, elle n'en donnait aucun signe. Même s'il était suffisamment près pour attraper la silhouette, Eddie voyait à peine dans l'obscurité. Un petit homme à peine plus grand que lui. Mais il lui était impossible d'en savoir plus.

On aurait dit qu'il ne le découvrirait jamais, car dans la rue devant le cimetière, il y avait un carrosse. Eddie ne pouvait le distinguer. Mais il entendit le claquement de la porte, le piétinement des sabots des chevaux et le bruit des roues sur les pavés.

Puis, le carrosse passa bruyamment devant lui, les chevaux pâles comme des fantômes dans le brouillard. Eddie bondit hors du chemin. Il faillit tomber. Sa respiration se bloqua dans sa gorge lorsqu'il vit l'emblème rouge sang sur la portière de la voiture : l'ânkh.

Il bougea en entendant sa voix. Liz était assise à côté de son père depuis le départ de Malvern. Il dormait profondément, tranquillement, et elle s'était convaincue qu'elle pouvait le quitter. Pas pour longtemps. Juste une heure ou deux.

— Je dois sortir, murmura-t-elle en l'embrassant doucement sur sa joue froide. Ce ne sera pas long, je vous le promets.

Il remua, ses yeux scintillants. Ses iris étaient larges et sombres alors qu'il essayait de se concentrer.

— Elizabeth ?

— Tout va bien. Je vais rester si vous le voulez. Mais...

— Je suis...

Il était encore à moitié endormi, encore embrouillé.

— J'ai besoin d'...

— Voulez-vous boire quelque chose ? Il reste un peu de soupe si vous le souhaitez.

Il hocha la tête.

— Je ne sais pas, admit-il, encore endormi. J'ai besoin de... quelque chose.

— Un livre, demanda Liz. Vos sermons ?

Il hochait toujours la tête, lentement, la faisant rouler sur l'oreiller. Elle se souvint de son agitation de la veille.

— Vous avez parlé d'une boîte.

Son père était immobile. Son front ridé et ses yeux semblèrent plus alertes pendant un moment.

— Ma boîte. Oui. Oui... ma boîte.

— Je ne sais pas ce que vous entendez par boîte. Se trouve-t-elle dans votre bureau ?

— Une boîte argentée, dit-il avant de sombrer à nouveau dans le sommeil en même temps qu'il parlait.

Comme si la seule pensée de cette boîte était un réconfort.

— Ne l'ouvrez pas. Vous ne devez pas... Tiroir du bas du côté gauche de mon bureau.

Puis, il se rendormit.

Liz resta assise avec lui jusqu'à ce qu'il fût presque vingt heures. Puis, satisfaite de voir qu'il était redevenu calme, elle se changea rapidement dans sa plus belle robe. Elle sentait qu'elle devait remercier Malvern pour son intérêt et pour son invitation. Mais tout ce qu'elle pouvait penser à lui donner, c'était un pot de confiture maison aux framboises confectionnée par son père.

Alors qu'elle prenait un pot dans l'armoire et le déposait sur la table de la cuisine, Liz se souvint de la boîte argentée et alla la chercher. Le tiroir du bureau était verrouillé, mais son père gardait la petite clé cachée sur le bord du buvard.

Dans le tiroir, il n'y avait que la boîte argentée. Elle avait environ quinze centimètres carrés et dix centimètres de profondeur, et semblait très ancienne. L'argent avait terni, et sa main fut tachée de noir. Un simple fermoir maintenait le couvercle fermé, et une croix trônait fièrement sur le dessus. Cela rappela à Liz la boîte que son père employait pour conserver les hosties, en plus grand. Voulait-il vraiment cette vieille boîte argentée avec lui ? Elle était froide et tachée...

Le bruit de coups à la porte la fit tressaillir. Elle remit la boîte dans le tiroir du bureau et commença à le refermer. Puis, elle s'arrêta. Elle allait sortir, laissant son père seul. Il lui avait demandé de faire une seule petite chose : de lui apporter cette boîte.

— J'arrive tout de suite, cria-t-elle dans le couloir alors qu'elle se dépêchait de se rendre à l'étage pour embrasser son père endormi et lui dire doucement au revoir.

Il y avait une file de carrosses. Eddie pouvait voir celui avec le symbole de l'ânkh rouge sur la porte. Il avait eu de la chance de trouver si rapidement un taxi, et encore plus de chance d'avoir eu quelques pièces de monnaie dans sa poche.

Son taxi suivit la voiture à travers Londres et se trouvait maintenant de l'autre côté de la rue. Eddie descendit et donna une poignée de pièces de monnaie au conducteur.

D'un peu plus loin, Eddie put se positionner pour voir le carrosse alors que la porte finissait par s'ouvrir. Mais la personne qui en sortit n'était certainement pas celle qu'il avait aperçue dans le cimetière. C'était une femme avec de longs cheveux noirs et des traits pâles et délicats. Elle portait un lourd manteau sombre qui s'ouvrit un peu alors qu'elle descendait de la voiture, révélant une longue robe écarlate.

Eddie attendit, mais personne d'autre ne sortit de la voiture. La porte se referma et le carrosse s'éloigna.

Avec un soupir d'agacement, Eddie courut après, souhaitant être resté dans son taxi. Heureusement, le carrosse n'alla pas loin. Il tourna à la fin de la rue, puis encore une fois, presque aussitôt, virant vers l'arrière de l'édifice même.

Comme il s'approchait encore une fois et que la porte s'ouvrait de nouveau, Eddie remarqua où il se trouvait. Il reconnut l'édifice et il sut instinctivement que ce devait être là que Charlie avait vu le carrosse.

Une petite silhouette en sortit et marcha lentement vers la porte arrière. Eddie recula dans l'ombre alors que le cocher appelait le garçon; car Eddie voyait maintenant qu'il s'agissait d'un garçon. Vêtu d'une veste et d'un pantalon sombres recouverts de boue. Un garçon dont le visage pâle était aussi barbouillé de crasse, et dont les cheveux indisciplinés étaient colorés de brun par la terre.

Le garçon se retourna alors que le cocher lui parlait. Eddie ne pouvait entendre les paroles du cocher, ni ne pouvait distinguer ses traits dans l'ombre. Mais dans la lumière qui se répandait hors de l'immeuble, il pouvait maintenant distinguer clairement le garçon. Charlie. Charlie, qui était sorti de sa tombe pour monter dans une voiture qui l'avait emmené ici. Au Club Damnation.

Chapitre 8

Liz se tenait sur le côté de la salle de bal avec Henry Malvern, observant les couples qui dansaient, les gens qui buvaient. Partout où elle regardait, les hommes en élégants smokings et les femmes en robes magnifiques parlaient, dansaient et buvaient du vin rouge. Elle ne se sentait pas assez bien habillée ni à sa place. Elle était reconnaissante de porter un masque.

Malvern portait un masque noir uni, une seule larme peinte en rouge sous l'un des trous pour les yeux. Le masque allait de sa bouche à la naissance des cheveux, donc Liz devait juger son expression par sa bouche et par ses yeux. Pour Liz, il avait apporté un demi-masque plus petit qui ne couvrait que la zone entourant ses yeux. Il était d'un vert brillant, apparié à sa robe, avec de fines moustaches noires peintes sur la partie inférieure et des trous en amande pour les yeux ; avec ses cheveux blonds attachés derrière la tête, elle ressemblait à un chat.

La variété des masques était incroyable. Un diable cornu dansait avec un ange, de petites ailes étant fixées sur le côté du masque de la femme. Une gargouille grotesque parlait tranquillement à une femme dont le visage était couvert d'un papillon bleu. Une femme avec un masque blanc totalement vierge se tenait debout avec un homme portant un manteau sombre et dont tout le visage était un crâne…

Plusieurs serveurs portaient des plateaux de boissons. Les plateaux étaient fabriqués d'un métal terne, peut-être de l'étain. Les verres de vin rouge semblaient lourds et embués par l'âge. Les serveurs portaient eux-mêmes des masques dorés de chérubins souriants qui recouvraient entièrement leurs visages. Ils n'étaient pas plus grands que des enfants ; peut-être étaient-ils des enfants.

L'un des serveurs au visage doré présenta un plateau à Liz et à Malvern. Dessus, il y avait deux verres, l'un de vin rouge, l'autre de blanc. Henry prit le verre le plus près de lui : le vin rouge. Liz était heureuse de prendre le blanc. Il était doux et visqueux et, immédiatement, elle sentit qu'il lui montait à la tête. On ne servait apparemment pas à manger, et elle espéra que l'on servît de la nourriture plus tard.

Plus tard… Combien de temps devrait-elle rester ? Liz ne se sentait déjà pas à sa place et elle venait tout juste d'arriver. Et puis, il y avait son père… elle n'aurait jamais dû accepter de le quitter. À quoi avait-elle pensé ?

Sentant l'inconfort de Liz, Malvern leva son verre vers elle et sourit.

— Votre père se porte bien, l'assura-t-il. Nous ne sommes pas obligés de rester longtemps, et alors je vous ramènerai à la maison. Il y a ici, je le crains, des gens que je dois voir, mais je peux revenir et leur parler plus tard.

— Je vous remercie.

— Amusez-vous. Juste pour une heure. Oubliez vos soucis et vos inquiétudes, et tirez le meilleur parti de la compagnie, de la danse et du vin.

— Je crois que le vin est un peu fort, admit Liz.

— Alors, ne le buvez pas. Le rouge est... intéressant.

Malvern prit le verre de Liz alors qu'un serveur passait.

— Je ne suis pas non plus certain qu'il est à mon goût.

Le serveur s'arrêta pour qu'il déposât les verres sur le plateau, puis il continua son chemin.

— Le problème avec un bal masqué, dit Malvern après un silence inconfortable de quelques instants, c'est qu'il est tellement difficile de reconnaître les gens avec lesquels vous voulez vraiment parler. Bien que je croie voir Sir Harrison Judd.

— Le commissaire de police? Il était au déballage l'autre soir.

— Tout comme l'était Lord Ruthven, dit Malvern.

Il hocha la tête en direction d'une grande silhouette mince qui tendait son manteau à l'un des serveurs à la porte. Son masque était séparé en deux au milieu. D'un côté, le visage était blanc et souriait avec une bouche courbée vers le haut. De l'autre côté il était noir, la bouche tournée vers le bas comme en grande tristesse.

— C'est très malin à vous d'avoir deviné que c'était lui, dit Liz. Assistez-vous à de nombreux événements ici?

En réalité, elle ne savait pas tout à fait où se trouvait «ici».

— J'avoue que j'ai vu Lord Ruthven mettre son masque. Et non, je ne dirais pas que le Club Damnation est un de mes lieux de prédilection.

— Le Club Damnation?

— Oh, juste un surnom. En fait, il se nomme, je crois, la Société pour les candidats mystiques ou quelque chose du genre. L'invitation représente en quelque sorte un honneur.

Il se pencha vers Liz.

— Bien qu'entre vous et moi, ajouta-t-il doucement, je ne peux pas dire que je suis très impressionné.

Mais Liz entendit à peine ce dernier commentaire. Elle était en train d'observer une silhouette qui arrivait derrière Lord Ruthven. Une silhouette ajustant un masque semblable à celui de Malvern et vêtu d'un costume qui semblait vraiment défraîchi en comparaison avec les autres.

— George ? murmura-t-elle. Que fait George Archer ici ?

Un homme au visage pâle et mince accueillit George à la porte du Club Damnation. Il semblait savoir qui était George et il le fit entrer en même temps que plusieurs autres invités. S'il croyait que George paraissait un peu dépenaillé en comparaison avec les autres, il ne fit aucun commentaire.

— Votre masque, monsieur, dit-il simplement en même temps qu'il prenait le manteau de George.

— Euh, désolé.

— Ce n'est pas grave, monsieur. La Société peut vous en procurer un. Veuillez attendre ici.

Il revint un instant plus tard, sans le manteau, mais avec un petit masque noir qui couvrait les yeux et le nez de George. Il entraîna George vers un couloir qui menait à une grande salle de bal et attendit que George mît son masque avant d'entrer.

La salle semblait remplie de gens qui dansaient et parlaient, tous avec des habits beaucoup plus dispendieux que celui de George et avec des masques plus impressionnants. Personne ne s'attarda à lui. Il regarda autour de lui, dans l'espoir d'apercevoir la robe rouge typique de Clarissa.

Une femme le regardait, de l'autre côté de la pièce. Tout ce qu'il pouvait voir était son visage, par-dessus l'épaule de l'homme qui l'accompagnait. Les cheveux de la femme étaient attachés derrière sa tête, alors George ne pouvait les voir, et le visage était caché derrière un masque vert de forme féline. Mais même ainsi, George sentit un choc soudain lorsqu'il la reconnut.

— Liz, dit-il à voix haute.

Puis, un couple sur la piste de danse qui les séparait lui bloqua la vue. Un homme au visage de porc dansait avec une femme à tête de renard. Lorsqu'ils se déplacèrent, la femme au masque de chat avait disparu.

Une main s'abattit sur l'épaule de George, et il se retourna, surpris.

— M. Archer. Je suis tellement heureux que vous soyez venu.

L'homme portait un simple masque noir comme celui de George. Voyant la confusion de George, il souleva son masque un instant pour que George pût voir son visage.

— Sir Harrison, dit George. Je suis désolé, vous m'avez fait peur. J'étais…

— Dépassé ? C'était à prévoir.

Sir Harrison avait toujours sa main sur l'épaule de George et le conduisit plus loin dans la salle pendant qu'il parlait, loin de l'endroit où George croyait avoir vu Liz.

— Une soirée impressionnante, mais malheureusement notre patron et bienfaiteur, l'homme en l'honneur de qui nous tenons ce bal, est indisposé et ne peut être avec nous. C'est très dommage.

— Je lui souhaite un prompt rétablissement, dit George.

— Comme nous le faisons tous. Mais, laissez-moi vous présenter quelques-uns de vos collègues membres de la Société, ou plutôt, futurs collègues. Mais nous sommes tous des amis ici.

Il s'arrêta pour prendre deux verres de vin rouge d'un serveur qui passait : un enfant avec un masque de chérubin.

— Vous ferez bientôt partie de tout cela.

George but le vin. Il était lourd et légèrement rugueux sur la langue avec un étrange goût métallique amer. Le rassemblement était impressionnant. Mais George ne se sentait pas du tout à l'aise parmi tous ces gens. Il se sentait maladroit et déplacé dans son vieil habit et ses chaussures élimées.

Il avait à peine conscience des gens que Sir Harrison lui présentait. De toute façon, avec leurs masques, il n'était pas sûr de pouvoir les reconnaître à nouveau. Et il passait son temps à regarder autour de lui pour voir la femme avec le masque de chat : l'avait-il imaginée ? Ou Liz était-elle ici quelque part ? Était-elle membre du Club Damnation ?

Sir Harrison conduisit George vers plusieurs personnes qui riaient ensemble dans un coin.

— Et je crois que vous connaissez déjà cette dame, dit-il.

La femme au masque de chat se tenait devant eux, comme si elle avait attendu George. Elle portait une longue robe vert pâle bordée de dentelle blanche qui paraissait simple si on la comparait avec la plupart des robes des autres femmes, mais cela la faisait paraître encore plus belle.

Liz avait murmuré des excuses à Malvern et s'était hâtée d'aller trouver George. Elle poussa les gens pour passer, s'excusant et souriant poliment. Mais lorsqu'elle arriva à la porte, la silhouette à l'habit dépenaillé avait disparu.

Elle regarda tout autour et crut l'apercevoir. Elle se précipita vers l'homme, le vit s'arrêter pour siroter son vin avant de s'éloigner en marchant.

Liz réussit finalement à le rejoindre.

— George, c'est bien vous, dit-elle.

Elle se sentait surprise, soulagée et légèrement excitée.

— Que faites-vous ici?

— Je suis désolé, dit l'homme au costume miteux d'une voix qui n'était pas celle de George. Je crois que vous me confondez avec quelqu'un d'autre.

Et lorsqu'il souleva lentement son masque pour révéler les traits pâteux et flasques en dessous, ce n'était pas non plus le visage de George.

— Je suis tellement heureuse que vous soyez venu, dit la femme à la robe verte à George.

Elle tourna légèrement la tête en regardant Sir Harrison partir, et George put constater que ses cheveux étaient d'un noir intense.

Le prenant par le bras, Clarissa entraîna George à travers la pièce vers une porte ouverte qui menait à un balcon donnant sur une petite pelouse et un grand mur au-delà.

— Vous avez changé votre robe, dit George.

Il était perplexe ; avait-il vu Liz ? Non, tout le long, c'était probablement Clarissa.

— Je préfère le rouge, lui dit-elle.

Elle avait toujours la main sur son bras et se tenait très près. Elle se rapprocha encore plus et leurs corps se touchaient presque. Elle tendit une main gantée vers le visage de George.

George tenta de répondre, mais aucun son ne sortit de sa bouche alors que Clarissa pressait son doigt froid sur ses lèvres.

— Le rouge est vraiment ma couleur préférée, dit-elle. Et très bientôt, ce sera aussi la vôtre, je crois.

Elle baissa la main et se pencha vers George, serrant toujours son bras.

Son visage masqué remplit la vision de George, et le reste du monde sembla s'être arrêté. Ses yeux étaient si grands, si beaux, si profonds et sombres... Il lui sembla tomber en eux. Dans un instant, il sentirait son souffle sur son cou.

— Clarissa !

La voix était un profond grincement. Clarissa recula immédiatement, et George prit une profonde inspiration.

Le monde était de retour, sa vision s'éclaircissant. On aurait dit qu'il s'éveillait d'un lourd sommeil.

— Je suis désolé de vous interrompre, dit la voix. Mais Sir Harrison Judd était à la recherche de M. Archer.

L'homme se tenait debout sur le balcon, mais George ne l'avait pas entendu arriver. Il portait un manteau noir et son masque était un crâne qui semblait recouvrir toute sa tête. Le simple fait de le regarder fit frissonner George.

— Mes excuses, dit l'homme au visage de crâne.

Il fit un pas en arrière et fit signe à George et à Clarissa de retourner dans la salle principale.

— C'est très bien. Merci.

George s'obligea à regarder l'homme et à lui sourire alors qu'il entrait à nouveau dans la salle. Les yeux du crâne étaient aussi sombres et vides que ceux de Clarissa.

Quelques minutes après la disparition de Charlie à l'arrière du Club Damnation, le cocher s'éloigna. Eddie était resté seul dans la rue, se demandant ce qu'il devrait faire. Plus il y réfléchissait, plus il devenait convaincu qu'il lui fallait parler à Charlie.

Soit le garçon avait en quelque sorte truqué sa propre mort, soit on l'avait ressuscité. Eddie frissonna en se souvenant de la dernière fois qu'il avait rencontré un homme qui était censé être mort. Mais cet homme était très différent : il avait l'air mort. Même en l'apercevant de loin, Eddie avait vu qu'alors que Charlie était boueux et pâle, il y avait un élan dans sa démarche, un enthousiasme... Il paraissait *heureux*.

— Alors quel est le truc, hein ? murmura Eddie.

Une autre silhouette descendait la rue : un autre garçon environ du même âge qu'Eddie et Charlie. Il était vêtu d'un habit foncé élégant, et comme Charlie, il paraissait pâle, mais plein de vie. Eddie recula dans l'ombre pour le laisser passer. Puis, il se dépêcha de courir après le garçon et de le rattraper.

— Alors, tu vas au Club Damnation ? demanda Eddie.

Le garçon le regarda avec de grands yeux sombres. Il semblait jauger Eddie, et cela ne plut pas à ce dernier.

— C'est bien, dit Eddie pour rassurer le garçon, plaisantant dans un effort pour briser l'atmosphère soudainement tendue.

— Je suis mort, moi aussi.

Les yeux du garçon se plissèrent légèrement. Sa voix était étrangement terne et sans émotion.

— Qui es-tu ? Tu es ici pour servir ?

— Oh oui, dit rapidement Eddie. Je m'appelle Eddie. Mais c'est ma première fois. Alors je vais rester avec toi, si c'est correct. Tu peux me montrer les ficelles du métier.

Le garçon souriait alors qu'ils arrivaient à la porte. Il tira son col vers le bas, et à la lumière du club, Eddie aperçut une épaisse ligne rouge à vif sur son cou. D'un côté, il y avait des égratignures et des cicatrices.

— Je te montrerai les ficelles du métier, pas de problème, dit le garçon. Ils m'ont pendu, tu sais.

Eddie hésita, son propre sourire figé sur son visage. Il était probablement aussi pâle que le garçon. Lorsqu'ils atteignirent une petite pièce à l'arrière du Club Damnation, Eddie se demanda s'il n'aurait pas dû se sauver quand il en avait eu la chance.

Le seul mobilier de la salle lambrissée de chêne était une table basse. À partir de là, plusieurs visages dorés fixaient Eddie. Des masques… de chérubins. Le garçon qui l'accompagnait en prit un et le mit à son visage. Lorsqu'il se tourna pour regarder Eddie, on aurait dit qu'une statue s'était ranimée.

— Tu n'as pas d'habit, dit le garçon. Le cocher ne sera pas content.

— Alors il devra s'arranger avec ce que j'ai, n'est-ce pas ? dit Eddie.

Il se dépoussiéra et boutonna sa veste élimée sur sa chemise sale.

— Cela devra faire l'affaire.

Puis, il mit l'un des masques.

Le garçon le conduisit dans un couloir faiblement éclairé vers une entrée à l'avant du bâtiment. Plusieurs des garçons masqués en chérubin transportaient des plateaux de boissons à travers une grande salle de bal et revenaient avec des plateaux de verres vides, qu'ils apportaient dans un autre couloir, peut-être pour les laver.

Sans attendre de se le faire dire, Eddie prit un plateau et entra dans la salle de bal. Il devait y avoir plus d'une centaine de personnes qui dansaient, observaient, parlaient ou buvaient. Toutes portaient des masques. Parmi elles, les garçons aux masques dorés transportaient leurs plateaux, et Eddie les fixa tour à tour en se frayant lentement un chemin à travers la pièce. Heureusement, alors que le masque couvrait le dessus de la tête comme un chapeau, il ne descendait pas beaucoup derrière la tête. Eddie était à la recherche d'un ange avec une chevelure ébouriffée juste sous son masque.

Il fut distrait de sa recherche par une silhouette qui lui faisait signe de venir vers elle. Eddie modifia son trajet pour transporter son plateau vers une femme portant la face d'un oiseau de proie et un homme au visage de loup. Eddie les laissa prendre des boissons, puis il se détourna.

Son trajet le conduisit près d'un coin de la salle où deux hommes étaient en train de parler avec véhémence. L'un des deux portait un masque à moitié noir et à moitié blanc, séparé au milieu. L'autre portait un manteau et son visage était un crâne : le cocher qui avait emmené Charlie ici.

Eddie se rapprocha en essayant d'avoir l'air de vaquer à ses affaires avec son plateau tout en se tenant assez près pour écouter leur discussion.

— Ils ne devraient pas être ici tous les deux ensemble, dit le cocher. Vous avez approuvé la liste des invités.

— Je ne savais pas que Malvern l'emmènerait, répondit l'autre homme. Comment aurais-je pu ?

— Il faut que l'homme soit seul. Avec personne vers qui se tourner pour obtenir des conseils. Surtout pas *elle*. Avec ses relations. Clarissa et Harrison ont bien fait de les séparer.

— Je n'étais pas au courant qu'ils se connaissaient, dit l'homme au masque noir et blanc.

— Alors, vous auriez dû le savoir, répondit le cocher d'une voix rauque. Je ne tolérerai pas cette incompétence. Et cela ne sera non plus toléré par…

Il s'interrompit et sembla faire des efforts pour retrouver sa contenance.

— Nous devons agir rapidement maintenant. Pour détourner l'attention de la jeune fille, et pour nous protéger.

Le visage de crâne se retourna, et Eddie s'éloigna rapidement. Mais en partant, il capta les dernières paroles du cocher.

— Il est temps que je parte. Pendant qu'elle est ici, je peux compléter ce qui aurait dû être fait il y a des années déjà. Ce sera une belle histoire à raconter à ma sœur quand elle se réveillera.

Il resserra son manteau autour de son corps et passa rapidement devant Eddie. Une femme portant un masque de chat et une robe vert pâle attendait le cocher de l'autre côté de la salle.

En chemin pour la rencontrer, le cocher passa devant un autre serveur et le tapota sur l'épaule, dans un geste presque affectueux. Le garçon se retourna pour regarder l'homme partir et Eddie aperçut la masse de cheveux blonds dépassant à l'arrière du masque.

Il y avait encore plusieurs verres remplis de vin sur le plateau, alors Eddie le remit avec les autres plateaux de vin prêts à être apportés dans la salle de bal.

Puis, marchant d'un pas confiant qui, espérait-il, lui donnait l'air d'être en train de faire quelque chose qu'il était censé faire; il suivit le garçon blond. Il était certain que c'était Charlie, sauf que soit il avait brossé la saleté sur ses vêtements, soit il s'était changé pour un costume propre. Il portait un plateau de verres vides.

Charlie sortit du foyer et s'engagea dans un couloir. Le couloir était vide sauf eux deux, et aussitôt que Charlie se trouva devant une porte, Eddie lui cria :

— Charlie!

Le garçon s'arrêta et se retourna lentement pour faire face à Eddie.

— Qu'est-ce que tu veux ?

C'était la voix de Charlie, et pourtant ce n'était pas sa voix ; encore une fois, elle semblait terne et vide.

Eddie marcha droit vers lui avant de retirer son propre masque pour se révéler à lui.

— Tu te souviens de moi, hein ? dit-il calmement.

— Eddie ? Qu'est-ce que tu fais ici ? Tu n'es pas...

Charlie se retourna pour partir, peut-être pour dire à quelqu'un qu'il y avait un intrus.

Mais Eddie fut plus rapide. Il lança son bras autour de Charlie avant que le garçon pût bouger, et il le poussa sans ménagement à travers la porte, qu'il referma d'un coup de pieds derrière eux.

La pièce n'était pas très grande. Elle était faiblement éclairée par des lampes murales qui vacillaient. Il y avait une petite table de lecture avec deux chaises droites, et plusieurs bibliothèques contre les murs. Les fenêtres au bout de la pièce étaient sans volets et les vitres étaient comme des miroirs noirs contre la nuit dehors.

Charlie trébucha et tomba alors qu'il reculait pour s'éloigner d'Eddie. Le plateau alla valser et un verre vola très fort en éclats sur la surface de la table. Eddie avait aussi perdu l'équilibre et s'effondra près de Charlie. Sa main s'abattit sur un tesson de verre de vin brisé, et il poussa un cri de douleur et de surprise.

Au-dessus de lui, Charlie s'était relevé et avait retiré son masque. Il regarda Eddie d'un air meurtrier.

— Pourquoi es-tu ici ? siffla-t-il. Tu vas tout gâcher.

Puis, il cligna des yeux et son expression changea.

— Tu t'es coupé, dit-il doucement. Tu saignes.

— Comme si ça te dérangeait.

Eddie se releva et frotta sa paume blessée contre son veston. D'autre sang jaillit le long de la coupure, mais elle n'était pas profonde. Le sang allait bientôt s'arrêter.

— Qu'est-ce qui t'est arrivé, Charlie? Nous sommes des copains, non?

Charlie se dirigea lentement vers lui.

— Tu saignes, répéta-t-il.

Il se jeta soudainement sur Eddie, qui se précipita derrière la table, la gardant entre eux deux.

— Que t'ont-ils fait? Qu'est-ce que ça fait si je saigne?

Les lèvres du garçon se courbèrent en quelque chose qui ressemblait à un sourire, et il fit claquer sa main sur les fragments de verre sur la table. Eddie grimaça en le regardant, mais le sourire de Charlie ne faiblit pas. Il leva la main et plusieurs des morceaux de verre en ressortaient. Sans quitter Eddie des yeux, Charlie les retira.

— Je ne peux pas saigner, dit-il doucement.

Il tendit la main pour le prouver.

— Pourquoi ne viens-tu pas te joindre à nous, Eddie? Tu aimerais cela. C'est la première fois que je me sens aussi vivant.

Eddie continua à faire le tour de la table, sérieusement ébranlé maintenant. S'il pouvait arriver à la porte, il pourrait se mettre à courir. Plus il sortirait de cet endroit rapidement, mieux ce serait.

— Je n'aurais pas dû venir, dit-il.

S'il pouvait arriver à distraire Charlie, il y arriverait peut-être.

— Oublie que j'étais ici, d'accord ? Quoi que tu fasses, je n'en parlerai à personne. Tu tires le meilleur parti de la situation. Je suis heureux pour toi. Vraiment, je le suis.

Eddie avait le dos contre la porte. Charlie était penché sur la table, face à lui. Au-dessus de lui, Eddie pouvait voir son propre reflet qui le fixait par la fenêtre sombre. Il était pâle et troublé. Il vit ses yeux s'agrandir de peur quand il se rendit compte qu'alors qu'il pouvait voir la pièce, la table et lui-même, il n'y avait aucun signe de Charlie. Le garçon en face de lui ne projetait aucun reflet. Plus que le sang, la tombe et le changement de caractère, cela effrayait Eddie.

— C'est bien, dit Charlie. Tu vas aimer cela. Une fois que c'est fait.

Il y avait des bruits de gens à l'extérieur, dans le couloir.

— Laisse-toi faire, Eddie.

À l'entendre parler, cela semblait si simple.

— Il te suffit de mourir.

Eddie ne demanda pas d'explication. Il y avait certainement quelqu'un dans le couloir, et il était pris au piège. Le seul autre moyen de sortir, c'était la fenêtre.

Alors il baissa la tête et chargea. Eddie percuta Charlie alors que le garçon s'avançait pour l'intercepter. Eddie enroula ses bras autour de Charlie et le transporta par la seule force de son élan. Il pouvait voir son reflet se précipiter vers la fenêtre, les bras enroulés autour de… rien.

Bien que le reflet ne montrât qu'un seul garçon, deux corps percutèrent la fenêtre. Le bois et le verre explosèrent vers l'extérieur. Le bruit était assourdissant. Eddie et Charlie furent séparés lors de l'impact, et Eddie se retrouva à rouler sur l'herbe, meurtri et engourdi. Il était maintenant dans un petit jardin à côté du bâtiment, délimité par un mur élevé.

Il se releva à nouveau, immédiatement prêt à courir vers le mur devant lui avant que Charlie ou quiconque pût l'arrêter. Il pouvait facilement grimper sur la pierre rugueuse. Mais Eddie regarda en arrière et vit Charlie étendu où il était tombé au milieu d'une mer de verre brisé. Un montant de bois de la fenêtre transperçait la chemise du garçon. Sa main était tendue vers Eddie, les doigts s'agrippant dans les airs.

Le verre brisé reflétait les images cassées de la scène alors qu'Eddie se retournait vers Charlie. Il prit la main froide de l'enfant. Mais Charlie lui-même n'apparaissait pas dans les reflets.

— Je vais chercher de l'aide, dit Eddie. Tout ira bien, Charlie. Je te le promets.

— Non, ça n'ira pas bien.

Charlie haleta.

— Il est trop tard. Mais tu as fait la bonne chose, Eddie. Ne les laisse pas t'avoir. N'écoute pas leurs promesses.

Il saisit la main d'Eddie et la serra. Sa voix était à peine un murmure.

— Merci.

Puis, la main de Charlie devint molle, retombant sur son corps.

Le sang jaillissait autour du montant de bois dans sa poitrine. Le reflet d'un garçon mort s'évanouit dans le verre brisé. Des cris arrivèrent de l'intérieur du Club Damnation et Eddie se mit à courir vers le mur.

Chapitre 9

Un vent froid provenant de la fenêtre avait créé une légère ouverture dans les rideaux, et la lumière de la lune tombait sur les couvertures du lit d'Horace Oldfield.

Il s'efforça de s'asseoir, se demandant ce qui l'avait réveillé. Peut-être le courant d'air, ou un bruit venant de l'extérieur. Du lit, il apercevait le mur arrière du minuscule jardin derrière la maison. À l'intérieur de ce jardin, il y avait une ancienne remise. La maçonnerie était rongée et marquée, et il manquait plus que quelques tuiles au toit. Mais la porte était solidement fixée et verrouillée, et n'était jamais ouverte. Oldfield lui-même n'y était pas entré depuis des années. Pas depuis…

Son esprit vagabondait, et il fit un effort pour le ramener au présent. Il avait été malade. Il s'était effondré ou évanoui. C'était ce qu'avait dit Liz, mais tout ce dont il se souvenait, c'était l'obscurité. Une obscurité si intense qu'elle l'avait fait frissonner. L'obscurité, les ombres, les ténèbres, la mort.

Par instinct, il tendit le bras derrière lui, sous son oreiller. Mais le mouvement lui fit soudainement prendre conscience d'ombres plus profondes juste à l'intérieur de la porte.

— Qui est là ? appela Oldfield.

Il pouvait à peine distinguer une forme ; la silhouette d'une jeune femme. Sa gorge était sèche, et sa voix était rauque et faible.

— Liz, est-ce vous ?

— Votre fille a dû sortir, répondit une voix qui s'approchait du lit.

Une silhouette sombre s'avança dans le clair de lune qui brillait à travers la fenêtre.

Oldfield se tourna vers la porte.

— Alors qui est-ce ?

Il poussa un soupir d'étonnement alors qu'une femme aux cheveux foncés portant une robe vert pâle entra dans la lumière.

— Elle vous a abandonné, dit tranquillement Clarissa. Tout comme vous m'avez abandonnée.

— Jamais ! insista Oldfield. Pourquoi êtes-vous revenue vers moi ? Qu'avez-vous fait de Liz ?

— Rien. Pour le moment.

La seconde silhouette portait un manteau sombre. Mais ce fut son visage qui pétrifia Oldfield.

Le visage d'un crâne.

— Qui êtes-vous ? demanda le vieil homme.

La réponse de la silhouette au visage de crâne ne fut qu'un râle de rire sec.

— Vous savez qui je suis. Et quel carrosse je conduis. Vous avez rencontré ma sœur Belamis il y a plusieurs années ; pouvez-vous l'oublier ?

Oldfield s'efforça de reculer, s'appuyant contre la tête du lit, l'oreiller serré dans son dos.

— Non, haleta-t-il. Non… c'est impossible !

— C'est ce que j'ai dit quand ils m'ont parlé de vous, lui dit Clarissa en s'avançant lentement vers le lit. Après toutes ces années. Toutes ces années cruelles. Vous auriez pu demeurer si jeune.

Elle se tenait maintenant à côté d'Oldfield, tendant une main pâle et caressant sa joue tremblante. Essuyant une larme.

— Clarissa, murmura-t-il.

Il ferma les yeux, se souvenant.

La femme soupira.

— Mais maintenant, vous devrez rester vieux. Pour toujours.

Horrifié, Oldfield ouvrit brusquement les yeux.

— Vous ne pouvez pas… balbutia-t-il.

Clarissa sourit d'un air triste.

— Oh, Horace. Nous l'avons déjà fait.

— Mais, ma fille !

Le cocher était debout à côté de Clarissa.

— On prendra bien soin de votre fille, je vous l'assure.

Il se pencha sur le lit.

Le crâne remplissait pratiquement le monde d'Oldfield. Cela et l'extrémité dure de la boîte sous son oreiller. Il la tint serrée, la libérant.

— Nous vous devons cela, dit la voix de Clarissa dans l'obscurité.

— Vous ne me devez rien, sauf la mort, dit Oldfield.

Clarissa soupira.

— J'ai bien peur qu'il faille un bon moment avant que vous alliez au ciel.

Oldfield sortit la boîte argentée de derrière lui. Ses doigts tremblaient alors qu'il s'efforçait de défaire le fermoir.

— Alors il est temps que vous deux alliez en enfer !

Le crâne recula. Les dents cassées et décolorées s'ouvrirent. Mais le son qui sortit fut un rire cassant. Une main osseuse pointa vers la boîte argentée avec son crucifix d'argent en relief sur le couvercle.

— Une croix ? Comme c'est pittoresque. Vous nous menacez avec des symboles ?

— Et de l'argent, dit Oldfield.

Il fut soulagé et heureux de voir que l'homme au visage de crâne reculait légèrement.

— Et la foi.

Le rire s'était arrêté. Mais les silhouettes noires ne se retirèrent pas. Le cocher et Clarissa se tenaient immobiles, encadrés contre le clair de lune par la fenêtre.

Oldfield réussit à défaire le fermoir.

— Et ceci, dit-il, alors qu'il ouvrait le couvercle.

Le hurlement de Clarissa se joignit aux cris de fureur et de peur alors que le contenu de la boîte leur était révélé.

L'homme se hâtait le long du trottoir. Son manteau sombre s'étalait derrière lui alors qu'il chancelait vers une voiture qui l'attendait plus loin dans la rue. Une femme était déjà en train de monter à l'intérieur, claquant la porte derrière elle. Liz pouvait voir les deux chevaux pâles qui attendaient patiemment alors que l'homme montait avec une certaine difficulté à la place du conducteur.

— Croyez-vous que nous devrions aider ? demanda-t-elle à Malvern, qui regardait sa montre.

— Il a probablement passé trop de temps au pub voisin, dit Malvern, qui semblait préoccupé.

Leur carrosse avançait du côté opposé de la maison de Liz.

L'autre voiture s'ébranla rapidement, disparaissant dans la nuit. Liz aperçut la femme à l'intérieur, encadrée par la fenêtre, la regardant fixement.

— Qui qu'ils puissent être, tout ira bien pour eux.

Malvern sourit.

— Simplement en retard pour un rendez-vous, je suppose. Puis-je marcher avec vous jusqu'à votre porte ?

— Je vous remercie.

Le chauffeur ouvrit la porte du carrosse et Malvern en sortit avant d'aider Liz à descendre sur le trottoir.

— J'espère que tout va bien pour père, dit-elle. Je n'avais pas l'intention de rester si longtemps.

— Je suis heureux que vous l'ayez fait.

Alors qu'ils s'approchaient, Liz vit que la porte d'entrée était entrouverte. Il était impossible qu'elle l'ait laissée ainsi ; Malvern l'accompagnait et un des deux l'aurait remarqué. Soudainement effrayée, elle entra en courant dans la maison.

Elle se précipita dans l'escalier et dans la chambre de son père. Haletant de soulagement, Liz vit que son père était toujours là, dans le lit. Mais alors que ses yeux s'adaptaient à la faible lumière, elle vit qu'il était étendu le dos contre les oreillers et la tête de lit. Les couvertures et les draps étaient en désordre, comme s'il avait eu du mal à s'en libérer. La brise provenant de l'extérieur agitait les rideaux.

Une forme sombre s'éleva de l'oreiller près de la tête d'Horace Oldfield. Des ailes noires battirent l'air, propulsant la créature vers la lune à l'extérieur.

Liz poussa un cri effrayé et recula alors que la bête battait des ailes à côté d'elle et passait par la fenêtre ouverte. Elle la vit s'envoler rapidement à travers le jardin, se dirigeant vers le mur arrière, vers la vieille remise de son père, les jardins et les rues au-delà.

Il y eut des pas lourds dans l'escalier derrière elle, mais Liz les entendit difficilement, à peine consciente de la présence de Malvern qui se précipitait dans la chambre.

Elle serrait le corps sans vie de son père, ses larmes ruisselant sur le lit, sa main tâtonnant pour trouver son poignet et vérifier son pouls. Elle ne put rien sentir.

— Laissez-moi essayer.

Malvern l'enleva délicatement et baissa la tête pour écouter la poitrine du vieillard.

— Il y avait quelque chose…

Elle pouvait à peine prononcer les mots.

— Je ne crois pas qu'il respire, dit Malvern avec inquiétude.

— Sur l'oreiller. Noir. Horrible. Un oiseau.

Malvern leva brusquement les yeux.

— Un oiseau ? Vous croyez qu'il y avait un oiseau dans la chambre ?

— Non, pas un oiseau, se rendit compte Liz.

Une partie de son esprit analysait ce qu'elle avait vu. Une partie d'elle détachée de ses émotions avait pris le miroir de rasage de son père sur la coiffeuse près de la porte.

— Et puis… quoi ? Qu'avez-vous vu ?

— C'était une chauve-souris, lui dit Liz.

Mais elle était trop bouleversée, trop distraite alors qu'elle s'approchait du lit pour voir la frayeur dans le regard de Malvern. Elle ne vit que le corps immobile de son père, vidé de vie.

Chapitre 10

Ce n'était pas George Archer qui était venu le chercher le lendemain matin. Nathaniel Blake se montra soupçonneux à l'égard du grand étranger mince. Mais l'homme l'assura que M. Archer les attendait déjà au British Museum.

— Il a dit qu'il viendrait lui-même s'il avait besoin de quoi que ce soit d'autre, dit Blake. Il veut éclaircir d'autres mystères, n'est-ce pas?

La voix du grand homme était forte et confiante.

— Il y a quelque chose à éclaircir, oui.

— Eh bien, ce doit être plus intéressant que de rester assis ici, admit Blake.

Le carrosse était vraiment impressionnant. Blake installa sa forme plus qu'ample sur le somptueux siège rouge. Il y avait un symbole sur la porte, comme un blason. Mais il n'en avait pas capté le détail, car un brouillard épais filtrait la lumière du matin.

L'air était frais, et le conducteur du carrosse frissonnait visiblement à l'intérieur de son lourd manteau. Il couvait peut-être un rhume, songea Blake. Ce n'était pas bon de se tenir trop longtemps dans le froid et l'humidité.

Dans l'air lourd, il fut difficile de voir quoi que ce soit pendant le trajet ; Blake s'appuya contre le dossier et ferma les yeux. Son esprit dériva vers l'époque de sa jeunesse : le temps qu'il avait passé avec Talbot à Lacock ; la montée de sa carrière comme photographe ; son épouse, Sarah, Dieu ait son âme…

Il s'éveilla brusquement lorsque le carrosse s'arrêta. Les yeux endormis, il arriva à sortir et suivit le grand homme à la porte de l'imposant bâtiment où ils s'étaient arrêtés.

— Ce n'est pas le musée, dit-il, perplexe.

— S'il vous plaît, M. Archer attend.

Blake demeura en arrière. L'endroit avait quelque chose d'intimidant et il s'en sentait mal à l'aise.

— Vous avez dit qu'Archer était au British Museum.

— Il y était. Mais c'est ici qu'il veut vous rencontrer. Là où se trouve le mystère. C'est…

L'homme sourit.

— C'est son club.

Blake grogna.

— Un endroit bizarre, si vous voulez mon avis.

À l'intérieur, le bâtiment paraissait froid et vide. La poussière flottait dans l'air et les lumières étaient très tamisées. Derrière Blake, le conducteur vêtu de sa cape et de son chapeau s'engagea dans le hall d'entrée.

Aussitôt, une jeune femme apparut dans une entrée opposée. Elle était vêtue d'une robe de soirée rouge écarlate, et elle se précipita pour saluer le conducteur.

— Ça ne va pas mieux ? demanda-t-elle, préoccupée.

— Je vais reprendre des forces. Vous avez eu de la chance de quitter les lieux indemne.

La voix du conducteur était rugueuse et froide. Blake frémit en apercevant le visage de l'homme sous son chapeau à larges bords. Comme s'il fixait un crâne.

— J'étais près de la porte. Nous allons lui faire payer ce qu'il a fait, dit la femme. C'est une chance que vous n'ayez pas bu depuis si longtemps.

— Écoutez, qu'est-ce qui se passe ici ? demanda Blake. On m'a emmené pour voir George Archer, pas pour discuter des problèmes de santé du conducteur.

— Ne vous inquiétez pas à propos de ses problèmes de santé, dit le grand homme qui avait emmené Blake.

— Vous feriez mieux de vous inquiéter des vôtres, grogna le conducteur.

— La seule maladie dont je souffre, c'est *Anno Domini*, jeune homme, dit Blake d'un ton cassant.

Il y eut un moment de silence, puis la femme se mit à rire. Elle se détourna du conducteur et se dirigea lentement vers Blake, toujours en riant.

— La vieillesse ? demanda-t-elle, se tenant juste en face de lui.

— Vous n'avez aucune idée de ce que c'est, dit le conducteur.

— Et vous n'en aurez jamais, ajouta la femme.

Ses yeux étaient profonds, des bassins sombres qui semblaient s'élargir de plus en plus alors qu'elle se penchait vers Blake. Puis, il sentit que le grand homme l'attrapait par-derrière, le tenant immobile. Au-dessus de l'épaule de la femme, Blake vit un autre homme, grand et mince avec des traits pâles. Un homme qu'il connaissait. Un homme qu'il avait vu au British Museum, et auparavant à Lacock : l'homme qu'il avait essayé de photographier.

L'homme hochait lentement la tête, son expression un mélange de sympathie et d'horreur.

Alors, la femme ouvrit la bouche.

Eddie courut si longtemps qu'il ne savait plus depuis combien de temps il courait. Même lorsqu'il fut absolument sûr que personne du Club Damnation ne le suivait, il continua à courir. Lorsqu'il s'arrêta, trop épuisé pour être toujours effrayé, il ignorait où il se trouvait. Le jour se levait à travers la couche habituelle de smog qui planait sur Londres, l'air tournant du noir au gris.

Eddie avait besoin de parler à quelqu'un au sujet des événements de la nuit, mais George le croirait-il? Ou bien réprimanderait-il Eddie d'être sorti toute la nuit? De toute manière, il était trop tard pour rentrer à la maison à temps et voir George avant qu'il partît pour le travail. Eddie pourrait essayer de l'attraper au musée, mais la dernière chose dont il avait besoin maintenant, c'était un sermon sur son comportement à l'école. Non, il avait un meilleur plan.

À l'arrivée d'Eddie, l'hospice était déjà un fourmillement d'activités. Le déjeuner était terminé, et les hommes et les femmes se dirigeaient vers les zones où ils travaillaient. Eddie ignorait où il allait retrouver ses amis, mais il savait à peu près où se trouvaient les dortoirs. Il tourna un coin et se trouva presque face à face avec John Remick.

Rapide comme l'éclair, Eddie se retourna et se mit à courir. Il sprinta vers le coin le plus proche et se retrouva dans une cour remplie d'hommes âgés défaisant de vieilles cordes de chanvre. Après avoir traversé la cour, il arriva dans une autre cour où des femmes fabriquaient des paniers en osier. Elles travaillaient toutes en silence, émaciées et le visage sinistre. Eddie ne traîna pas. Il entendait Remick qui criait pour parler à Pearce. Peut-être serait-il mieux caché à l'intérieur, pensa-t-il. Il se dirigea vers une porte dans la cour d'à côté.

Il y avait une table à tréteaux installée près de la porte que visait Eddie. Plusieurs vieillards assis sur des tabourets coupaient de petites bûches de bois d'allumage avec des haches. L'un d'eux leva les yeux vers Eddie, son visage craquelé comme de la pierre ancienne.

— Pearce est là-dedans, avertit-il, sa voix rauque et fatiguée avec l'âge. Et on dirait que John Remick n'est pas trop content de toi non plus.

— Merci.

Eddie regarda autour de lui pour trouver un endroit où se cacher jusqu'à ce que Remick fût parti et que le maître de l'hospice ne fût plus dans les jambes. Alors que la porte commençait à s'ouvrir, il plongea sous la table.

Lorsque Pearce sortit de son hospice en se pavanant, Eddie avait une bonne vue sur les jambes de l'homme. Elles s'arrêtèrent devant la table, et le jeune garçon put l'entendre ramasser des copeaux de bois.

— Travail bâclé, dit Pearce d'une voix rauque. Mais je suppose qu'on va devoir s'en contenter. Reprenez-vous, sinon vos rations seront minces au dîner.

Une deuxième paire de jambes arriva précipitamment : Remick. Eddie entendait le garçon qui chuchotait d'un ton urgent à son maître.

— Alors, vous feriez mieux de le trouver, répondit tranquillement Pearce. Il semble que ce soit le gamin qui a été insolent avec moi l'autre jour. Je crois qu'il serait exactement ce que veut le cocher. Ouais, je crois qu'on paierait grassement pour ce garçon. Et aussi certain que le feu brûle en enfer, *il* ne manquera à personne.

Les jambes s'éloignèrent, et presque immédiatement, un crachat épais suivit. Eddie attendit quelques instants, puis sortit de sous la table.

— Merci de m'avoir averti, dit-il à l'homme au visage ridé.

L'homme hocha la tête.

— J'ai supposé que vous auriez besoin d'un peu d'aide si vous ne vouliez pas finir comme Charlie et les autres.

— Vous savez ce qui est arrivé à Charlie ?

L'homme haussa les épaules.

— Je sais que ce n'était rien de bon. Les enfants disparaissent. Toujours ceux dont Pearce pense qu'on ne remarquera pas l'absence. Il ne sait rien ! Il croit que nous, les vieux, sommes tous sourds et muets.

Il jeta un coup d'œil autour de lui.

— Peu importe, il est parti maintenant. Il a traîné le pauvre Remick par l'oreille, mais il n'y en a pas beaucoup qui ressentent de la sympathie pour lui. Tu ferais mieux de filer pendant que tu en as la chance. Il est dans une de ces humeurs. Pearce te fouettera jusqu'à ce que ta vie ne vaille pas plus qu'un vieux sou.

La mention d'un vieux sou poussa Eddie à tapoter ses poches avec un soudain malaise.

— Je n'ai rien à vous donner, s'excusa-t-il.

Le vieil homme se mit à rire.

— C'est très bien, mon garçon. De toute façon, je n'en ai pas besoin.

Eddie remercia à nouveau le vieil homme et ses amis à la table de coupe de bois, puis il s'enfuit précipitamment de l'hospice. Il plongea dans l'ombre sur le côté du bâtiment menaçant, et aperçut Pearce sur la route à l'extérieur avec un homme plus jeune, à peine plus vieux qu'un garçon. Ils se tenaient près d'un carrosse.

Un carrosse avec un signe rouge distinctif sur la porte noire. Le chauffeur était emmitouflé à l'intérieur de sa grande cape, son visage encapuchonné. Il descendit du carrosse pour parler à Pearce.

Demeurant dans l'ombre, Eddie se rapprocha, s'efforçant d'entendre ce qui se disait.

— Oh oui, j'en ai un pour toi, dit Pearce. Je pensais que nous avions vraiment trouvé le bon, mais il a filé. Alors, il va falloir faire avec.

— Celui-ci?

La voix cassante du cocher atteignit Eddie alors qu'il regardait avec attention au coin de l'immeuble.

Pendant que le cocher parlait, Pearce attrapa le garçon, tordant méchamment ses bras derrière son dos.

— Allez, vite. Celui-ci, il est fort; servez-vous de votre influence. Jetez-lui un sort. *Hypnotisez*-le comme vous avez fait avec les autres pour qu'il cesse de se tortiller.

Le garçon se débattait et criait. Mais après un seul regard du cocher, il devint docilement silencieux. Puis, pendant qu'Eddie continuait à regarder, Pearce ouvrit la porte, et le garçon monta sans protester.

— Ça suffira, dit le cocher.

— Ça va plus que suffire. C'est exactement ce que vous vouliez. Rempli de feu, et il ne manquera certainement pas à qui que ce soit.

— Vous vous attendez à des remerciements ?

— Je m'attends à de l'argent.

Le cocher ne dit rien, mais se retourna vers sa voiture.

Pearce saisit l'homme par la manche, mais alors que le cocher se retournait, Pearce recula.

— Désolé, monsieur. Je ne veux pas être impoli. Je veux juste… bien, je suppose que je mérite ce qui m'appartient. Ce que vous avez promis.

— Vous voulez dire l'argent ?

Pearce regarda autour de lui alors que deux hommes tournaient le coin de la rue, de l'autre côté de la voiture.

— Pas ici, siffla-t-il. Pas avec des gens qui regardent.

— Vous avez peur ?

Le cocher semblait amusé par la nervosité de Pearce.

— Je suis prudent. C'est pourquoi je peux toujours vous aider. Mais cela ne peut continuer beaucoup plus longtemps.

Le cocher s'éloigna lentement, en direction de l'endroit où se cachait Eddie.

— En effet, ça ne peut pas continuer. Tout sera bientôt terminé.

Eddie n'attendit pas d'en entendre davantage.

La vie se déroulait autour d'elle dans une brume terne. Les gens parlaient à Liz, et elle répondait. Mais elle avait à peine idée de ce qu'ils disaient ou de la manière qu'elle répondait.

Le médecin que Malvern avait envoyé, les voisins, le recteur de St. Bartholomew et le croque-mort.

Les répétitions au Parthénon constituaient un soulagement bienvenu. Elle pouvait se perdre dans une séquence fixe de gestes et de paroles. Pendant quelques heures précieuses, elle pouvait laisser son esprit s'immobiliser et ne pas se sentir coupable d'avoir laissé son père mourir seul dans une maison vide.

— Vous ne devez pas vous blâmer, dit doucement Marie Cuttler à Liz à travers un brouillard mortifère alors que les autres acteurs partaient. Asseyez-vous avec moi pendant un moment.

Marie paraissait plus pâle que jamais. Même dans son état de distraction, Liz était consciente que la femme n'allait pas bien. Elle paraissait lasse et faible, même si toute sympathie ou suggestion d'aller se reposer la faisait rire.

— Parlez-moi de lui, dit Marie alors qu'elles étaient assises ensemble dans la loge de cette dernière.

C'était de simples mots, mais ils avaient libéré une poussée inattendue d'émotion, et Liz se retourna et sanglota sur l'épaule de la femme plus âgée.

— Il était tellement renfermé, dit-elle enfin. Mon propre père ; pourtant j'ai l'impression que je ne le connaissais pas vraiment du tout. J'ai toujours cru qu'un jour nous parlerions. Quand il irait mieux : il était frêle depuis si longtemps. Pas tant à cause de la maladie, mais à cause d'une lassitude de la vie. Je sais qu'il m'aimait, mais ma mère lui manquait plus qu'il ne pouvait jamais le dire. D'une certaine manière, il se blâmait pour sa perte. Et avant cela, pour la mort de sa propre sœur, je crois.

— Et était-il à blâmer ?

— Bien sûr que non, répondit sèchement Liz. Comment pourrait-il l'être ?

Marie hocha tristement la tête et sourit.

— Et vous n'êtes pas à blâmer non plus. Comment pourriez-vous l'être ? répéta-t-elle.

Liz se détourna.

— Oh, mais je le suis. Si seulement j'avais été là…

La femme prit les mains de Liz entre les siennes.

— Vous vivez un deuil, vous êtes contrariée, embrouillée. Vous êtes en colère parce que vous étiez en train de vous amuser quand votre père est décédé. Mais il n'y a aucune honte à cela. C'est ainsi qu'il aurait voulu que vous fassiez. Du peu que vous croyez savoir sur lui, vous devez savoir cela.

Liz hocha la tête, ravalant ses larmes.

— Il y avait tellement de choses dont je *voulais* lui parler, et pourtant il y en avait si peu dont je *pouvais* lui parler.

— Comme votre travail ici ?

Liz hocha la tête.

— Comme Henry Malvern ? demanda doucement Marie.

Liz la regarda brusquement, mais Marie se contenta de rire.

— Quelque chose d'autre qui vous rend perplexe, je crois.

Liz détourna les yeux. Pensant à son père. Pensant à Henry Malvern.

Pensant à George Archer, qu'elle n'avait pas vu au bal ; qu'elle n'avait pas vu depuis des jours ! Était-il en quelque sorte tellement logé dans son esprit qu'elle avait aperçu son visage alors qu'il n'était pas là ?

— Vous devez prendre la vie comme elle vient, saisir les moments qui passent. Rien ne dure pour toujours, dit Marie tristement. Pas même les actrices.

La portière s'ouvrit facilement. À l'intérieur, le garçon était assis dans l'ombre et Eddie ne pouvait pas distinguer son visage.

— Ça va ? siffla-t-il. Ils reviendront dans une minute.

Il n'y eut pas de réponse. Avant de monter dans le carrosse, Eddie jeta un coup d'œil rapide dans la direction que le cocher et Pearce avaient prise.

— Qu'est-ce qu'il t'a fait ?

— Je dois attendre mes instructions.

La voix était plate et sans vie. Le regard flou du garçon fixait l'espace.

Eddie soupira.

— Pourquoi fallait-il que ce soit toi ?

John Remick se tourna légèrement pour regarder Eddie. Mais ses yeux étaient toujours vitrés.

— Les instructions, dit-il encore.

— Tu veux des instructions ? Pas de problème. Tu vas sortir d'ici et aller à l'adresse que je vais te donner, et tu vas t'assurer de voir George Archer. Personne d'autre. Et tu dois lui dire ce qui s'est passé, ce qui se passe. Tout ce que tu sais. Ce qui doit être plus que ce que je sais.

— George Archer, répéta Remick.

— Exactement.

Eddie lui donna l'adresse de George.

— Dis-lui que c'est Eddie qui t'envoie. Et dis-lui...

Eddie hésita. Était-ce vraiment la bonne chose à faire ? Il regarda dans les yeux fixes de Remick et il pensa à ce à quoi ressemblait Charlie à la fin.

— Dis-lui que j'ai pris ta place. Dis-lui que je vais découvrir ce que le cocher et sa bande sont en train de manigancer si c'est la dernière chose que je fais.

Sir William leva les yeux, surpris de voir la porte de son bureau s'ouvrir soudainement.

— Que me vaut cet honneur ? demanda-t-il alors que son visiteur refermait la porte derrière lui.

— Quand vous êtes venu me voir hier soir, dit Lord Ruthven. Je n'étais pas certain de pouvoir vous aider. Pas convaincu de *devoir* vous aider.

— Et maintenant ?

Sir William lui fit signe de prendre un siège.

— Les circonstances changent. Les choses commencent à être ingérables. Je pense que vous avez raison. Nous devons parler.

— Vraiment ?

Sir William se pencha en arrière sur sa chaise.

— Et de quoi devons-nous parler ? De photographies, peut-être ? De l'Égypte ancienne, peut-être ? De la signification réelle de certains objets sous la garde de mon département jusqu'à tout récemment ?

— Tout cela et plus encore, concéda Lord Ruthven.

Sa voix était à peine plus qu'un murmure.

— Mais, surtout, il faut que nous parlions de vampires.

Chapitre 11

Il y eut un long silence. Sir William sentait que Lord Ruthven avait besoin d'un certain temps pour rassembler ses idées et son courage. Finalement, Ruthven hocha lentement la tête et s'assit, comme s'il en était venu à une décision capitale. Sa voix était faible et Sir William se pencha en avant, écoutant ardemment.

— Il y a tellement d'histoires. Tellement. Je suis sûr que vous en avez entendu une centaine, et ça effleure à peine la surface. Du *Livre des morts* des Anciens Égyptiens au *Necronomicon*, des Tablettes interdites de Myrkros aux écrits de Thomas Prest, il y a seulement quelques années... Tellement d'histoires.

Il se tut à nouveau, le regard flou.

— Ça vous dérange si nous tirons les rideaux ? dit enfin Lord Ruthven.

Le smog du début de la matinée s'était dissipé et le soleil tombait sur le bureau. Sir William se leva et ferma les rideaux.

— Vous parliez d'histoires, dit-il en se rasseyant, pour l'inviter à continuer. Je suppose donc que vous avez une histoire à me raconter ? À propos de vampires ?

— Ah, mais justement. Ce ne sont que des histoires. Elles peuvent reposer sur un fondement dans la réalité, mais la notion de vampirisme est une fiction. Les vampires n'existent pas ; comment serait-ce possible ?

— Comment, en effet ?

Sir William attendit un certain temps avant de se racler la gorge et de continuer.

— Comme vous le dites, c'est de la fiction. Des histoires et des mythes. Une idée populaire peu appuyée par les faits. Une légende séculaire d'une créature qui ressemble à un homme, qui a jadis été un homme, qui survit en buvant le sang des autres. Une créature parasite qui fuit la lumière du soleil…

Il laissa flotter le dernier commentaire dans les airs.

— Vous pouvez comprendre comment les histoires ont commencé, dit Lord Ruthven. Elles sont nées de circonstances tragiques, mais ordinaires, bien sûr. Des tentatives de rationaliser les effets d'une épidémie. Une façon d'expliquer la préservation d'un corps mort. Même pour atténuer l'horreur d'un enterrement prématuré. Comment pouvons-nous croire qu'un être cher que nous avons scellé dans un cercueil en dessous de la terre n'était pas réellement mort, qu'il a gratté, écorché et hurlé à l'intérieur de ce qui est devenu son tombeau.

— Une prédiction qui se réalise, convint Sir William. Il est préférable de croire qu'ils étaient possédés ou infectés, qu'ils n'étaient plus humains, plutôt que d'admettre que vous les avez condamnés à un tel destin.

— L'anémie, continua Lord Ruthven. L'inhumanité de l'homme envers l'homme : une excuse pour la brutalité que nous aimerions expliquer autrement que par le simple sadisme.

— Et c'est ainsi que les légendes et les mythes se construisent, dit Sir William. Est-ce là votre thèse ? Vous êtes venu ici pour me dire que les vampires n'existent pas. Qu'il est absurde de croire à ces histoires ?

— Il existe des absurdités, admit Ruthven. Par exemple, comment est-il possible qu'un homme se transforme en chauve-souris ?

— Mais d'autres aspects sont également un peu plus plausibles, ne croyez-vous pas ?

— Oh oui. Mais c'est simplement parce que sous la façade et derrière les histoires, se cachant dans les ombres et masqués par la légende et la tromperie, les vampires existent *effectivement*.

Lord Ruthven avait pris un ton détaché, comme s'il était en train de discuter du plus banal des sujets.

Sir William s'appuya contre le dossier de sa chaise et poussa un profond soupir.

— Maintenant, enfin, nous allons quelque part.

— Comme je l'ai dit, les histoires ont un fond de vérité. C'est le cas de toutes les histoires. Elles ont été exagérées et embellies jusqu'à ce qu'elles paraissent absurdes et ridicules pour l'esprit rationnel. Mais ce sont les pièges et les détails qui font partie de la fiction. De petits mensonges pour exagérer la vérité. Le grand mensonge pour cacher un fait.

Il fit un geste de la main dans les airs, comme s'il les rejetait tous.

— Une conspiration qui a duré pendant des siècles, voire des millénaires, précisément avec l'intention de faire passer les vampires pour un mythe, une histoire, une fiction.

— Une façon d'attirer l'attention loin de la vérité, se rendit compte Sir William. Pas en essayant de la dissimuler, mais en la rendant tellement publique, en lui donnant une apparence tellement farfelue, qu'il est impossible de la croire.

— Alors que la terrible vérité se cache dans l'obscurité et dans les ombres.

Lord Ruthven hésita un instant avant de poursuivre.

— Bien sûr, nous ne pourrions jamais espérer cacher entièrement notre existence. Nous avons donc choisi une voie différente. Nous avons publié des comptes-rendus exagérés de nos vies. Nous avons encouragé le théâtre et les spectacles de music-hall. Nous avons même écrit nous-mêmes une partie de nos histoires à sensation. Nous avons créé une fiction évidente à l'intérieur de laquelle nous pouvions cacher la vérité.

— Un plan ingénieux.

— Qui a réussi, concéda Ruthven. Il a contribué à dissimuler les faits aux masses, et à induire en erreur quiconque tombait sur la vérité. Et tout cela continue. Même maintenant, l'un de nous est en train d'alimenter des idées qui conviennent à une nouvelle pièce de théâtre sensationnelle pour M. Stoker au Lyceum Theatre.

— Vous avez parlé du grand mensonge, dit tranquillement Sir William.

— Vous rendez-vous compte que je suis en train de prendre un risque en vous parlant, à vous ? riposta Ruthven.

Il y a eu tellement de mensonges. Tellement d'embellisse-ments pour dissimuler la vérité essentielle.

— Et pourtant, essentiellement, vous essayez de me faire croire que les vampires existent. Que des créatures de la nuit boivent le sang des vivants pour se nourrir. Que les morts-vivants circulent parmi nous.

— Tout comme cela a toujours existé. Et l'homme est tellement porté vers son cheminement intérieur, il est si égoïste, qu'il ne le remarque pas. Nos victimes, et oui, je choisis délibérément ce mot, peuvent s'estomper, pâlir et dépérir alors que nous les vidons de leur sang. Et personne ne le remarque. Personne ne veut le remarquer. Est-ce de l'ignorance ou de l'autotromperie volontaire?

— Peut-être, dit lentement Sir William, y a-t-il en chacun de nous une partie qui veut vivre éternellement. Quel que soit le coût.

— Peut-être, concéda Ruthven. Pendant des siècles, nous avons coexisté avec les simples mortels. Vous nous avez décrits comme des parasites. Peut-être avez-vous raison. Toute une seconde civilisation qui se nourrit de la première. Parallèle et insoupçonnée, dépendante de l'humanité pour le sang qui nous nourrit.

Sir William écoutait attentivement, prenant des notes à l'occasion sur une feuille de papier. Il se sentait détaché et froid, comme s'il écoutait effectivement une histoire plutôt qu'un terrible secret.

— Notre société est saine et elle est en pleine croissance. Peut-être trop saine, car nos effectifs ne cessent d'aug-menter. Nous avons dû limiter nos activités afin de demeurer cachés et inconnus.

— Pour ne pas attirer l'attention sur vous-mêmes, dit Sir William.

— En effet. Alors que nous sommes éveillés, nous avons besoin d'un apport constant de sang frais. Et rien qu'ici, à Londres, il y a tellement de malheureux qui peuvent disparaître dans les rues et les hospices, et qui ne manqueront jamais à qui que ce soit. Nous les prenons là où nous pouvons les trouver. Tout être dont nous pouvons boire le sang. Tout être qui ne manquera à personne.

La gorge de Sir William était sèche. Il passa un doigt à l'intérieur de son collet pour le desserrer pendant que Ruthven continuait.

— Mais même ainsi, nous sommes maintenant beaucoup trop nombreux.

— Alors, comment voulez-vous demeurer cachés?

— En dormant. À tout moment, seuls certains d'entre nous sont éveillés et actifs, tandis que les autres sommeillent. Nous avons des maisons de repos partout dans Londres, où nos gens attendent leur tour de vivre.

Ruthven rit soudainement comme un cheval.

— Vivre! J'ai tellement vu la mort. Même aujourd'hui. Quel coût, quelle façon de vivre. Oh, dormir et ne jamais se réveiller.

Il retomba dans le fauteuil et ferma les yeux.

— Êtes-vous plusieurs à ressentir cette insatisfaction? demanda Sir William.

Lord Ruthven hocha la tête.

— Quelques-uns peut-être. Il y a une insatisfaction, mais pas contre notre destin en tant que tel, plus à cause de la façon dont nous traitons la chose. Il existe de plus en plus de dissension au sein de ceux qui sont éveillés autant que de ceux qui dorment.

— Je peux l'imaginer.

— Vraiment?

Du ton de sa voix, Ruthven ne croyait aucunement Sir William.

— C'est un système qui ne peut être maintenu, dit Sir William. L'attraction, comme je la comprends et si je peux me servir de ce terme, de votre condition, c'est la longévité. Quelle peut être la séduction d'une vie éternelle lorsqu'on se fait demander de la dormir? Ceux qui sont éveillés sont-ils heureux d'abandonner leur vie pour la passer à dormir... combien de temps? Des décennies? Des siècles?

— Ceux d'entre nous qui atteignent des situations de pouvoir et de richesse au sein de la société ont tendance à vouloir maintenir cette situation, convint Ruthven. D'autres passent beaucoup plus de temps à dormir qu'ils ne le souhaiteraient. Ils soutiennent que ceux qui sont au-devant de la scène doivent être vus pour vieillir et mourir. La voie du monde, c'est le changement, mais nous demeurons constants. Ceux d'entre nous qui sont éveillés doivent faire place aux dormeurs, mais ceux qui possèdent le pouvoir veulent le garder. À n'importe quel prix.

— Tout un dilemme. Mais avec une solution évidente. Une solution inacceptable.

Ruthven hocha la tête.

— De plus en plus, on fait valoir que le statu quo n'a plus sa place. Que ce qui a déjà fonctionné n'est plus la meilleure façon. À mesure que notre nombre augmente, les arguments qui veulent que nous sortions de l'ombre augmentent aussi en nombre. Certains veulent que nous annoncions notre présence. Que nous annoncions que nous sommes maintenant suffisamment forts pour prendre le relais. Nous n'avons pas besoin de nous cacher pour gouverner, façonnant le destin du monde pendant que nous demeurons à jamais plongés dans l'obscurité. Pourquoi devrions-nous nous limiter? Pourquoi seulement nous nourrir des rebuts de la société, de ceux qui ne manqueront à personne? Les enfants de l'hospice, les femmes dans les rues, les ivrognes endormis dans les ruelles.

Lord Ruthven se pencha en avant, fixant Sir William d'un regard profond et sombre.

— Un si grand nombre d'entre nous occupent maintenant des positions de pouvoir que nous pourrions prendre le dessus et gouverner.

— Et cela se passera-t-il? demanda doucement Sir William.

— Il y a quelques années, j'aurais dit que non.

Lord Ruthven détourna les yeux.

— Mais les circonstances ont changé. Jusqu'à présent, ceux d'entre nous qui sont pour le statu quo ont été en mesure de soutenir que le système actuel fonctionne. Qu'il est préférable et plus sûr de ne pas modifier notre stratégie. Cette stratégie nous a bien servis pendant des siècles. Mais maintenant… le monde change et il se passe des choses qui pourraient nous exposer.

— Exposer?

Sir William sourit.

— Vous voulez dire, comme on pourrait exposer une photographie?

Chapitre 12

Dans son bureau, à l'autre bout du couloir, George examinait une des photos des dossiers de Xavier Hemming. Elle montrait un homme debout dans une pose rigide au bord de la mer. Une description au crayon sur le dos de la photographie se lisait comme suit :

Brighton, 1864
Michael Adisson et inconnu

L'homme sur la photographie, Adisson, tenait un de ses bras à son côté. L'autre bras était tendu et recourbé, comme s'il tenait quelqu'un : sa femme, ou un enfant, ou…

— Inconnu en effet, songea George alors qu'il regardait à travers sa loupe.

L'explication évidente, c'était que l'homme se tenait tout simplement debout dans une pose bizarre. Mais la pose aurait dû être tenue pendant un certain temps. Ce n'était pas une posture accidentelle.

Il était aussi possible qu'il s'agisse d'un truquage. La personne que tenait Adisson aurait pu en quelque sorte être retirée de la photographie. De ses discussions avec Blake et Pennyman, George savait que de telles modifications étaient possibles. Mais elles étaient difficiles à réaliser, et cela exigeait de la planification. Si quelqu'un avait enlevé un personnage de cette photo, il lui aurait fallu une photographie identique, prise à partir de la même position pour remplacer l'arrière-plan. Et il n'y avait aucun signe de truquage.

La seule autre possibilité était celle que George continuait à écarter. Malgré les affirmations de Blake à propos de Lord Ruthven.

Tout en rassemblant ses affaires et en quittant son bureau, l'idée continuait de le hanter. Comment était-il possible que quelqu'un n'apparaisse tout simplement pas dans une photographie ?

— Nous avons une relation spéciale avec divers éléments, dit Ruthven. La lumière, l'argent, l'eau.

— J'en ai beaucoup entendu parler, convint Sir William.

— L'eau courante n'est pas en soi un obstacle. Une autre fiction, expliqua Ruthven. Mais oui, nous pouvons nous noyer. Nous avons besoin de sang, et ce sang a besoin d'air tout comme le vôtre. Plus que le vôtre.

— Et les photographies ? suggéra Sir William.

— La nouvelle technologie. Celle qui pourrait finalement nous forcer à agir. À mesure que la photographie gagne en popularité, nous ne pouvons espérer demeurer cachés.

Il se leva et marcha lentement vers la fenêtre, tirant légèrement le rideau. L'après-midi tirait à sa fin et l'air était lourd de brouillard gris.

— La lumière du soleil, dit calmement Ruthven. Non seulement la lumière du jour, mais les rayons du soleil en tant que tel. Un filtre de smog nous suffit, mais il est utile que les légendes suggèrent que toute lumière est une abomination.

— Vous avez parlé de la lumière, vous avez mentionné l'argent...

Sir William se leva et alla rejoindre Ruthven près de la fenêtre, regardant vers la grisaille. Il vit son reflet dans la vitre, et à côté de lui... rien.

— Vous n'avez pas de reflet, dit-il doucement.

— Pas même dans un miroir, admit Ruthven. C'est bien vrai. La lumière et l'argent : les principaux éléments du procédé photographique. Comme un miroir, la photographie nous ignore.

Il se retourna et regarda Sir William directement.

— Nous ne projetons aucune ombre. Il m'arrive parfois de croire qu'étant donné que même la lumière du soleil ne peut me voir, peut-être que Dieu Lui-même a tellement honte qu'Il essaie de nous ignorer.

— Vous croyez que les progrès de la photographie pourraient obliger vos compagnons à agir ?

— Je le crains. Mais il y a d'autres raisons. Il se passe d'autres choses. D'autres questions viennent en tête. Des trucs innommables.

Elle avait l'air si pâle et si fatiguée, appuyée contre les oreillers sur le lit de sa chambre d'hôtel. Marie Cuttler sourit à Liz, mais son sourire était aussi mince et frêle qu'elle l'était devenue.

— Je vous remercie beaucoup d'être venue.

Liz s'assit sur le bord du lit et prit la main de son amie. Elle était glaciale.

— Oh Marie, vous paraissez tellement... fatiguée.

— Ça va passer, j'en suis sûre. Mais si ce n'est pas le cas...

Ses paupières clignèrent sur ses yeux alors qu'elle s'efforçait de demeurer éveillée.

— Faites quelque chose pour moi ?

— Bien sûr. Tout ce que vous voulez.

— Une histoire basée sur la vérité, souvenez-vous. Rendez-lui justice, notre histoire.

Marie retomba sur son lit, épuisée.

— Vous ferez une brillante Marguerite, Mlle Oldfield.

Lorsqu'il revint, le cocher jeta à peine un coup d'œil à Eddie, et le carrosse s'engagea avec fracas dans les rues brumeuses, Eddie se trouvant seul à l'intérieur.

Ils s'arrêtèrent à l'extérieur du Club Damnation pendant un certain temps, et Eddie frissonna au souvenir que ce lieu ramenait chez lui. Le cocher revint bientôt et ils repartirent.

À chacun des différents arrêts dans l'après-midi, Eddie avait été tenté de s'échapper. Mais chaque fois, il décida que si le cocher n'avait pas encore remarqué la substitution, alors il découvrirait bientôt ce qui se passait : où Charlie et les autres avaient été emmenés, et ce qui leur était arrivé.

Sauf qu'il n'était pas certain de vouloir le savoir. Maintenant, il était coincé, tout comme l'avaient été Charlie et les autres. Sauf qu'ils avaient probablement été hypnotisés comme Remick. Eddie avait encore tous ses esprits, et au premier signe de problème, il ficherait le camp.

Même ainsi, il eut soudainement l'impression qu'il avait froid et il se sentait incroyablement seul au moment où le cocher s'arrêta devant le British Museum. Le cocher descendit de la voiture et se dirigea résolument vers l'entrée principale. Ce pourrait être sa dernière chance de s'échapper, songea Eddie. Devrait-il se dérober maintenant ? Ou devrait-il rester pour voir ce qu'il pouvait découvrir de plus ?

Lorsque George rentra chez lui, il y avait un garçon devant sa maison. Il crut d'abord que c'était Eddie, mais comme il approchait, il vit que le jeune homme était plus grand et plus mince. Ses cheveux noirs étaient graisseux et il fixait le vide.

— Puis-je vous être utile ? demanda George.

— Utile, répéta le garçon d'une voix terne et sans vie.

— Cherchez-vous Eddie ? demanda George.

Peut-être était-ce un ami de l'école.

— Eddie m'a envoyé, arriva la réponse sur le même ton monotone.

— S'il n'est pas là, j'ai bien peur de ne pas savoir où il est.

— Eddie m'a envoyé pour vous raconter tout ça. À propos de M. Pearce et du cocher.

— Est-ce que ça va ?

Le garçon avait le visage absent et distrait. George ouvrit la porte et entra le premier. Le garçon le suivit.

— Écoutez, je vous l'ai dit, Eddie n'est pas ici, dit George d'un ton irrité.

Il ne savait pas vraiment ce qu'il devait faire ; il ne pouvait pas mettre le garçon à la porte. Et le jeune homme était là, debout dans le salon, le regard flou. Il avait sombré dans le silence. L'éclairage étant meilleur, George voyait qu'il était maigre, mais bien bâti. Ses mains étaient recourbées et formaient des poings à ses côtés.

— Oui, dit George, mal à l'aise. Bien, peut-être aimeriez-vous l'attendre ?

Le garçon ne répondit pas, mais regarda fixement au loin. George ne savait pas trop quoi faire avec lui, mais avant longtemps il entendit un carrosse qui s'arrêtait à l'extérieur. Quelques instants plus tard, on frappa à la porte.

C'était Sir Harrison Judd.

— M. Archer, je vous apporte de bonnes nouvelles. Votre demande a été acceptée.

George cligna des yeux.

— Acceptée ? Déjà ?

Il avait eu l'intention de parler à Sir William de l'étrange bal masqué et de la nuit qu'il avait passée au Club Damnation. Mais le moment approprié ne s'était pas présenté. Lorsque George avait quitté le musée, la porte de Sir William était fermée, des bruits de voix venant de l'intérieur. Maintenant, il semblait qu'il était trop tard pour lui demander conseil.

— Nous aimerions beaucoup vous compter parmi nos membres, dit Judd. Félicitations.

George était surpris. Il avait imaginé qu'il y aurait eu un entretien ou une réunion, ou du moins une certaine formalité.

— Je vous remercie, monsieur.

Sir Harrison se retourna pour partir. Puis, il s'arrêta lorsqu'il se rendit compte que George ne le suivait pas.

— Eh bien, allons-y, jeune homme. Nous ne pouvons pas les faire attendre. Ce soir, vous serez initié comme membre à part entière du Club Damnation.

George regarda nerveusement vers la porte du salon. Était-il sécuritaire de laisser ici l'étrange ami d'Eddie ? Et tant pis pour le garçon, où était Eddie ?

La porte se referma derrière George et Sir Harrison. En entendant le bruit, John Remick frissonna et se balança sur ses talons. Comme il retrouvait l'équilibre, il regarda autour de lui avec surprise. Son esprit était un brouillard aussi épais que l'air à l'extérieur. Mais peu à peu, le souvenir des dernières heures lui revint. Il se souvenait de la trahison de Pearce, du cocher. Et d'Eddie. Il se souvenait de George et qu'il était supposé tout lui raconter ; mais son esprit avait occulté les faits.

Il se laissa tomber dans un fauteuil, la tête entre ses mains.

Ils parlèrent des mythes et des légendes, de la fiction et des faits.

— Oh, il est vrai que nous avons une certaine affinité pour notre terre natale, dit Lord Ruthven. Pour la terre où l'on a vécu en dernier dans une existence complète et correcte. Peut-être est-ce simplement de la nostalgie et que tout est dans la tête, ou peut-être y a-t-il effectivement quelque chose de plus fort qui nous lie à cette terre.

— Vous voulez dire qui vous lie littéralement à elle? demanda Sir William.

En guise de réponse, Lord Ruthven défit ses lacets. Il retira d'abord une des chaussures, puis l'autre.

— J'étais en Écosse quand j'ai été initié. C'est un peu comme se joindre à un club exclusif.

Il tendit l'une de ses chaussures à Sir William pour lui montrer la mince couche de terre répandue à l'intérieur.

— Un rappel constant. À chaque pas que je fais, je peux sentir l'endroit auquel j'appartenais avant, là où j'existais. Peut-être que les autres trouvent que c'est libérateur et se réjouissent de la transition.

Il remit ses chaussures et lés relaça lentement et habilement.

— Mais je découvre que les choses que je n'ai plus me manquent.

— Comme la lumière du soleil?

— Et l'amour… et la mort.

— C'est pour cette raison que vous êtes venu me voir, j'imagine.

Sir William se pencha sur son bureau, les coudes sur le buvard pendant qu'il tapotait son menton avec ses doigts.

— Un club exclusif, dit-il tranquillement. Bien sûr, dit-il plus fort alors qu'il commençait à comprendre, le Club Damnation.

Lord Ruthven hocha la tête.

— Nous y faisons là une initiation ce soir. Un candidat très spécial, je le crains.

— Qui ? demanda Sir William.

Avant que Lord Ruthven ne pût répondre, la porte du bureau s'ouvrit brusquement. Sir William bondit sur ses pieds, regardant avec colère la silhouette masquée sur le seuil.

La voix de l'homme était sèche et rauque.

— J'espère que vous n'avez pas raconté *tous* nos secrets à Sir William. *Tous* nos mensonges.

Il repoussa le capuchon de son manteau.

Sir William recula, regardant fixement avec une incrédulité horrifiée le crâne où il aurait dû y avoir la tête d'un homme. Quelque part au fond de ses orbites vides, il y avait peut-être eu une étincelle de vie. Ou de mort.

— Je n'ai pas bu de sang depuis que notre Seigneur nous a été enlevé, dit le cocher à mesure qu'il avançait vers Sir William.

— Pas depuis plus de quatre mille ans. Ma sœur Belamis et moi nous sommes abstenus de sang jusqu'à Son retour. Pouvez-vous imaginer à quel point je m'en languis ? À quel point j'en suis affamé ?

Ses doigts osseux se tendirent vers Sir William.

— Mais bientôt, il marchera parmi nous une fois de plus, et elle aussi. Alors, et alors seulement, je me permettrai de me nourrir.

Sir William avait le dos au mur. Les doigts d'une main squelettique serrèrent sa gorge, l'autre poussant sa tête en arrière pour exposer son cou.

— Je vous offre une dernière chance de vous racheter, Ruthven, dit le cocher d'une voix rauque. De redresser ce que vous avez fait, avant que notre Maître en entende parler.

La pièce vibrait et oscillait, et Sir William avait du mal à respirer. Le crâne le regardait fixement : une image de sa propre mortalité. Puis, elle fut remplacée par une autre image : par le visage pâle et effrayé de Lord Ruthven.

— Je suis désolé, dit calmement Ruthven. Vraiment désolé.

Il se pencha en avant.

La pression sur le cou de Sir William fut libérée, mais immédiatement remplacée par la douleur aiguë de quelque chose de dur qui tranchait dans sa chair. Il pouvait sentir le sang chaud qui sortait alors qu'il était pompé et qu'il dégoulinait. Le monde était d'un rouge brumeux alors que Sir William s'écroulait sur le sol.

La dernière chose qu'il entendit fut la voix cassante du cocher.

— Bienvenue à la Damnation.

Chapitre 13

L'homme pâle et nerveux qui était monté dans le carrosse avant qu'ils partent du British Museum semblait familier, mais Eddie mit un certain temps à se rappeler où il l'avait vu. Il s'était trouvé au déballage de la momie. L'homme émacié aux cheveux gris et à la moustache blanche avait été là. Eddie conserva son regard absent et espéra que l'homme ne se souviendrait pas de lui.

Eddie pouvait observer des bribes du chemin qu'ils parcouraient à travers le brouillard. Les rues étaient maintenant bordées d'entrepôts plutôt que de maisons. Il entendait le bruit de la machinerie et des moteurs à vapeur.

Un train passait, traînant une longue file de boggies. Au-delà, Eddie pouvait distinguer les silhouettes sombres des rotondes et des immenses tas de charbon. Ils approchaient maintenant de l'un des hangars. Les doubles portes étaient prêtes à s'ouvrir, et le carrosse entra bruyamment sans aucunement ralentir.

Eddie s'arc-bouta, craignant qu'ils ne s'écrasassent. Mais le carrosse s'inclina plutôt vers l'avant et le jeune garçon faillit se faire éjecter du siège. Le carrosse continua sa course à travers l'obscurité en pente, beaucoup plus loin qu'il n'était possible de le faire à l'intérieur d'une rotonde. Une lampe à gaz passa rapidement devant la fenêtre, puis une autre. Eddie se rendit compte qu'ils étaient maintenant dans un tunnel, fonçant à l'intérieur de la terre.

Eddie dut faire de grands efforts pour garder un visage impassible et ne trahir aucun sentiment alors que le carrosse roulait avec fracas à travers des tunnels faiblement éclairés pendant ce qui lui sembla une éternité. Finalement, il ralentit pour terminer sa course.

— Vous savez ce que vous devez faire, Lord Ruthven, dit le cocher dès que l'homme aux cheveux gris fut sorti.

— Bien sûr.

Il se retourna et fit signe à Eddie de le suivre.

Le carrosse s'était arrêté au milieu d'une grande caverne. On aurait dit une grotte énorme, mais le toit et les murs étaient maintenus ensemble par des pierres complexes. La place était éclairée par des lampes qui grésillaient et donnaient aux murs une lueur terne, d'un rouge mouillé.

Le plafond en forme de voûte s'inclinait à une extrémité de la caverne. Il y avait là une vaste zone où le toit était beaucoup plus bas et beaucoup plus plat. Le carrosse était arrivé sous cette section plate. Le dessus du capuchon du cocher touchait presque le plafond lorsqu'il était assis sur le siège du conducteur.

Lord Ruthven conduisit Eddie sur une courte distance.

— Nous observerons à partir d'ici, dit-il tranquillement sans regarder Eddie.

Venant des différents passages et tunnels qui se rejoignaient à cet endroit, d'autres personnes arrivaient dans la caverne. Vêtues de noir et de rouge, elles avançaient d'une démarche formelle et mesurée. Des hommes et des femmes, et même quelques enfants. Des silhouettes pâles et émaciées se regroupèrent autour du carrosse. Des dizaines, voire des centaines d'entre elles.

Malgré la foule qui se rassemblait, Eddie avait encore une vision claire du carrosse. Lorsqu'il lui sembla que tout le monde était présent, le cocher tendit le bras vers le côté de la banquette. Puis, il se redressa brusquement, levant une épée au-dessus de sa tête de sorte que la pointe touchât le toit. La lame était de bronze teinté, étincelant lorsqu'elle captait la lumière crachotante.

— La cérémonie séculaire, dit calmement Lord Ruthven.

Il jeta un coup d'œil à Eddie et sourit.

— Pas que tu en saches quoi que ce soit ou que ça te préoccupe.

Eddie continua à regarder droit devant lui, même s'il aurait voulu de tout son cœur voir l'expression de Ruthven. Même s'il aurait voulu lui demander ce qui se passait.

Mais il semblait que Ruthven allait le lui dire de toute façon.

— Le cimetière est tellement proche au-dessus de nous que je me demande parfois si les fossoyeurs pourraient creuser trop profondément et nous découvrir.

La voix de l'homme tremblait un peu. Était-il nerveux ? Avait-il peur ?

— Mais bien sûr, on les paie bien pour qu'ils mettent les bons corps aux bons endroits.

Comme ses yeux s'habituaient à la lumière vacillante, Eddie put voir autre chose. Les pierres qui bordaient le plafond plat : certaines d'entre elles étaient gravées. Il avait cru qu'il s'agissait tout simplement de leur texture naturelle, mais les propos de Ruthven sur le creusage des tombes menèrent Eddie à penser qu'elles ressemblaient presque à des pierres tombales.

Le cocher faisait traîner l'épée le long du bord de l'une des grandes dalles gravées du plafond. L'épée entra profondément dans le sol au-dessus, et de la terre sombre et humide se déversa sur le toit du carrosse.

Quand il eut coupé tout autour de la grande dalle, le cocher abaissa l'épée, et le carrosse s'avança de quelques mètres. Les chevaux étaient si pâles qu'ils brillaient presque. Ils étaient tellement minces que leurs côtes se démarquaient clairement sur leurs flancs. Des plumes noires étaient attachées à leurs têtes en forme de crâne, comme celles que portaient les chevaux des entrepreneurs de pompes funèbres.

Le cocher tint l'épée à deux mains pendant un moment, puis la balança soudainement vers le haut comme un gourdin.

L'épée s'écrasa dans la dalle au-dessus, la brisant en fragments. Des morceaux de pierre tombèrent et rebondirent sur le toit du chariot. Il y eut un grincement déchirant et dévastateur qui semblait provenir du sol au-dessus de la tête d'Eddie. Puis, quelque chose tomba de l'espace où la dalle de pierre s'était trouvée. Un long coffre de bois s'écrasa avec un bruit sourd sur le toit du carrosse.

Un cercueil.

Le carrosse se déplaçait maintenant à nouveau, se dirigeant vers l'un des tunnels plus larges qui sortaient de la caverne. Les silhouettes dans leur parure rouge et noir le suivirent. Ruthven et Eddie se joignirent à la procession, marchant lentement derrière, cérémonieusement, avançant avec raideur à travers l'obscurité pourpre. Comme un cortège funèbre.

Le brouillard rouge se dissipait, mais Sir William sentait le feu qui brûlait dans son cou à l'endroit où Lord Ruthven l'avait mordu. Il agrippa le bras de son fauteuil et se traîna pour se remettre sur ses pieds.

Sur le côté du bureau, il y avait une carafe d'eau. Il la saisit, et d'une main tremblante, il versa l'eau dans le verre. Puis, il la déversa sur son cou dans l'espoir de soulager la douleur, mais cela n'eut aucun effet.

La pièce se mit à tourner et sa vision redevint floue. Il n'avait pas beaucoup de temps. Mais comment contrer la morsure ? Il s'efforça de soulever la carafe. La tint devant son visage et essaya de se concentrer. De sa main libre, il fit le signe de la croix. Comment fabrique-t-on de l'eau bénite ?

— Notre Père, murmura-t-il, qui êtes aux cieux, que Votre nom soit sanctifié…

Il se hâta de dire la prière, puis il versa le contenu de la carafe sur la sensation de brûlure dans son cou.

L'eau se transforma en vapeur alors qu'elle touchait sa peau blessée. Échaudé, il poussa un cri de douleur et s'effondra à genoux. Sa main tâtonna pour trouver les tiroirs du bureau.

Dans le tiroir du milieu, il y avait un simple coupe-papier : une longue et mince bande d'argent travaillée. Il lui fallut toute la force qui lui restait pour le plier d'arrière en avant. Il le coinça dans le tiroir et il travailla le métal jusqu'à ce qu'il cédât et se brisât en deux. Ça devrait faire l'affaire. Il

faiblissait, il pouvait le sentir ; même si la plaie avait été net-
toyée, il lui fallait la cautériser. Pour brûler l'infection qui
restait.

Il pressa les deux bandes d'argent ensemble dans la
forme approximative d'une croix, et la serra sur son cou.

Le sifflement de colère de la chair brûlée.

Un hurlement de violente agonie.

Un corps qui tombe.

Dès que George et Sir Harrison Judd furent à l'intérieur du
Club Damnation, Judd le laissa.

— J'ai certaines choses à préparer. Clarissa s'occupera
de vous.

— De ce côté, M. Archer.

Sa voix était plus douce et plus soyeuse que jamais.
Elle se tenait dans une entrée, enveloppée dans sa cape
écarlate.

— Apportez votre manteau, lui dit-elle. Vous aurez
sans doute froid. Pendant un certain temps.

Clarissa le conduisit le long d'un couloir lambrissé de
chêne et muni d'un éclairage tamisé qui se terminait par un
escalier de bois ; le milieu de chaque marche usé par le passage des pieds au fil des ans.

L'escalier descendait dans l'obscurité. Il semblait descendre éternellement. Mais George finit par se retrouver
dans une petite salle lambrissée. Il n'y avait pas de meubles,
pas de fenêtres, et il devina qu'ils devaient se trouver bien
en dessous du niveau du sol. Une unique lampe à gaz crépi-
tait de façon irrégulière sur le mur.

— Où sommes-nous ? demanda George d'un ton nerveux.

— Oh, mon pauvre George.

Clarissa lui caressa la joue d'une main glaciale gantée de blanc.

— Voulez-vous connaître un secret ?

Elle n'attendit pas sa réponse, mais elle pressa sur le bord de l'un des panneaux de bois dans le mur. Bien huilé, il s'ouvrit facilement.

— Une porte cachée, dit George.

— Je vous ai dit que c'était un secret.

Clarissa lui fit signe de la suivre et franchit la porte.

C'était comme entrer dans un autre univers. Alors qu'il sentit l'air froid le saisir, George était vraiment heureux de porter son manteau. Il se trouvait à l'extrémité d'un long couloir. Plus que cela, se rendit-il compte, c'était un tunnel. Le plafond voûté était en pierre soutenu par des arcs entrelacés. La cape de Clarissa ondulait dans la brise que George supposa être causée par une ventilation quelconque. L'échappement de l'air chaud attirait l'air froid.

— Nous devons être juste sous le bâtiment. Est-ce la cave ?

Il regarda autour de lui, étonné et admiratif. Il y avait des lampes à huile qui brûlaient à intervalles le long du mur et qui jetaient des flaques de lumière, illuminant des mares d'eau sombres sur le sol du tunnel et envoyant des spirales de fumée vers le toit.

— C'est plus qu'une simple cave, dit Clarissa.

— Mais ce doit être ancien. La conception, l'architecture…

George secoua la tête.

— Âgée de plusieurs siècles, au moins.

— Au moins, convint-elle. Venez, par ici.

Ils marchèrent lentement le long du tunnel, les pieds de George pataugeant dans une flaque d'eau peu profonde. L'endroit paraissait humide et sentait l'humidité, mais même alors, c'était un remarquable exploit d'ingénierie.

Et c'était avant que le tunnel soit rejoint par deux autres tunnels encore plus vastes.

— C'est *immense*, se rendit compte George. Quel est cet endroit? Il doit s'étendre sous plusieurs rues.

Clarissa sourit.

— C'est un peu plus que cela. Je savais qu'en tant qu'ingénieur, vous sauriez apprécier.

— Vous êtes au courant de ma formation?

— Kingsley, dit-elle simplement.

George se sentit soudainement gêné et honteux de constater qu'il avait oublié l'homme; en fait, la raison de sa présence à cet endroit.

— Bien sûr, dit-il tranquillement.

— Et c'est pour vos habiletés d'ingénieur que nous sommes allés vous chercher.

— Quoi? Mais je croyais que Kingsley…

— Vous a recommandé. Il admire beaucoup votre expertise, tout comme nous admirons la sienne. Et notre entreprise est devenue si grande que Kingsley ne peut plus la gérer seul.

Elle continua à avancer lentement.

— Vous savez que plusieurs des voies souterraines ferroviaires ont été détournées, que des plans ont été changés, pour que ces voies n'interfèrent pas avec nos cavernes et nos salles.

— Vous voulez dire… que des gens sont au courant ?

— Non. Personne n'est au courant. Personne en dehors du Club Damnation.

— Alors, comment…

— Notre influence est considérable.

Elle avançait maintenant à plus grandes enjambées.

— Je suis heureuse que vous soyez impressionné. Cela facilitera les choses.

— Alors, où allons-nous ? demanda George. Je croyais que la cérémonie aurait lieu dans le Club lui-même. Je n'avais aucune idée…

Sa voix baissa et il se hâta de rattraper Clarissa, qui marchait à grands pas devant.

Les flaques d'eau occasionnelles devenaient de plus en plus fréquentes. Après un certain temps, après ce qui avait dû être un peu moins d'un kilomètre, George et Clarissa marchaient dans près de trois centimètres d'eau.

— Il y a des fuites, expliqua-t-elle. Ici, nous sommes presque sous le fleuve.

— Vous voulez dire la Tamise ? Ici ? Au-dessus de nous, maintenant ?

Elle s'arrêta et leva les yeux vers le toit comme si elle réfléchissait.

— Westminster. Ou à peu près.

Elle le regarda un instant, puis continua à marcher le long du tunnel.

— Nous devons nous presser, ou vous serez en retard.

La prochaine lampe se mit à vaciller, jetant des ombres bizarres sur le mur noir et humide. La pierre brillait comme si elle était en sueur. George passa sa main sur la pierre, sentant la surface visqueuse et mouillée. Mais il n'avait pas l'impression que c'était l'eau d'un fleuve.

— Dépêchez-vous, George, appela Clarissa. Nous y sommes presque.

Son rire retentit dans le tunnel. Mais George était debout sous la lumière vacillante, à l'endroit où il avait appuyé sa main sur le mur, regardant la paume de sa main. Elle était humide, maculée, sombre et pourpre comme le manteau de Clarissa.

— Que se passe-t-il ? demanda George.

Mais sa voix se perdit dans le rire de Clarissa et dans un autre son. L'ensemble du tunnel semblait palpiter d'un faible bruit qui se répercutait à travers les tunnels. George pouvait le sentir sous ses pieds et vibrer dans sa tête. Le bruit était comme un grand battement de cœur.

Clarissa paraissait sentir qu'il était de plus en plus inquiet. Semblait savoir que si elle lui en donnait la chance, George s'échapperait. Mais ils étaient venus si loin, si profondément dans le labyrinthe de tunnels, que George doutait de pouvoir retrouver son chemin vers la porte du sous-sol du Club Damnation.

S'il se mettait à courir maintenant, il pourrait être condamné à errer pour l'éternité dans ces tunnels humides et infernaux. George avala sa salive et résolut de jouer le jeu. Du moins, pour l'instant.

Il y avait une conduite qui passait le long du tunnel où ils se trouvaient. Une autre la rejoignait, puis une troisième.

Ces conduites se branchaient à d'autres conduites qui disparaissaient dans les murs, montaient jusqu'au toit et s'enfouissaient dans le sol.

Clarissa attendit pendant que George les examinait. Les tuyaux étaient noircis à cause de la corrosion et des fuites au niveau des joints, mais ils étaient évidemment beaucoup plus récents que les tunnels eux-mêmes.

— Ce son…

Clarissa hocha la tête.

— Les pompes. Nous nous en rapprochons. Il y a une grande salle de machinerie à vapeur qui fait circuler l'eau dans ces tuyaux. Ils ne sont pas toujours visibles, mais ils tapissent les tunnels et se relient comme les artères de ce domaine.

— Pour garder l'eau à l'extérieur ?

— Bien sûr. Comme vous avez pu le voir, sans les pompes, la Tamise s'infiltrerait lentement dans les tunnels et finirait par les submerger.

Il y avait quelque chose dans l'aisance de ses réponses, quelque chose dans son sourire, qui convainquit George qu'elle mentait.

La salle où ils se réunirent était plus petite que la grande caverne sous le cimetière. À une extrémité, il y avait une table de pierre sur une estrade, qui pour Eddie ressemblait plutôt à un autel. Des tuyaux métalliques serpentaient dans la maçonnerie, longeant les murs et se connectant aux lourdes vannes. Des rangées de bancs de pierre bordaient toute la longueur de la pièce, et des gens y prenaient place, deux rangées de bancs, se faisant face, de chaque côté d'une allée centrale.

L'extrémité de la pièce, opposée à l'endroit où se trouvaient l'estrade et la table, était plongée dans l'obscurité. Il y avait des lampes le long des murs, mais elles étaient tamisées à cette extrémité de la salle, comme si la lumière craignait de montrer ce qui pourrait être tapi dans l'ombre.

Le carrosse s'était arrêté entre les rangées de bancs, devant la table de pierre. Quatre hommes en noir portèrent le cercueil taché et boueux. Ils le transportèrent respectueusement vers la table… l'autel.

Le cocher descendit, et le carrosse partit doucement sans lui. Il passa près d'Eddie, dont les yeux s'écarquillèrent lorsqu'il vit vraiment les chevaux pour la première fois. Il avait cru que leurs côtes étaient visibles à travers leurs flancs. Il avait eu tort.

Les chevaux n'avaient pas de flancs. L'obscurité entre les os n'était pas de la chair ratatinée et émaciée, mais un espace vide. C'était des squelettes pâles et fragiles. Le cocher suivait, et alors qu'il repoussait son capuchon, Eddie put voir que son visage était un crâne avec des orbites vides pour les yeux, et avait une peau flétrie et tirée au-dessus de dents noircies.

Le cocher s'arrêta à côté d'Eddie et de Lord Ruthven. La puanteur était si puissante qu'Eddie faillit s'évanouir. L'odeur de terre et de renfermé augmenta alors que le cocher se pencha vers lui.

— Oui, répondit-il d'une voix rauque. Celui-ci fera très bien.

Il pivota dans un cercle complet, les bras tendus alors qu'il s'adressait à la foule rassemblée.

— Bientôt, nous célébrerons l'arrivée d'un nouveau membre de notre grande famille. Bientôt, nous rendrons hommage à notre Seigneur.

Il se retourna vers Ruthven.

— Malgré vos doutes et votre tentative de trahison, notre Seigneur nous est revenu. Maintenant, personne ne peut nous arrêter. On s'est occupé de Sir William.

Eddie sentit une onde de choc, comme s'il s'était fait frapper.

— Mlle Oldfield n'est plus une menace.

Il faillit se plier en deux, pris d'une nausée soudaine.

— George Archer viendra ici directement.

Sa tête tournait. Il lui semblait que toute la place cognait et se contractait en rythme avec son cœur. Le sang envahit ses oreilles pendant que le cocher se tournait vers lui.

— Alors, il ne nous reste plus qu'à nous occuper du garçon, dit-il. Le garçon, Eddie Hopkins.

Chapitre 14

Il fallut toute sa force à Eddie pour ne pas hurler de frayeur. Même s'il arrivait à échapper à Lord Ruthven et aux autres, il ne savait absolument pas comment sortir de cet endroit. Il pourrait être emprisonné ici pour toujours. Mais il était peut-être temps de prendre ce risque.

Il se prépara, prêt à repousser le cocher et Ruthven, et à se mettre à courir pour atteindre le tunnel le plus proche.

Mais le cocher lui tournait déjà le dos.

— Le garçon était au Club Damnation. Il en sait trop. Puisque nous savons qu'Archer n'est plus dans notre chemin, le garçon sera seul à sa maison.

Eddie faillit éclater de rire. Bien sûr, le cocher ignorait qui il était, comment aurait-il pu le savoir ? Il croyait qu'Eddie était tout simplement un gamin que Pearce lui avait cédé. Ses jambes faiblirent à la pensée qu'il s'était presque trahi lui-même.

— Je m'en occuperai, dit Ruthven avec un salut de déférence.

— C'est déjà fait, dit la voix rauque du cocher.

Il y avait déjà bien longtemps que John Remick s'était retrouvé à l'intérieur d'une *maison*. Il fut surpris de constater à quel point tout était plus doux. À quel point c'était plus confortable. L'endroit où habitait Archer n'était probablement pas ce qu'il y avait de mieux comme maison, mais c'était très différent de l'hospice.

Il avait l'impression de se réveiller d'un long et profond sommeil. Il était étourdi et embrouillé, se demandant ce que lui avait fait le cocher. Il lui fallut presque une heure avant d'être suffisamment confiant pour explorer un peu la maison. Il avait l'impression d'être un intrus. D'habitude, il ne se souciait pas de ce que les gens pensaient. Sauf Pearce ; et c'était parce que l'homme l'aurait fouetté avec autant de satisfaction qu'il l'aurait fait avec n'importe lequel des autres jeunes. Remick avait appris à survivre. Il avait rapidement appris que la seule façon d'éviter de se faire malmener, c'était en étant lui-même le plus brutal des tyrans.

Mais ici, dans le confort naturel de la maison d'Archer, il commençait à se demander s'il avait vu juste. S'il était demeuré avec sa mère, aurait-il vécu dans un endroit comme celui-ci ? Ou bien auraient-ils été ballottés d'un hospice à un refuge pour sans-abri, ou qui savait où ?

Il y avait même une cuisine. Minuscule, mais une cuisine quand même, à la fin de l'étroit couloir. Il s'y trouvait quand il entendit frapper à la porte.

L'homme à la porte était un étranger. Grand et maigre, il portait un chapeau haut de forme et une lourde cape contre le froid de la nuit. Ses yeux étaient d'un noir profond.

— Eddie Hopkins, je suppose, dit l'homme.

John Remick le savait, par la façon dont il se tenait, sa manière de parler, la façon dont il faisait claquer une canne d'ébène dans sa main gantée... L'homme n'avait pas de bonnes intentions. Quelqu'un avait une dent contre Eddie. Quelle que puisse être l'histoire dans laquelle Eddie s'était embarqué, quoi que puissent faire Pearce et le cocher, il s'agissait d'affaires dangereuses.

Remick n'avait jamais posé de questions sur ce qui arrivait aux enfants que le cocher emmenait. En regardant l'homme aux yeux noirs, Remick fut soudainement convaincu qu'Eddie lui avait sauvé la vie. Le garçon avait pris sa place, même après que Remick eut promis de le battre. Quoiqu'Eddie fût en train de faire, c'était pour le bien. Si Remick pouvait aider Eddie, s'il pouvait en quelque sorte éloigner l'attention du gamin et lui permettre de continuer ce qu'il avait en tête...

Il enfonça ses mains dans ses poches. Il sentit la forme froissée et en lambeaux de la lettre de sa mère, et il la saisit dans son poing. Que penserait-elle de lui ? avait demandé Eddie. Serait-elle fière de son fils ?

— Ouais, répondit John Remick sur un ton de défi. Je suis Eddie Hopkins. Qu'est-ce que ça peut vous faire ?

Au moment même où il lâcha ces mots, Remick savait bien que ce seraient les derniers qu'il prononcerait. Mais Eddie serait en sécurité. Et maman serait fière.

✛

— Une partie de ces tuyaux sont récents, se rendit compte George.

— Nos besoins changent constamment. Le fleuve ne se repose jamais, répondit Clarissa.

Il y eut un bruit qui faisait écho au battement de la pompe. Pour George, cet endroit faisait penser à une église, avec son toit élevé en pierre et le son. On aurait dit que des gens étaient en train de psalmodier.

— Vous avez dit que vous avez besoin d'un ingénieur. C'est pour cela ? Pour faire fonctionner les pompes et assécher les tunnels ? demanda George.

— Le fleuve ne se tait jamais, il n'est jamais tranquille, jamais calme, dit Clarissa. Le système a besoin d'une attention constante. Il est maintenant si complexe que seul Christopher Kingsley le comprend parfaitement. Mais il nous faut aussi faire usage des nouvelles technologies. Malgré toute son expertise, Kingsley est tellement traditionaliste.

En approchant de l'extrémité du tunnel, le volume des chants augmenta.

— Alors, c'est ce sur quoi travaillait Kingsley quand il est décédé ? demanda George.

Sa gorge était sèche au souvenir d'avoir vu son ami et mentor étendu sur la dalle de la morgue.

Clarissa se tourna vers George. La lumière vacillante rougissait son visage blanc.

— Mais George, dit-elle doucement, qu'est-ce qui vous fait penser qu'il est mort ?

George s'arrêta net.

— Je l'ai vu, dit-il, perplexe. J'ai vu son corps…

Mais Clarissa avait déjà repris sa marche. Elle se tenait à côté d'une porte dans le mur du tunnel, attendant que George la rattrapât.

— La salle des machines, dit Clarissa alors qu'il la rejoignit.

Elle fit un pas de côté pour permettre à George d'entrer dans l'immense caverne.

Dès qu'il franchit le seuil, le bruit des pompes et des moteurs augmenta. L'air lourd et humide était rempli de vapeur et il pouvait goûter l'huile au fond de sa gorge. Il y avait au moins une douzaine de moteurs avec leurs chaudières métalliques énormes disposées tout au long de la caverne. Une masse de tuyaux en émergeait, bordant les murs et disparaissant dans l'obscurité.

Devant George, d'épaisses cordes se balançaient, atteignant le haut toit où elles s'entrechoquaient contre des poulies éloignées. Les chants suivaient le rythme du sifflement et de la vibration des pompes.

— Vous voyez pourquoi nous avons besoin de votre aide, dit Clarissa, sa voix se perdant presque dans le bruit et la vapeur.

Le silence se fit lorsque Marie entra dans le théâtre. Henry Malvern la soutenait, l'aidant à venir prendre un siège au premier rang. Elle s'assit, à bout de souffle.

Liz se précipita pour l'aider.

— Vous n'auriez pas dû venir. Vous devriez être au lit.

La femme paraissait encore plus pâle et ses traits encore plus tirés ; si frêle et si fatiguée. Il lui fallut un certain temps pour reprendre son souffle. Elle serra la main de Liz, et Liz put sentir à quel point Marie était froide.

— Je voulais venir. Juste une autre fois, dit Marie.

Sa voix était hésitante et faible ; une ombre de celle qu'elle avait été à peine quelques jours plus tôt.

— Je veux vous voir jouer le rôle de Marguerite et m'assurer qu'il est entre de bonnes mains.

Elle sourit pour montrer que c'était une blague, mais il était évident qu'elle faisait un effort pour sourire. Son visage se plissa et se rida. Dépourvue des couches habituelles de maquillage, Marie Cuttler paraissait tellement vieille.

Liz connaissait déjà le texte. Elle avait une bonne mémoire et elle le savait au mot près. Elle essaya de se perdre dans l'univers du jeu, de se fermer à tout sauf à la pièce et aux suggestions et aux conseils occasionnels de Malvern. S'efforçant d'oublier son père et le déclin de Marie.

Dès que la répétition fut terminée, Liz se précipita vers Marie pour aider Malvern à l'emmener à son carrosse.

— Vous me traitez comme une infirme, se plaignit faiblement Marie.

— Allons, lui dit Malvern. Une semaine ou deux de repos, et vous serez complètement remise sur pied. Vous en avez simplement trop fait.

Il jeta un coup d'œil vers Liz, et elle put voir dans son expression qu'il ne le croyait pas plus qu'elle.

— Dormir, murmura Marie. J'ai juste besoin d'un peu de sommeil.

— Je vous accompagnerai à son hôtel, offrit Liz.

Au moment où ils atteignirent sa chambre, Malvern transportait pratiquement Marie. Elle semblait si légère et si mince qu'elle ne devait peser à peu près rien, songea Liz.

Mais Malvern semblait être reconnaissant que Liz fût là pour lui ouvrir la porte et pour aider Marie à s'installer dans son lit. Il s'excusa pendant que Liz aidait Marie à mettre sa chemise de nuit.

— Je vais chercher un verre d'eau, dit Liz au retour de Malvern. Il faut qu'elle boive, et si elle pouvait manger quelque chose…

— Je vais parler avec les gens de l'hôtel. Voir à ce qu'on envoie de la nourriture.

Les paupières de Marie battirent alors qu'elle glissait vers le sommeil. Il était difficile de savoir si elle était même consciente de leur présence.

Ce qui causa d'autant plus un choc à Liz lorsqu'elle revint avec l'eau. De trouver Marie enveloppée dans une étreinte serrée entre les bras de Malvern. Aucun des deux ne sembla remarquer Liz lorsqu'elle recula rapidement vers la porte et sortit de la chambre. Elle pouvait sentir le sang qui brûlait sur ses joues alors qu'elle se hâtait de descendre l'escalier.

L'ouverture suivante dans le tunnel, derrière la salle des machines, conduisait vers une autre immense chambre. La lumière des lampes murales était à peine suffisante pour éclairer toute la place, et une extrémité se trouvait dans la plus complète obscurité. Des rangées de bancs de pierre bordaient la pièce, remplie de gens assis et qui chantaient. Entre les bancs, il y avait un carrosse noir. George pouvait distinguer un des chevaux pâles qui remuait la tête à l'avant.

Il devait y avoir une centaine de personnes ici, songea-t-il. Peut-être deux cents. Tandis que Clarissa conduisait George vers l'allée entre les deux séries de bancs, les gens se levèrent. Le chant fut remplacé par des applaudissements épars. George se sentit rougir d'embarras.

Clarissa lui tenait la main, le conduisant le long de l'allée, vers le carrosse, puis ils le dépassèrent. George fronça les sourcils, soudainement inquiet à nouveau. À la fin de l'allée, il y avait une estrade élevée avec ce qui ressemblait à un autel de pierre. Et sur l'autel, il y avait un cercueil de bois.

Quatre hommes se tenaient autour du cercueil, un à chaque coin de l'autel. Alors que George s'en approchait, le cœur battant dans sa poitrine au rythme des chants qui avaient repris, les hommes s'avancèrent. Ils saisirent le couvercle du cercueil et George entendit le déchirement du bois, le crissement des clous ; les hommes arrachèrent le couvercle d'un mouvement brusque.

Deux des hommes tendirent le bras à l'intérieur. Un instant plus tard, ils se redressèrent et à sa grande surprise, George vit que chacun tenait une chaussure. Ils les déposèrent à l'avant de l'autel et s'éloignèrent. Les deux autres hommes s'approchèrent du cercueil. Chacun d'eux s'empara de quelque chose, puis ils firent le tour du cercueil pour se tenir au-dessus des chaussures.

— La terre de son lieu de dernier repos, expliqua tranquillement Clarissa à George.

Les hommes laissèrent échapper de la terre de leurs mains et elle tomba dans les chaussures.

— Qu'est-ce que tout cela veut dire ? demanda George.

— Le cocher vous expliquera.

En disant ces mots, Clarissa fit un pas de côté, s'installant dans un espace entre deux personnes au premier rang de la cérémonie.

George observa Clarissa, qui commençait à chanter avec les autres ; un faible son guttural qui retentissait dans la pièce. Mais il l'entendait à peine. Il se tenait debout, la bouche ouverte, regardant deux personnes légèrement à l'écart de la cérémonie. La silhouette mince et caractéristique de Lord Ruthven et, à côté de lui, facilement reconnaissable, même dans l'éclairage faible et vacillant, il y avait Eddie.

Tous les autres yeux étaient posés sur l'autel, et sentant qu'il allait se passer quelque chose, George se retourna. Que faisait Eddie ici ? Comment pourraient-ils s'échapper ? Il était évident que quoiqu'il pût se passer, ce ne serait pas bon pour eux.

Le cocher était debout derrière l'hôtel. Il regardait dans le cercueil, le visage dans l'ombre. Mais lorsqu'il leva les yeux, alors qu'il brandissait une coupe d'étain unie, son capuchon tomba et la lumière pourpre brilla *à travers* et sur le crâne qui était sa tête. Ses yeux semblaient briller de la lumière derrière lui.

— Bienvenue, mes frères et sœurs, dit le cocher d'une voix rauque.

Sa voix se faisait entendre par-dessus le chant.

— Nous approchons de la fin d'une longue route. Bientôt, j'accueillerai ma propre sœur parmi nous. Ce jour constitue une étape dans ce voyage. Mais même si je ressens profondément sa perte, même si j'aspire énormément à son éveil, il y a des questions encore plus importantes auxquelles nous devons nous consacrer aujourd'hui.

Il tendit la coupe, comme un prêtre l'offrant à la congrégation.

— Renaissance. Éveil. Mort. Je vous apporte les trois. Notre trinité de sang. Pour la première fois en quatre mille ans, nous célébrons les trois en même temps. De la mort, je vous apporte la non-mort. Du sommeil, j'apporte l'éveil. De la vie, je vous apporte la mort, et le cercle de la mortalité est fermé.

Le cocher éleva la coupe au-dessus de sa tête et le chant s'interrompit.

— Je vous offre le sang de la vie.

Tous étaient penchés vers l'avant, impatients, en attente. Clarissa lécha ses lèvres.

Le cocher pencha la coupe, permettant au liquide rouge foncé de plonger dans le cercueil. Lorsque le contenu fut complètement versé, le cocher recula, écartant les bras en signe de bienvenue.

George avait l'impression que tout son corps se vidait de vie. Avec un crissement dévastateur, le côté du cercueil se sépara à force de coups de pied alors que le corps à l'intérieur se déplaçait, se tournait. S'assoyait.

Christopher Kingsley, le teint pâle et les yeux sombres, balança ses jambes sur le côté du cercueil, et mit ses pieds dans les chaussures qui l'attendaient. Ses yeux se fermèrent un instant, et lorsqu'ils s'ouvrirent à nouveau, ils se fixèrent immanquablement sur George Archer ; son ancien élève, son ancien ami.

— George, dit-il avec un plaisir évident, sa voix exactement comme elle l'avait toujours été. Juste ciel, c'est George Archer.

Sa bouche se tordit en une sorte de sourire.

— Comme c'est gentil à vous d'être venu.

Chapitre 15

Les chants à voix basse avaient repris, mais pour George, c'était comme si lui et Kingsley étaient tout à fait seuls.

— Je vous ai vu, à la morgue… dit George, incrédule. Mais… vous êtes vivant !

Kingsley était amusé.

— Oh non, George. Je suis tout à fait mort, je vous assure.

— Mais comment… qu'est-ce que…

Kingsley éclata de rire.

— Vous êtes tellement naïf, mon ami.

Il descendit de l'estrade, maintenant debout en face de George.

— Nous sommes des vampires, dit-il. Nous tous. C'est ce qu'est le Club Damnation, c'est ce que nous sommes.

— Des vampires ?

George hocha la tête.

— Mais… c'est ridicule.

— Il vaudrait mieux parler moins fort, l'avertit Kingsley. Ce n'est pas poli de traiter vos semblables de ridicules.

— Ce ne sont pas mes semblables, protesta George. Écoutez, qu'est-ce qui se passe vraiment ici ? Je ne suis pas un vampire !

— Je sais, dit tranquillement Kingsley avec une pointe de tristesse. Mais vous le serez bientôt. N'avez-vous pas entendu ? De la vie vient la mort. De la mort vient la non-mort. Vous êtes sur le point de commencer votre propre voyage. Ici et maintenant. Pendant que nous observons, dans le cadre de la grande cérémonie.

George le regardait, bouche bée. Il y avait quelque chose dans les yeux de Kingsley, une obscurité qui n'était pas là avant. Pas quand Kingsley était vivant. Bien vivant. Serait-ce vrai ? Au mieux, ils étaient tous fous. Au pire... Il se retourna, prêt à se lancer à la course vers le tunnel. Peut-être se souviendrait-il du chemin du retour.

Mais Clarissa se tenait derrière lui. Elle attrapa son bras, sa poigne plus forte que George l'aurait cru.

— Restez, dit-elle dans un souffle. Nous avons besoin de vous. *J'ai* besoin de vous.

— C'est votre choix, dit Kingsley. Joignez-vous à nous. Ou mourez.

Il haussa les épaules comme s'il s'agissait d'une décision simple.

— J'ai fait mon choix il y a un bon moment, et jusqu'à présent, je n'ai aucun regret. J'ai dû attendre des années pour ce moment. Des années d'une demi-vie de crépuscule à attendre la mort. M'occupant de leurs pompes et de leur machinerie, les entretenant et les concevant, attendant tout ce temps-là l'étreinte froide de la mort. Vous avez de la chance d'y arriver si vite.

— Que va-t-il se passer ? demanda George, la voix tremblante.

Le cocher était maintenant à côté d'eux.

— Kingsley doit boire son premier sang. Ensuite, il fera vraiment partie de notre groupe.

— Son premier sang ?

George avala sa salive, la gorge sèche.

— Vous voulez dire… *mon* sang ?

— Oh non, dit Clarissa.

Mais le soulagement de George fut de courte durée.

— Après avoir bu son premier sang, alors, il boira le vôtre.

— Pour que vous fassiez aussi partie de la famille, ajouta Kingsley.

— Et pour vous initier au Club Damnation, dit le cocher d'une voix rauque.

Il éleva la voix pour s'adresser à la foule silencieuse.

— Nous allons continuer avec la cérémonie, annonça-t-il. Emmenez le garçon.

— Le garçon ?

Cela ne pouvait être qu'Eddie.

— Le premier sang, dit Clarissa.

Elle lâcha le bras de George et nettoya la poussière de ses épaules.

— Joignez-vous à nous, George. Abandonnez votre mortalité terrestre et vivez éternellement. *Régnez* pour toujours.

Elle s'éloigna, retournant à sa place parmi les autres, observant.

Kingsley mena George à l'autel. Il était dans un état second, la tête lancinante du bruit de battement de cœur, du chant, du pompage, du sang qui affluait dans ses oreilles. Lord Ruthven attendait à l'autel. Il évitait de regarder George. À côté de lui, il y avait Eddie, pâle et sans expression.

— C'est maintenant l'heure, cria le cocher, debout derrière l'autel pour s'adresser à l'assemblée. C'est ici l'endroit. Je vous ai fait renaître. Je vous donne maintenant l'éveil.

George regardait Eddie, souhaitant le faire sortir de son sommeil éveillé.

— Eddie, articula-t-il. Eddie... il faut que nous sortions d'ici.

L'expression d'Eddie ne se modifia pas. Mais il fit un clin d'œil.

Ruthven s'était éloigné, laissant Eddie sur un côté de l'autel et Kingsley sur l'autre. Donnant l'impression qu'il savait ce qu'il faisait et qu'il prenait part à la cérémonie, George alla se placer à côté d'Eddie.

— Tu vas bien? siffla George d'un côté de sa bouche.

— Oh oui, murmura Eddie, les yeux toujours fixés devant. Je vais me faire sucer mon sang et tout, mais je vais bien.

— Il faut que nous sortions d'ici.

— Vous croyez?

Toute possibilité de discussion chuchotée fut anéantie alors que le cocher reprit son discours.

— Nous sommes réunis ici aujourd'hui pour être témoin du Grand Éveil. Notre Seigneur est de nouveau parmi nous. Il veille sur nous et nous garde en sécurité. Et lorsque nous découvrirons le cinquième cercueil, notre Seigneur sera de nouveau entier. Et Il prendra Sa place légitime pour régner sur nous, comme notre souverain suprême.

Le cocher avait écarté les bras. Alors qu'il terminait son discours, il les réunit, pointant à travers la salle, vers le mur du fond qui était inondé d'obscurité.

Les lumières crépitèrent et s'embrasèrent. La lumière sembla glisser le long des murs pour atteindre l'obscurité, les murs rougeoyant sur son passage.

— Oh crotte, dit Eddie à voix haute.

Toute l'assemblée se tourna avidement pour observer alors que la lumière atteignait le mur arrière et illuminait l'horreur qui pendait là.

— Regardez Orabis! s'écria le cocher. Il est réveillé. Au-delà du Seigneur des morts-vivants.

Le mur était une masse de câbles, de tuyaux et de tubes entrecroisés. Le bruit des pompes semblait augmenter à mesure que la lumière augmentait; un extraordinaire son de battement de cœur qui émanait de la créature attachée au mur.

Elle était assise sur un trône de bois et de métal. Entourée de valves et de tubes métalliques. Les minces tuyaux qui tapissaient le mur se joignaient et se connectaient avant de se déverser dans le corps de la créature.

Comme une grotesque parodie de souveraineté, Orabis fixait l'assemblée. Le mur rougissait derrière lui. Un fluide visqueux dégouttait des joints entre les tuyaux et suintait des blessures où les tuyaux étaient connectés à son corps. Des yeux sombres regardaient fixement depuis le visage émacié. En décomposition et pourrissant, les restes en lambeaux du tissu des bandelettes pendaient de la peau noircie et desséchée.

De la salle des machines derrière lui arriva le bruit des pompes à vapeur qui sifflaient, crachaient et forçaient le sang à circuler à travers le système et dans le corps.

— Oh, mon Dieu !

George était incapable de détourner les yeux de l'horrible vision.

— Effectivement, Il est votre Dieu, dit le cocher. Il est la raison de votre présence ici. Vous servirez notre Seigneur Orabis. Vous aiderez à entretenir et à réparer les systèmes qui Le tiennent en vie.

— Mais pourquoi ?

George pouvait entendre le tremblement dans sa propre voix.

— Quelle sorte d'existence est-ce là ?

— Il a besoin de sang, dit simplement le cocher. Il en a reçu suffisamment pour Se réveiller à la cérémonie de déballage. Suffisamment pour arriver au carrosse. Maintenant, Il devient de plus en plus fort à chaque moment, avec chaque goutte, alors qu'Il absorbe la force vitale et qu'Il gagne en pouvoir.

— Vous en savez plus que moi sur les nouvelles technologies, dit Kingsley.

On aurait dit qu'il discutait d'un banal projet d'ingénierie.

— Les nouvelles pompes à vapeur. Les possibilités offertes par l'électricité. Votre aide sera précieuse, George. Je connais le fonctionnement du système et ce qui est nécessaire. Ensemble, nous formerons une équipe incroyable.

Le cocher se tourna vers l'assemblée pour faire face à son Seigneur.

— Le temps est maintenant arrivé! dit-il encore. C'est ici que cela a lieu! Bientôt, notre Seigneur marchera de nouveau parmi nous. Les longues années, les siècles, les millénaires d'attente seront terminés. Vous savez que ma sœur et moi nous sommes abstenus du sang de la vie depuis que notre Seigneur nous a été si cruellement enlevé. Mais je vous le dis, mes amis, bientôt, mon Seigneur et moi boirons ensemble.

— Mon loyal et inébranlable serviteur.

La voix était riche et douce. Elle semblait émaner des murs imbibés de sang. Les yeux du Seigneur des morts-vivants étaient des étangs noirs, fixés sur George et Eddie.

— Vous avez attendu si longtemps alors que j'étais perdu et que je dormais. Mais l'attente est presque terminée. Bientôt, tous mes gens, même Belamis, votre sœur, seront éveillés pour entendre ma volonté.

— Dès que nous obtiendrons le cinquième cercueil, mon Seigneur, Vous serez alors à nouveau entier.

Le cocher s'inclina.

— Nous Vous révérons.

Toute l'assemblée salua lentement de la tête. En face de George, Christopher Kingsley s'inclina également.

— Qu'est-ce que vous attendez? murmura Eddie dans le silence. C'est notre chance de sortir d'ici.

La foule ne saluerait pas pendant longtemps. Eddie avait raison. S'ils attendaient plus longtemps, il serait trop tard. Tête baissée, comme s'ils se joignaient à la cérémonie, George et Eddie s'éloignèrent de l'autel et descendirent de l'estrade.

Les chants avaient recommencé. Les sourds murmures de la foule faisaient écho au bruit des pompes, devenant lentement de plus en plus forts et de plus en plus enthousiastes. Le cocher parlait au-dessus de ces murmures, mais George ne l'écoutait pas.

Dès qu'ils furent hors de la lumière principale et dans l'ombre, George et Eddie se précipitèrent vers le tunnel le plus proche. Plus tôt, George avait craint de s'y perdre pour toujours. Maintenant, cela semblait être la meilleure option.

Ils étaient presque arrivés au tunnel quand la voix d'Orabis coupa à travers le chant et les paroles du cocher.

— Arrêtez-les!

George regarda Eddie. Les yeux écarquillés du garçon reflétaient probablement les siens.

— Courons! dirent-ils ensemble.

Courant dans des mares de liquide sombre et épais, les pieds de George faisaient des éclaboussures. Les lumières sur le mur lançaient des ombres pourpres qui clignotaient à travers le tunnel. Leurs pas faisaient écho à un autre son sourd.

— Vous savez comment sortir?

— Non. Toi?

— Pas moi. Je suis arrivé en carrosse.

— Pourquoi? Que fais-tu ici? demanda George.

Derrière eux, il y avait le bruit d'autres pieds; des pieds qui couraient.

— Je me croyais intelligent, dit Eddie, un peu honteux. Si seulement je m'étais mêlé de mes affaires.

Leurs propres ombres les poursuivaient le long des parois du tunnel, parodies grotesques et déformées de la forme humaine. Ils s'arrêtèrent en dérapant alors qu'ils atteignaient une jonction avec deux autres tunnels.

— Je ne me souviens pas de ce chemin, dit George, les mains sur ses genoux et plié en deux pour reprendre son souffle.

— Moi non plus. Allons-y au hasard?

— Par là.

George pointa le tunnel sur la droite.

Presque aussitôt, ils entendirent le bruit de roues sur la pierre et virent la forme sombre du carrosse noir du cocher dévaler le tunnel vers eux.

— Ou peut-être de ce côté? suggéra Eddie.

George ne perdit pas de temps à donner son accord. Il attrapa la main d'Eddie et ils se mirent à courir de toutes leurs forces.

Ils entendaient le carrosse qui gagnait sur eux. Le son qui leur semblait être celui de leur respiration irrégulière aurait pu en fait être le grognement des chevaux qui arrivaient sur eux. George risqua un coup d'œil en arrière alors que le tunnel se courbait légèrement. Il vit que le carrosse et les chevaux se rapprochaient. Le cocher sur le siège du conducteur, le fouet levé. L'ombre du carrosse sur le mur du tunnel : une ombre qui était *juste* celle du carrosse. Pas de cocher. Pas de chevaux.

— Entrons ici!

Une ombre plus profonde dans le mur devant constituait en fait un passage latéral, trop étroit pour que le carrosse pût y pénétrer. Eddie entraîna George à l'intérieur, et ils se tinrent haletants dans l'obscurité. Le cocher les avait-il vus?

Le carrosse passa avec un bruit de ferraille, et George émit un profond soupir.

— Bien joué, Eddie.

Eddie souriait dans l'obscurité sombre.

— Nous pouvons compter être en sécurité ici pendant une minute ou deux, du moins jusqu'à ce que nous reprenions notre souffle.

Derrière Eddie, le passage était sombre, sans aucun éclairage. Il y avait une forme pâle et embrouillée dans l'ombre. La forme s'avança, s'approcha, devint un visage. La bouche s'ouvrit en un sourire pour révéler les dents pointues à l'intérieur.

— En sécurité ?

La voix était profonde et sombre.

— Vous le pensez vraiment ?

Chapitre 16

La grande silhouette sombre s'avança, la lumière chan-
geante du tunnel au-delà l'illuminant.

— Personne n'est en sécurité quand il est question
d'Orabis et du cocher.

C'était Lord Ruthven.

— Alors vous allez nous ramener? demanda Eddie
d'un ton de défi.

Ruthven fit signe que non.

— Pourquoi pas? voulut savoir George.

— Parce que ça le rend malade, dit Eddie. J'ai vu son
visage pendant une partie de la cérémonie. Quand je ne faisais pas semblant d'être hypnotisé.

— Il vient un temps, dit calmement Lord Ruthven, où
même les vampires ont une certaine morale. Du moins, certains d'entre nous.

— Et qu'est-ce que c'est que ces histoires de vampires?
demanda Eddie. Je croyais que c'étaient des monstres de
romans à quatre sous qui buvaient le sang des gens et se
transformaient en chauves-souris, et des trucs du genre.

— Plus tard, dit George. Sortons d'abord d'ici. Ensuite, nous pourrons aller retrouver Sir William ; il saura ce qui en est.

— En effet, il le saura, dit Ruthven. Mais il est peut-être trop tard pour lui.

Eddie se rappela ce que le cocher avait dit.

— On s'en est occupé, répéta-t-il.

— Que voulez-vous dire ? demanda George.

— Je crains qu'il ne soit déjà mort. Ou mort-vivant.

— Mort-*vivant* ?

— Il veut dire qu'il a été transformé en vampire, dit Eddie. C'est ça, n'est-ce pas ?

— Sir William a été mordu. Son sang est vicié.

— Alors, que devons-nous faire ?

La voix de George tremblait.

— D'abord Kingsley, maintenant Sir William.

— Charlie aussi, murmura Eddie. Un de mes amis, expliqua-t-il. Il faut sortir d'ici, c'est la première chose à faire. Il faut trouver Sir William. Et Liz.

— Liz ?

George était atterré.

— Qu'est-il arrivé à Liz ?

— Vous voulez dire Mlle Oldfield ? dit Ruthven.

— Bien sûr. Mais comment est-elle impliquée dans tout cela ?

— Elle doit être…

Un bruit provint du tunnel principal, tout près, et Ruthven s'arrêta brusquement.

— Vous devez partir, murmura-t-il. Les chevaux du cocher vous sentiront si vous restez ici.

Il dépassa Eddie et George et regarda dans le tunnel.

— Comment pouvons-nous sortir? demanda George.

— Retournez de ce côté.

Ruthven pointa dans la direction d'où ils arrivaient.

— À l'intersection, prenez le second tunnel sur votre gauche. Cela vous ramènera au Club Damnation.

— Mais vous ne venez pas aussi? demanda Eddie.

Ruthven hocha la tête.

— Le cocher sera bientôt de retour. Je vais le retarder.

— Est-ce dangereux? demanda George.

— Je suis déjà mort, lui dit Ruthven. Le pire qu'ils peuvent faire, c'est de me faire mourir une seconde fois.

Mais d'après le tremblement de sa voix, Eddie comprit qu'il mentait.

Le tunnel était vide, mais il résonnait toujours du battement sourd des pompes lointaines. Eddie et George se hâtèrent de retourner à la jonction, laissant Lord Ruthven se cacher dans l'ombre. Au bruit sourd des pompes à vapeur s'ajouta un bruit plus proche : le grondement d'un carrosse.

— Nous ferions mieux d'avancer, dit Eddie.

Ils se mirent à courir. Le bruit se faisant de plus en plus fort derrière eux. En regardant en arrière, Eddie put voir la vague silhouette du carrosse qui s'approchait. Les chevaux galopaient le long du tunnel, leurs sabots pataugeant dans les flaques visqueuses alors que le bruit retentissait sur les murs.

— Ce n'est plus très loin maintenant, assura George à Eddie pendant qu'ils couraient.

Effectivement, ils furent bientôt à la jonction. Deuxième tunnel sur la gauche, avait dit Ruthven.

Mais alors qu'ils y tournaient, les deux aperçurent Clarissa à la tête d'une dizaine de silhouettes. Sa cape écarlate brillait dans la lumière incertaine.

— Pas de ce côté, décida George, traînant à nouveau Eddie.

Le carrosse était presque sur eux. Leur seule option était de prendre le premier tunnel et d'essayer de distancer les chevaux du cocher. Mais Eddie savait que ce n'était qu'une question de temps avant que le carrosse les atteignît et les renversât.

Les lumières vacillantes se succédaient rapidement pendant qu'ils couraient pour sauver leur vie. L'humidité du sol suintait à travers les chaussures d'Eddie. Il dérapa, faillit tomber, reprit son équilibre et continua de courir.

— Qu'est-ce que c'est? demanda George en s'arrêtant brusquement alors qu'ils émergeaient dans une zone immense.

Eddie reconnut l'endroit comme l'immense salle où il était d'abord arrivé en carrosse. Celle où le cercueil de Kingsley était descendu brusquement sur le carrosse.

— Continuez de courir, cria-t-il.

Mais il était trop tard. À quelques mètres seulement, les chevaux fonçaient déjà sur eux. Au dernier moment, Eddie poussa George vers un côté de l'ouverture du tunnel et plongea lui-même dans l'autre direction. Ils s'étalèrent tous les deux alors que le carrosse passait entre eux et sortait du tunnel de façon explosive. Les chevaux grognèrent et se retournèrent, et ramenèrent le carrosse en parcourant un arc évasé à l'intérieur de la caverne.

— Où maintenant? hurla George.

— Par ici!

Eddie se mit à courir très vite vers la zone où le toit était le plus bas : la zone située sous le cimetière.

— Mais il n'y a aucun moyen de sortir, cria George alors qu'il le suivait. Tous les tunnels aboutissent là-bas.

— Faites-moi confiance !

Les dalles gravées du toit défilaient à toute vitesse pendant qu'Eddie atteignait la partie inférieure. Les noms des personnes qui dormaient au-dessus, se rendit compte Eddie. Ou de ceux qui avaient été enlevés et qui étaient peut-être maintenant à sa recherche. Tellement de noms...

— Où allons-nous ? demanda George.

Derrière eux, les chevaux avaient complété leur tour et fonçaient à nouveau, tout droit vers Eddie et George.

— Là-haut.

Eddie pointa vers le toit. Vers le rectangle sombre où le cercueil de Kingsley s'était écrasé sur le carrosse. Le plancher en dessous était parsemé de terre et de pierre.

George regarda fixement le trou.

— Tu plaisantes.

— Vous avez un meilleur plan ? Grimpez sur mon dos.

— Mais où est-ce que ça conduit ? Il n'y a pas de lumière qui vient de là... c'est un chemin sans issue.

— Nous devrons creuser.

— Quoi ?

Ce n'était pas le temps de discuter ou de fournir des explications. George se pencha et fit un berceau pour le pied d'Eddie en entrelaçant ses doigts. Dès qu'Eddie y monta, George le hissa vers le haut.

Eddie réussit à faire entrer ses bras dans le trou au-dessus. Sa tête se trouvait dans une obscurité douceâtre à

221

l'odeur de terre, à l'intérieur de la tombe. Il posa les coudes sur le bord, se tirant encore plus vers le haut.

Une dalle de pierre se détacha du toit alors qu'Eddie y mettait son poids. La pierre s'émietta et tomba. Elle se brisa sur le sol à trois mètres au-dessous.

— Allez! hurla George.

Le carrosse était presque arrivé sur lui. Dans un moment, il écraserait George et foncerait sur les jambes agitées d'Eddie.

Enfin, Eddie réussit à bien s'agripper et se hissa dans le trou du toit, sentant la terre qui s'effritait sur les bords. Le fouet du cocher claqua près des jambes d'Eddie alors qu'il les remontait, frappant vigoureusement le côté du trou. Eddie vit que George se jetait sur le côté, tandis que le carrosse avait presque réussi à l'attraper.

Les chevaux tournaient déjà, revenant vers George.

George était sur ses pieds, les bras levés, bondissant pour atteindre le trou dans le toit. Mais c'était trop élevé. Eddie s'arc-bouta et se pencha hors de la tombe. Les doigts de George frôlaient les mains d'Eddie.

— Plus haut! cria-t-il.

La voiture revenait.

George recula... où allait-il?

Puis, avec le carrosse qui se précipitait à nouveau vers lui, George se mit à courir vers Eddie. Il décolla, sautant haut dans les airs. Ses mains frappèrent celles d'Eddie et comme un artiste de trapèze, George se balançait sous le toit. Eddie s'efforça de supporter le poids de George, et de le tirer vers le haut. Il sentit le sol, le toit, qui cédait sous ses genoux.

Des mottes de terre se mirent à pleuvoir du plafond et se dispersèrent sur le dessus du carrosse alors qu'il s'arrêtait sous le trou. Le cocher remontait le long du toit du carrosse vers George et Eddie.

Mais grâce à la présence du carrosse, George put redresser ses jambes sur le toit et se soulever pour rejoindre Eddie.

— Où sommes-nous ?

— Dans la tombe de votre copain, lui dit Eddie. Creusez !

Ils enfoncèrent leurs mains dans le sol au-dessus d'eux, forçant un passage à travers la terre battue. En dessous, le toit de la caverne allait céder sous leur poids. Les mains osseuses du cocher se tendirent dans la tombe, grattant de tous côtés pour les attraper.

Eddie s'arc-bouta contre les dalles de pierre en ruines et se poussa vers le haut. Sa tête s'enfonça dans le sol au-dessus, mais il continua à pousser. Pas encore soutenue par une dalle de pierre gravée au nom de Kingsley, la terre n'était maintenue en place que par son propre poids. Elle tombait de plus en plus à mesure qu'Eddie poussait vers le haut. Jusqu'où avait-il besoin d'aller ? Quelle était la profondeur de la tombe ? Ses narines étaient bouchées par la terre qui entrait aussi dans sa bouche. Il suffoquait, haletait, se noyait dans la poussière.

Puis, soudain, il put goûter l'air frais. Il ouvrit les yeux et découvrit que sa tête commençait à poindre dans la nuit. De la brume tourbillonnait autour des tombes voisines. Et une main saisit sa jambe.

Avec un cri perçant, Eddie sortit ses mains et ses bras, et se hissa pour sortir. La main était toujours serrée sur sa cheville. Un bras suivit. Et puis, George.

— Oh, Dieu merci, c'est vous.

— Il me tient, haleta George. Tire, pour l'amour de Dieu.

Alors même qu'il prononçait ces mots, il commença à disparaître dans le sol, tiré par le cocher en dessous de lui.

Eddie tira sur les bras de George, mais cela n'eut aucun effet. Lentement mais sûrement, George se faisait tirer dans le sol qui s'effondrait.

Puis soudainement, il y eut un bruit grinçant, étouffé, sous le sol. Le son d'une pierre lourde qui se fracassait sur le toit du carrosse. La terre autour de la tombe s'effondra, laissant un trou noir. George s'élança hors de la terre, et lui et Eddie roulèrent sur l'herbe humide.

— Je crois que toute la surface du toit a cédé, dit George. Il ne reste que la pelouse pour tenir le tout ensemble en surface.

— Ça ne l'arrêtera pas longtemps, dit Eddie.

Ensemble, ils se mirent à courir à travers le brouillard qui se rassemblait, s'éloignant de la tombe vide.

Orabis, Seigneur des morts-vivants, baissa les yeux sur l'assemblée silencieuse. Devant lui, il y avait le cocher et Christopher Kingsley, leur tête baissée en pénitence.

— Ils se sont échappés, mon Seigneur.

— Rien ne nous empêchera d'accomplir la grande tâche, dit Orabis. Bientôt, nous nous lèverons et nous nous nourrirons, et nous gouvernerons cet Empire.

Il leva ses yeux noirs vers le toit.

Toute l'assemblée leva également les yeux. Tous, sauf un. L'homme grand et émacié, tenu par Clarissa et Sir Harrison Judd.

Lord Ruthven fut poussé vers l'avant, entre le cocher et Kingsley. Il trébucha devant Orabis.

— Nous avons été trahis, dit le cocher. Que devons-nous faire avec ceux qui ne partagent pas Votre vision, mon Seigneur ?

— Nous les libérerons de cette vision. Et de cette vie terrestre.

Orabis se tordit dans le cadre grotesque des tuyaux qui l'entouraient jusqu'à ce que son regard s'arrête fixement sur Lord Ruthven.

— Mes pouvoirs ont été sapés par le long sommeil, et sans le cercueil, je ne peux être complet.

Son visage se tordit dans un mélange de grimace hargneuse et de sourire.

— Mais goûtez ce pouvoir qui est mien. Vous nous avez trahis… vous m'avez trahi. Et vous en paierez le prix.

Les yeux du Seigneur des morts-vivants semblèrent luire, brillant dans la lumière de la lampe. Lord Ruthven haleta et frémit, demeurant immobile sous le regard d'Orabis. Clarissa et Harrison Judd laissèrent aller leur captif et reculèrent, regardant avec fascination.

Tout le corps de Ruthven tremblait. Ses cheveux s'éclaircirent et ses joues s'affaissèrent. Il se chiffonnait, s'effondrant sur ses genoux alors que la vie était retirée de son corps. Son hurlement fut un son mince et pitoyable alors qu'il tomba finalement vers l'avant.

Pendant un moment, ce fut le silence. Clarissa passa lentement l'orteil de son soulier dans le tas de poussière grise qui avait été Lord Ruthven, le dispersant sur le plancher de la caverne en même temps que les chants recommençaient.

— Ces pompes doivent apporter le sang jusqu'à son corps à partir de réservoirs de stockage quelque part, dit George.

Ils étaient près du British Museum, leurs pas s'accélérant à mesure qu'ils s'approchaient.

— Je peux deviner où ils obtiennent le sang, dit Eddie. Heureusement que le nôtre n'a pas été ajouté à l'infusion.

— Mais pourquoi ont-ils besoin de tant de moteurs, de tant de pompes ? se demanda George. Peut-être qu'ils pompent vraiment l'eau du fleuve pour que les tunnels ne soient pas inondés.

— Ou peut-être ont-ils aussi besoin de sang pour autre chose, suggéra Eddie.

George fit la grimace.

— Comme de grands cœurs à vapeur, pompant l'élément vital dans le système.

Il frissonna.

— Peut-être font-ils ventiler les tunnels. Je suppose que même les vampires ont besoin de respirer.

— Vous croyez ?

— Mais ils n'ont pas besoin de telles pompes. Tu sais, pour ventiler les Chambres du Parlement, ils allument simplement un feu, dit George alors qu'ils commençaient à descendre le couloir vers le Département des artefacts non classés.

— À quoi ça sert ?

— L'air chaud monte par la cheminée au milieu, et cela tire de l'air plus frais et plus froid à travers la tour de l'horloge et les autres tours. C'est un système extraordinaire. Il y a des bouches et des puits d'aération partout à travers le palais de Westminster pour le faire fonctionner. Tout a été planifié au moment de sa reconstruction.

Eddie étouffa un bâillement.

— Sophistiqué.

La porte du bureau de Sir William était entrouverte. George et Eddie se regardèrent, les deux devenant soudainement anxieux. George poussa prudemment et lentement la porte pour l'ouvrir complètement.

Le corps gisait immobile derrière le bureau.

— Sir William ? s'écria George. Va chercher de l'eau, dit-il à Eddie.

— Peut-être est-il trop tard pour de l'eau. Regardez-le.

La chemise blanche du vieil homme était un gâchis de rouge répandu. Les cheveux blancs de Sir William étaient emmêlés et trempés de sueur. Dans son cou, une cicatrice sombre était brûlée dans la blessure ruisselante de sang : la forme d'une croix.

Alors que George regardait, les paupières des yeux du vieil homme pâle clignèrent. Ses lèvres se séparèrent en un faible sourire. Révélant ses solides dents blanches.

Chapitre 17

— Il va bien, dit Eddie, soulagé. N'est-ce pas ? ajouta-t-il d'un air anxieux alors que Sir William s'assoyait péniblement.

— Je l'espère.

George recula prudemment.

— Bien sûr que je vais bien, protesta Sir William.

Il toucha avec précaution la blessure sur son cou et grimaça de douleur.

— Bien que j'apprécierais beaucoup un verre d'eau. Et peut-être que je pourrais imposer à l'un d'entre vous ou à vous deux de m'aider à laver cette blessure et à examiner les dommages.

— Vous avez été mordu, dit George.

— Oui.

— Par un vampire, ajouta Eddie.

— En effet.

— Est-ce… dangereux ? demanda George.

— Très. Mais une bonne goutte d'eau bénite et une croix en argent font des merveilles. Des miracles même.

Maintenant, cessez de faire des histoires à ce sujet, nous avons beaucoup à faire.

✠

Les forces de Sir William revinrent rapidement et il sembla bientôt être redevenu lui-même. La blessure semblait être guérie, cautérisée par l'argent et l'eau bénite. Lorsqu'Eddie eut terminé de raconter ses aventures à l'hospice, la cicatrice en forme de croix au-dessus de son col était le seul signe que Sir William avait été attaqué.

— Ils prennent les malheureux enfants, et d'autres, qui ne manqueront à personne, résuma Sir William. Lorsqu'on retrouve les corps, les policiers sont découragés d'enquêter. *Si* les corps sont retrouvés. Mais j'imagine que ça ne prend pas beaucoup pour les persuader de se concentrer sur des causes plus nobles.

Il hocha la tête d'un air triste.

— Ce John Remick pourrait nous en dire plus. S'il est encore chez moi, dit George.

— Trop risqué. J'imagine que votre maison est surveillée.

— Et s'il sait ce qui est bon pour lui, Remick se sera enfui, dit Eddie. Il ne va pas non plus retourner à l'hospice avec Pearce.

Ce fut au tour de George de leur raconter son histoire. Il décrivit sa visite au Club Damnation et le bal masqué.

— Je ne m'étais pas rendu compte que tu y étais aussi, Eddie.

— Vous m'auriez engueulé parce que j'étais sorti tard.

— Peut-être pourrions-nous nous limiter à ce qui est pertinent à notre conversation ? suggéra Sir William. Le temps presse, mais il ne faut rien laisser de côté, toute petite chose peut être un indice.

— Alors, dit George, tandis qu'il terminait son récit, que sont-ils en train de planifier et comment pouvons-nous les arrêter ?

— Pourquoi ne pas les laisser faire et nous enlever du chemin ? dit Eddie.

— Je doute que ce soit une option, dit tranquillement Sir William. D'abord, malgré tout le mystère qui les enveloppe, ils savent que nous sommes tous les trois conscients de leur existence. Ensuite, je sais, de mes propres discussions avec Lord Ruthven, que certains conflits en sont à un point critique. Même si le statu quo était auparavant acceptable, il n'est plus possible de le maintenir. L'éveil de cet Orabis semble être un moment charnière.

— C'était horrible, se rappela George avec un frisson. La façon dont il était branché aux tuyaux. La façon dont ils semblent le garder en vie.

— Mort-vivant, se souvint Eddie. Le cocher l'a appelé *Seigneur des morts-vivants.*

— Les vampires sont censés être morts-vivants, expliqua Sir William. Notre problème sera de séparer la vérité des mythes et des histoires qui ont été développés, qu'ils ont d'ailleurs encouragés et favorisés.

— Nous pouvons commencer par Orabis, dit George. Peut-être que Xavier Hemming connaissait la vérité. C'est peut-être la raison pour laquelle il avait d'abord placé la momie ici.

— Une excellente idée et une bonne théorie. Mais nous savons du catalogue que Hemming n'a rien rédigé sur papier.

— Que voulez-vous dire ? demanda Eddie.

— Il n'y a pas de notes dont nous puissions nous servir concernant la momie, dit George.

— Ça ne veut pas dire qu'il n'a rien écrit quelque part ailleurs, dit Eddie. Que dire de ces pots et des trucs dans la caisse ? Peut-être qu'il a écrit à leur sujet.

— Non, pas du tout.

— Mais Eddie a raison, dit Sir William d'un ton pensif. Peut-être regardons-nous tout simplement au mauvais endroit. Vous dites que les autres ont salué Orabis comme le Seigneur des morts-vivants ? Lord Ruthven a mentionné plusieurs sources d'information possibles, y compris le *Livre des morts-vivants*.

— Et en langage simple, qu'est-ce que ça peut vouloir dire ?

Sir William frotta distraitement la cicatrice sur son cou.

— Je n'en ai aucune idée. Il y a un Livre des morts des Anciens Égyptiens. Alors peut-être que cela se rapporte à Orabis d'une manière ou d'une autre.

— Ils sont là depuis un bon moment, ces vampires, dit Eddie.

— En effet.

— Ce cinquième contenant qu'ils cherchent, dit George. Est-ce aussi relié ?

— De quelle manière ?

— Vous avez dit que Lord Ruthven cherchait un cinquième vase relié à la momie.

— Mais il n'y en a pas, souligna Sir William.

— À moins qu'il soit caché, dit Eddie. Comme tout ce que Hemming connaissait au sujet de la momie.

— Il a tout dissimulé, se rendit compte Sir William.

Ses yeux brillaient derrière ses lunettes.

— Xavier Hemming était *au courant*. Et il a tout planifié. C'est ici qu'il a gardé la momie, il l'avait cachée.

— Sauf que d'une façon ou d'une autre, ils l'ont trouvée, dit George.

— Et il a caché le cinquième vase ou coffret, peu importe ce que c'est. Il savait qu'ils en auraient aussi besoin.

— Mais pourquoi? Qu'est-ce qu'il y a dedans?

— Si nous le savions, Eddie, mon ami, alors nous serions dans une position beaucoup plus solide que nous le sommes maintenant.

— Alors, trouvons-le.

— Ce n'est pas si simple, dit George d'un air sévère.

— Oh, mais ce l'est peut-être, dit Sir William en se levant. Si nous trouvons le *Livre des morts-vivants*, nous trouverons peut-être l'indice dont nous avons besoin pour tout mettre ensemble. C'est certainement important.

— Et où allons-nous le trouver? demanda George.

— Dans les catalogues que Hemming a méticuleusement dressés… où d'autre?

Ils trouvèrent l'entrée dans le catalogue *Écrits, Anciens*. Sir William les avait emmenés en bas aux archives, sous le musée.

— Est-ce que l'un d'entre vous peut lire les hiéroglyphes de l'ancien égyptien? leur demanda-t-il en se frayant un chemin à travers la masse des caisses et des armoires, des étagères et des placards.

— Euh, pas moi, avoua George. Eddie ? demanda-t-il avec un clin d'œil.

— On ne me l'a pas encore enseigné à l'école.

— Dommage, dommage. J'en ai de vagues notions, mais il nous en faudra peut-être encore plus. Je me demande si nous pouvons faire confiance à cet idiot de Mason en Égyptologie. Ou d'ailleurs à notre vieil ami Brinson.

L'armoire était remplie de parchemins roulés, dont une liste était collée à l'intérieur de la porte de bois, complétée par les numéros de catalogue.

— AS-931, murmura Sir William en passant le doigt d'un parchemin à l'autre. Chacun a une petite étiquette attachée par une corde. AS-931... ne semble pas être ici, finit-il par annoncer.

Eddie se pencha devant lui, tendant la main dans le placard.

— Ici, à l'arrière, il y a quelque chose de coincé, dit-il.

Il sortit un livre poussiéreux relié en cuir craquelé.

— Il est peu probable que ce soit de l'ancien égyptien, dit George.

— Non, non, laissez-moi voir.

Sir William prit le livre des mains d'Eddie.

Lorsqu'il ouvrit le livre, l'épine craqua. C'était un cahier de notes, les pages remplies de l'écriture moulée caractéristique que George savait appartenir à Xavier Hemming.

— Oh oui, dit Sir William en prenant une profonde respiration. C'est bien, Eddie. Ce n'est peut-être pas l'original ; peut-être que Lord Ruthven l'a découvert quand il a retiré la momie elle-même. Mais c'est la propre traduction de

Hemming des manuscrits entreposés dans cette section des archives.

— Est-ce que ça inclut…

La voix de George s'éteignit. Il pouvait voir la réponse qu'il cherchait dans le sourire de Sir William.

— Des extraits du *Livre des morts-vivants*, transcrits par Xavier Hemming lui-même. Et regardez : il a tracé une ligne sur la marge d'un passage en particulier. Je crois, mes amis, que c'est la section qu'il voudrait que nous examinions.

La voix d'Eddie était un peu plus qu'un murmure.

— Allez-y, alors. Lisez-nous ce que ça dit.

Sir William ajusta ses lunettes, se racla la gorge et commença à lire.

Et une troisième fois, ils enfouirent Orabis profondément dans le sol, recouvrant sa tombe du sable du désert et de pierres de la montagne. Mais il ressuscita de nouveau, se creusant un chemin hors de la terre avec ses mains nues. Et cette fois, la souffrance fut encore plus grande et sa vengeance fut infligée à l'ensemble de la population.

La vengeance d'Orabis fut si grande que le pharaon lui-même perdit son premier-né à cause de la maladie du sang. Et très grande fut la lamentation du grand pharaon qui appela les dieux de l'Égypte, les suppliant de se lever contre l'usurpateur Orabis, que l'on appelle le Seigneur des morts-vivants.

Et ainsi, Anubis, dit-on, a donné le pouvoir et la sagesse à la fille du pharaon, Heba, qui a attiré Orabis à l'endroit de la mort. Car même le Seigneur des morts-vivants peut être tué ici, si son cœur lui est enlevé. Sinon, lorsque Thot pèsera le cœur du mort-vivant, le dieu le trouvera déséquilibré et le renverra dans le monde des humains, et Orabis sera de retour.

Les soldats et les prêtres tombèrent sur Orabis et le lièrent comme une momie embaumée. Ils mirent du sable de sa patrie entre les bandages pour qu'il puisse dormir. Ils enveloppèrent ses membres de l'herbe que certains nomment ail pour qu'il ne puisse pas bouger. Ils se cachèrent de sa vue derrière de l'argent poli pour éviter ses représailles au cas où le Seigneur des morts-vivants ressusciterait à nouveau pour les affliger de la maladie du sang.

Anubis parla à la fille du pharaon. Il lui dit que Thot recevrait l'âme immortelle d'Orabis et le lierait pour toujours dans le sommeil si on lui enlevait son cœur en le découpant. Car c'est seulement quand son cœur ne bat plus et qu'il est détruit, ou qu'il est séparé de son corps qu'une créature comme Orabis meurt vraiment.

On l'a embaumé selon les traditions anciennes. On a préparé des vases canopes comme c'était la coutume. Mais alors que les poumons, le foie, les intestins et l'estomac ont été placés dans des bocaux façonnés d'après les fils d'Horus, un cinquième vase a été préparé. Et ce fut sous la forme de Nehebkau le Scorpion, gardien des portes des enfers. Et dans ce vase, on a déposé le cœur d'Orabis, enlevé de sa poitrine par Heba, la fille du pharaon, alors qu'il battait et pompait toujours le sang de la vie.

Le vase a été scellé et enterré. Et Orabis a aussi été scellé dans un sarcophage garni d'argent, et il a été enterré à un endroit non marqué dans le sable du désert duquel — comme le pharaon et son peuple l'ont prié — il ne reviendrait jamais, à moins que son cœur ne lui soit restauré et que le sang circule une fois de plus à travers ses veines maléfiques

Eddie était assis sur une des caisses scellées, donnant des coups avec ses jambes en même temps que lui et George écoutaient Sir William.

— C'est ici que se termine la traduction.

— Bonne histoire, dit Eddie. Je suppose que l'on sait maintenant ce qu'il y a dans le cinquième vase.

— Le cœur du vampire, dit George. Devons-nous y croire ? Cela semble invraisemblable.

— Mais cela expliquerait pourquoi il est branché à un système de tuyaux et de pompes. Pour remplacer le cœur qui ne bat plus dans sa poitrine.

— Et ils sont à la recherche de ce vase pour pouvoir lui rendre son cœur ? demanda Eddie.

— Il semblerait que oui.

Eddie fit la grimace.

— Peut-être que nous devrions les laisser l'obtenir.

— Absolument pas, insista Sir William. Nous pouvons seulement commencer à deviner les horreurs qu'Orabis infligerait à cette ville, et peut-être au monde entier, s'il était à nouveau complet. Pour le moment, il est affaibli et inefficace. Ce qui nous donne du temps.

— Mais du temps pour quoi ? demanda Eddie.

— Pour quoi, en effet. En fait, ce *Livre des morts-vivants* nous révèle plusieurs choses. Il a été écrit par quelqu'un qui avait une expérience directe avec Orabis, et dont la motivation à écrire devait avoir été d'avertir les autres. Donc ce n'est pas de la propagande et des mensonges. C'est la vérité, du moins autant que l'auteur l'a comprise.

— Et en quoi cela nous aide-t-il ? demanda George.

— C'est utile parce que cela décrit comment Orabis a été défait. Pourtant, nous ignorons ce qu'est ce lieu de mort et où il pourrait se trouver. Mais nous savons qu'un vampire a besoin d'avoir de la terre de sa patrie à proximité lorsqu'il dort. Peut-être qu'il doit même être en contact direct avec ce sol. Ruthven m'a aussi raconté cela.

— Et on fait aussi mention de la doublure en argent qui tapisse le cercueil, se rendit compte George.

— Plus que cela. Il est dit qu'ils se sont cachés derrière l'argent. Derrière des miroirs, peut-être ?

— Et les vampires n'ont pas de reflet, dit Eddie. Charlie ne se reflétait pas dans la fenêtre, mais mon reflet était là. C'était vraiment lugubre.

— Ils ont une relation particulière avec l'argent et avec la lumière. Encore une fois, Ruthven en a parlé et la traduction semble le confirmer. Aucun reflet, une aversion pour l'argent et la lumière brillante, particulièrement le soleil.

George fit claquer ses doigts comme s'il s'était produit autre chose.

— Et ils n'apparaissent pas dans les photographies !

Sir William sourit et hocha la tête.

— Oui, bravo.

— Alors, nous avons la preuve, dit Eddie. Allons voir les policiers. Laissez la police s'en occuper.

— Un plan d'action possible, admit Sir William. Mais un plan qui, je le crains, est voué à l'échec.

— Et pourquoi donc ?

— Parce que nous savons par George ici que le commissaire de la Metropolitan Police, Sir Harrison Judd, est membre du Club Damnation, et Sir Harrison était au déballage, vous vous souvenez. C'est lui qui a poussé Brinson pour qu'il se coupe et que le sang coule sur la momie.

— Mais alors, à qui pouvons-nous faire confiance ? demanda George. Nous connaissons certaines des personnes. Nous les avons vues lors de la cérémonie dans les catacombes. Mais le Club Damnation compte des membres dans les plus hauts rangs de la société. Il y a des rumeurs voulant que le ministre de l'Intérieur…

Il s'interrompit, hochant la tête.

— Nous ne pouvons rien faire, n'est-ce pas ? Ils ont des gens partout.

— Même dans le musée et au sein de la Royal Society, dit calmement Sir William. Comme Lord Ruthven. Je crains que nous n'ayons aucun moyen de savoir même qui est notre ennemi.

— Bien sûr que oui, dit Eddie. Nous prenons des photos et nous voyons qui apparaît.

— Oui, cela pourrait fonctionner, convint Sir William. Bonne idée, jeune homme. Ne pensez-vous pas, George ?

Mais George paraissait inquiet.

— Je pensais juste que… Eddie a dit que le cocher a mentionné que Liz n'était pas une menace pour eux. Et quand j'étais au bal au Club Damnation, j'ai cru la voir. Vous ne pensez pas…

Eddie faillit se mettre à rire à cette suggestion.

— Non, bien sûr que non. Liz ? C'est impossible.

— C'est peu probable, je suis d'accord. Mais nous devons nous assurer immédiatement qu'elle va bien, dit Sir William. Et nous prendrons un miroir.

Chapitre 18

Dès que Liz ouvrit la porte, George put constater que quelque chose n'allait pas. Le soleil matinal perçait tant bien que mal le smog londonien et Liz cligna des yeux alors qu'elle se tenait dans sa pleine lumière.

Sir William avait un petit miroir caché dans sa main, et il le pencha pour regarder brièvement le reflet de Liz. Soulagé, il hocha la tête vers George et Eddie, et remit le miroir dans sa poche.

— Je suis désolé, dit George. Il est très tôt. Nous devrions revenir plus tard. Votre père va…

Il s'interrompit quand Liz se détourna.

— Qu'y a-t-il ? Qu'est-ce qui ne va pas ?

Ce ne fut que lorsqu'ils furent entrés, et qu'ils furent assis dans la petite pièce avant, que Liz leur raconta le soudain déclin de son père et son décès. George s'avança immédiatement pour s'asseoir à côté d'elle, tenant ses mains dans les siennes. Sir William s'excusa pour aller faire du thé, et Eddie gesticula, mal à l'aise.

— Peut-être n'aurions-nous pas dû venir, dit George. Si vous souhaitez que nous vous laissions en paix…

Liz secoua la tête.

— Non. Non, je suis heureuse que vous soyez ici. Il semble que ça fait bien longtemps depuis que je vous ai vus. Tellement de choses se sont passées depuis, avec père, et Marie, et tout.

— Beaucoup de choses nous sont arrivées aussi, plaça Eddie.

— Plus tard, marmonna George du bout des lèvres.

— Comme vous voudrez, dit Eddie. Il *était* très vieux, dit-il à Liz.

— Eddie ! dit sèchement George.

Il se sentait terriblement mal de ne pas avoir été là pour Liz quand elle avait besoin de lui.

Mais Liz fit un léger sourire.

— Merci, Eddie. Il le paraissait, mais il n'était pas vraiment si âgé. Simplement fragile. Et je suppose que je m'étais toujours attendue…

Elle se détourna, se mordant les lèvres.

— Il a l'air de se sentir tellement mieux maintenant. Tellement détendu. Tellement paisible.

Eddie semblait inquiet.

— Il ne repose pas toujours ici, n'est-ce pas ?

— Non. Il repose dans la crypte familiale. Celle de St. Bardolph. Jusqu'aux funérailles.

— Je suis tellement désolé, dit George. Vous auriez dû me le faire savoir. J'aurais pu…

Mais Liz hochait la tête.

— J'allais très bien. Vraiment. Je joue dans une pièce au Théâtre du Parthénon.

— Avec Henry Malvern? demanda George.

Liz hocha la tête, et il sentit son cœur se serrer.

— Il a été tellement compréhensif, dit-elle. Un tel réconfort.

— Alors, vous n'aviez pas besoin de moi, murmura George.

Si Liz l'avait entendu, elle ne dit rien. Sa voix avait pris une nouvelle force alors qu'elle décrivait la pièce. Sir William revint avec une théière et versa une tasse pour chacun d'eux.

— Et avec Marie Cuttler malade, il semble que je jouerai le rôle principal de Marguerite, termina Liz.

— Ce sont d'excellentes nouvelles, dit Sir William avec enthousiasme. Et malgré votre perte récente, pour laquelle je vous offre mes sincères condoléances et toute ma sympathie, je suis ravi de vous trouver si bien.

— J'aurais aimé que Marie aille bien, lui dit Liz. C'est tellement étrange. Tout comme père. Et ça ressemble tellement à la pièce.

— La pièce? dit Eddie. Quelle pièce?

— *La Dame aux camélias*.

Sir William posa sa tasse de thé et se pencha en avant sur sa chaise.

— Mais *La Dame aux camélias*, sûrement, parle d'une femme qui meurt de consomption. Elle s'affaiblit, pâlit, s'efface. La peste blanche.

— C'est vrai, dit Liz. Je crois que c'est peut-être ce dont souffre Marie. Une maladie débilitante.

George capta le regard de Sir William et put dire qu'ils pensaient tous les deux la même chose.

— Peut-être une coïncidence, dit-il.

— Cette pièce occupe une grande partie de votre temps, dit Sir William.

— Bien sûr.

— Ce qui ne serait pas le cas si Marie Cuttler était assez bien pour jouer le rôle principal.

— Exact.

Eddie sauta sur ses pieds.

— Là… vous ne pensez pas…

Sir William lui fit signe de se taire.

— Je ne pense rien. Mais je voudrais rencontrer Marie Cuttler. Peut-être que je peux l'aider.

— Vous croyez? demanda Liz. Bien sûr, je vais vous conduire à son hôtel. Bien qu'il soit tôt.

— Tout de suite, s'il vous plaît, dit Sir William d'un ton qui ne laissait aucune illusion sur l'urgence de la situation. Oh, et si vous en avez, apportez un peu d'ail.

Liz fronça les sourcils.

— Je peux regarder dans le garde-manger. Je crois que nous en avons.

— Pourquoi de l'ail? demanda Eddie.

— Une défense traditionnelle. Et ils l'ont employé pour lier Orabis dans son cercueil, vous vous souvenez?

— Je peux en piquer au marché, offrit Eddie.

George lui lança un regard noir.

— Quoi? demanda Eddie. C'est important, n'est-ce pas?

— Non, non, non, dit Sir William en secouant la tête. Mlle Oldfield, je vous expliquerai ce qui se passe en chemin. Mais pour l'instant, trouvez tout l'ail que vous pouvez. Et si votre père avait un crucifix d'argent, ça serait également utile.

✦

La chambre d'hôtel était dans la quasi-obscurité, bien que le soleil brillât à l'extérieur. Les rideaux étaient tirés, et les lampes très tamisées.

Après que Liz les eut rapidement tous présentés à Marie, Sir William envoya Eddie et George aux cuisines de l'hôtel pour demander d'autre ail.

— Depuis combien de temps êtes-vous malade? demanda-t-il en même temps qu'il prenait le pouls de Marie.

— Qui peut le dire? répondit-elle faiblement. Quand la fatigue devient-elle une maladie? Je suis tout simplement épuisée. Je ne suis plus aussi jeune qu'avant.

Sir William tendit le bras pour incliner doucement la tête de Marie d'un côté. Le haut col de sa chemise de nuit montait jusqu'à son menton, et il le regarda pendant un moment d'un air soupçonneux.

— Quelque chose ne va pas? demanda Marie. Êtes-vous médecin?

— Oh non. Non aux deux questions.

Il recula d'un pas et lui fit un sourire rassurant.

— Comme vous le dites, fatiguée et pas dans votre assiette. Voulez-vous que j'ouvre les rideaux? C'est une si belle journée et je suis sûr que le soleil vous fera du bien.

— Non, dit rapidement Marie. Je vous remercie, mais la lumière me donne mal à la tête.

— Vous paraissez très pâle, dit Liz.

— Oh, je suis d'accord, dit rapidement Sir William. Avez-vous un miroir? Je crois que vous devriez voir à quel point vous êtes pâle.

Sir William observa attentivement, alors que Marie se regardait dans un petit miroir à main de la coiffeuse.

— Effectivement, j'ai l'air tellement fatiguée, dit-elle. Tellement vieille.

— Peut-être qu'un peu d'air frais vous aiderait... suggéra Liz.

Marie secoua la tête en passant le miroir à Sir William.

— S'il vous plaît. C'est gentil à vous d'être venus, mais je suis fatiguée. Toujours si fatiguée.

— Dormez un peu. Je suis convaincu que c'est la meilleure chose à faire. Et je suis certain que vous reprendrez rapidement des forces. Mais si vous le permettez, je voudrais mettre un peu d'ail dans la chambre.

— De l'ail ? Mais pour quoi faire ?

— L'odeur dégage les voies nasales et facilite la respiration. D'après moi, vous le trouverez des plus efficace.

— Je suis sûre que ça va aider, dit Liz.

— Alors très bien.

George et Eddie revinrent avec plusieurs têtes d'ail. Ensemble, ils séparèrent les gousses et Sir William les coupa en deux avec un couteau de poche. Il tint une demi-gousse sur l'extérieur de la porte, la pressant et traçant une croix avec l'huile. Ils arrangèrent les autres morceaux à l'intérieur de la porte et le long du rebord de la fenêtre.

Lorsqu'ils eurent terminé, Marie avait sombré dans le sommeil.

— Déposez le crucifix de votre père sur l'oreiller, près d'elle, dit Sir William. Espérons qu'elle dormira paisiblement maintenant.

— Croyez-vous vraiment que c'est nécessaire ? demanda Liz.

Sir William avait fait un bref compte-rendu de leurs diverses aventures et expériences dans le taxi sur le chemin vers l'hôtel.

— Je le crois, dit-il. Et espérons que c'est suffisant.

La femme dans le lit s'agita. Elle cria dans son sommeil et se réveilla soudainement. Elle s'assit, regardant autour d'elle.

— Êtes-vous là ?

Dans l'effort qu'elle avait fait pour parler, elle se mit à tousser et elle s'effondra sur l'oreiller. Comme elle retenait son souffle, elle tendit le bras vers le cordon qui pendait sur le bord du lit.

— Mes amis sont-ils partis ? demanda Marie à l'homme qui avait répondu à l'appel.

— Oui, madame. Je crois que vous étiez endormie et qu'ils n'ont pas voulu vous déranger.

— Ils avaient les meilleures intentions.

— J'en suis certain. Y a-t-il autre chose ?

— Oui, s'il vous plaît. Comme je le dis : ils avaient les meilleures intentions. Mais l'odeur de cet ail me fait beaucoup tousser. S'il vous plaît, faites-le enlever. Au complet. Chaque morceau. Et lavez l'avant de la porte.

Ce ne fut que lors que tout l'ail fut enlevé que Marie tourna son attention vers le crucifix sur l'oreiller à côté d'elle. Elle tendit le bras avec hésitation. Le toucha. Sentit la chaleur brûlante et retira sa main. Puis, elle plia le coussin en deux, étouffant le crucifix. Elle ramassa l'oreiller plié et le lança dans un coin de la pièce.

Épuisée par l'effort, elle retomba sur ses oreillers.

— Bravo, ma chérie, dit la silhouette debout près d'elle. Vous retrouverez bientôt vos forces, je vous le promets.

Il se pencha sur le lit.

— Vous avez ma parole.

Elle tira sur le col de sa chemise de nuit alors que les lèvres de l'homme le frôlaient doucement.

— Ma parole, murmura-t-il. Écrite en sang.

Chapitre 19

Les archives sous le musée étaient immenses. C'était la première fois que Liz y venait et elle regardait autour d'elle avec fascination. Le fait que George et Eddie semblaient s'y trouver aussi à l'aise rappela à Liz à quel point ils lui avaient manqué. Si seulement elle avait découvert cet endroit avec eux. Mais maintenant, il n'y avait pas suffisamment de temps pour s'en émerveiller, et l'excitation initiale qu'elle ressentait était teintée d'inquiétude pour Marie et de tristesse pour son père.

— Alors, pourquoi n'avons-nous pas regardé dans ce cahier de notes plus tôt ? demanda Eddie.

Sir William sortit un large volume d'une étagère élevée. Les livres étaient tellement serrés qu'il dût le faire glisser tout doucement.

— Nous avons vérifié les catalogues, ils décrivent les objets que Hemming conservait dans sa collection.

D'un claquement, il referma le livre et le replaça sur le rayon, tendant le bras pour prendre le prochain volume.

— Mais il est *possible* que Hemming ait inclus plus d'informations dans ses notes originales. Maintenant, contrairement aux catalogues, les cahiers de notes sont en ordre chronologique. Il a fait la liste des choses à mesure qu'il les acquérait. Ainsi, connaissant à partir du catalogue la date où il a mis la main sur les autres vases…

Il était déjà en train de regarder dans le volume suivant des carnets de Hemming.

— Ah, oui. Nous y sommes.

Le sourire se figea sur le village de Sir William.

— Qu'est-ce que c'est ? demanda Liz.

— Je pense que nous pouvons dire avec certitude que Hemming était en possession des cinq vases.

— Alors qu'est-ce que ça dit ? demanda Eddie.

En guise de réponse, Sir William inclina le livre pour que tous puissent voir.

— Rien.

La page était déchirée, la moitié inférieure manquant.

— Une autre impasse, dit George.

— Puis-je regarder ? demanda Liz.

Ce n'était probablement pas utile, mais elle avait remarqué que l'écriture était barbouillée. Comme si Hemming avait écrit son entrée, puis précipitamment fermé le livre sans éponger l'encre avec un buvard. Les notes sur la momie étaient tachées et avaient laissé plusieurs petites taches d'encre sur la page opposée.

Plus bas sur la page, il y avait d'autres petites taches d'encre. Légères, mais visibles. Sur le côté opposé à celui où la page avait été arrachée.

— Regardez, dit Liz en déposant le livre sur une caisse et en pointant les taches d'encre. Nous aurions dû emprunter le miroir de Marie.

Sir William toussa, un peu gêné.

— En fait, j'en ai un avec moi. Je l'avais apporté dans le cas où Marie n'aurait pas disposé de miroir, de façon à, euh… Eh bien, peu importe.

De sa poche, il sortit un petit miroir de quelques centimètres de large, et il le tint en bordure de la page.

— Pouvez-vous lire quelque chose ? voulut savoir Eddie. Qu'est-ce que ça dit ? Montrez-le-nous !

Liz eut de la difficulté à distinguer quelque chose dans les bavures de taches d'encre.

— Cela peut être « vase », je suppose. Cette ligne maculée ; on dirait qu'il a raturé quelque chose. Mais il n'y a aucun moyen de savoir ce que c'est.

— Et ça ? demanda George en montrant un groupe de taches dans la marge.

— C'est écrit « secret », je crois. Et cela peut être « tombe ».

Sir William avait enlevé ses lunettes et il regardait de très près dans le miroir.

— Je crois que vous avez raison. Je pense que c'est une note qu'il aurait griffonnée après avoir rayé l'entrée. Il disait qu'il garderait le secret, le secret du cinquième vase, j'imagine, jusqu'à la tombe.

— Et ensuite, il a décidé que ce n'était pas suffisant, dit George. De simplement barrer l'information. Alors il a déchiré la page.

— Probablement qu'il l'a brûlée, dit Eddie avec un reniflement de déception. Au moins, l'encre apparaît dans le miroir, ajouta-t-il avec un soudain sourire.

Liz remit le miroir à Sir William.

— Vous savez que j'avais besoin d'un petit miroir, l'autre jour, dit-elle, se souvenant. Quand j'ai découvert père. J'ai tout de suite compris : je crois que c'est quelque chose que l'on sait, tout simplement. Mais je devais être certaine.

Elle pouvait sentir à nouveau les larmes dans ses yeux.

— Oh, mon Dieu.

George passa son bras autour de son épaule.

— Allez, allez.

— Il fallait que je sois certaine, dit-elle encore, tamponnant ses yeux avec son mouchoir. J'ai trouvé un miroir, et je l'ai approché de sa bouche. Et j'ai espéré, j'ai prié, pour qu'il y ait de la buée sur le miroir. Pour qu'il respire encore. Mais il est tout simplement disparu.

Elle se mit à trembler tout à coup à ce souvenir.

— On aurait dit que son âme avait disparu.

— Les souvenirs ne seront pas toujours tristes, dit doucement Sir William.

— C'était comme s'il n'existait pas, continua tranquillement Liz. Aucun souffle sur le miroir. Il était tellement faible. Je pouvais voir l'oreiller et les draps du lit à travers lui. C'était comme s'il m'était enlevé pendant que je regardais. Son reflet s'est estompé jusqu'à presque rien.

George retira son bras si rapidement que Liz leva les yeux.

Sir William était debout, la bouche ouverte.

— Bon sang ! dit Eddie.

✝

Le smog était revenu, rendant le monde flou et indistinct. Tout avait une teinte jaunâtre alors que Sir William criait au chauffeur de taxi de se hâter.

Eddie n'était pas pressé. Il considérait qu'il en avait assez des cimetières pour une journée. Et à voir son expression, c'était la même chose pour Liz. Elle était silencieuse et pâle, ses mains serrées ensemble. George l'observait avec inquiétude. Personne ne parlait.

Le taxi les déposa aux portes du cimetière et fut bientôt ravalé par le brouillard.

Le bruit sourd de ses roues sur les pavés persista, et bientôt, même cela disparut.

— Que croyez-vous que nous allons trouver ? demanda Liz d'un ton nerveux.

— Je ne sais vraiment pas, avoua Sir William. J'espère que nous trouverons le corps de votre père exactement comme il a été laissé dans le mausolée familial.

— C'est quand même quelque chose quand vous espérez que les gens sont encore morts, marmonna Eddie.

— Vous connaissez le chemin ? demanda George à Liz alors qu'il lui ouvrait la porte pour la laisser passer.

— Je pense que oui. Je ne suis venue ici qu'une seule fois et ce n'était pas si brumeux.

Elle se força de faire un léger sourire.

— Ce n'est pas un endroit que je fréquente.

Des pierres tombales et des monuments surgissaient de la brume et se perdaient ensuite à nouveau. Un ange avec des ailes écaillées regarda Eddie pendant qu'il passait. Les os fragiles et pâles d'un squelette se tendirent vers lui dans l'obscurité, mais c'était finalement la branche d'un bouleau argenté.

Le brouillard tourbillonnant était si épais près du sol que ce ne fut que lorsqu'Eddie put sentir que la pelouse s'affaissait sous ses pieds qu'il sut qu'ils avaient quitté le chemin. George et Sir William étaient des fantômes gris. Liz était presque perdue alors qu'elle ouvrait la voie. Décolorée, elle ressemblait à l'un des anges qui montaient la garde sur tant de monuments et de tombeaux.

Enfin, une large silhouette assombrit la brume. La pierre étincelait alors que l'humidité s'y accumulait. La porte basse en forme d'arche était constellée de trous et le bas était pourri. La pelouse était plus longue sur les bords, ce qui donnait à la structure l'apparence d'avoir été soulevée hors du sol en attente du jour du jugement.

— Est-ce cela ? demanda George.

— Qu'en pensez-vous ? dit Eddie.

Il avait froid et il était fatigué, et la terre de cimetière sur ses vêtements se transformait en boue dans l'air humide.

— C'est ici, dit tranquillement Liz. Je suis désolée. La porte est verrouillée. J'aurais dû y penser.

Elle la poussa avec hésitation, juste au cas.

— Il faudra nous procurer la clé.

— Qui l'a ? demanda George. J'irai la chercher.

— Oh, je ne crois pas que ce soit nécessaire, dit Sir William.

Il poussa prudemment sur le bois pourri.

— Chaque seconde compte. George, voulez-vous s'il vous plaît avoir la bonté de poser votre botte juste ici ?

Il tapota un endroit près de la serrure.

— Je vous demande pardon ?

Eddie soupira.

— Il veut que vous donniez un coup de pied dans la porte. Sauf si vous voulez que ce soit une femme, un vieillard ou un enfant qui le fasse ?

— Pensez-vous que je devrais ?

George hésitait toujours.

— Liz ?

Elle hocha la tête et se détourna.

— Allez, exhorta Eddie.

George s'approcha de la porte, l'examinant.

— Juste ici ? Parfait alors.

Il recula d'un pas, se recueillit, puis porta un solide coup de pied.

Le bois se brisa et céda. La porte s'écrasa en s'ouvrant, penchant d'un côté alors qu'une charnière cédait. Plusieurs planches sortirent du cadre et se fracassèrent sur le sol de pierre du mausolée.

Eddie entra avec Sir William, George et Liz les suivant de près. Le brouillard fit irruption, roulant sur le sol. Ce n'était pas un grand bâtiment ; une simple pièce. Des arches de pierre sur chaque mur encadraient des alcôves qui hébergeaient des cercueils pâles. Au centre de la pièce, il y avait une table basse en pierre. Des restes de fleurs mortes écrasées jonchaient le dessus. Des lys anémiques et des pétales de rose rouge sang.

Sir William fit lentement le tour de la table.

— Était-il ici ? murmura-t-il.

Il y avait quelque chose à propos du lieu qui faisait que tout le monde parlait à voix basse.

— Oui.

Liz tendit la main, passant ses doigts dans les fleurs mortes.

— Mais la porte était verrouillée, dit George. Il ne peut pas avoir disparu.

Eddie regarda autour de lui, ses yeux s'adaptant à l'obscurité glauque. Il pouvait voir les cercueils sur des étagères dans des alcôves. Plusieurs tombes basses en pierre. Il y avait une alcôve étroite qui ressemblait à une autre porte à l'arrière du mausolée où une silhouette se tenait silencieuse et immobile comme une statue.

Mais ce n'était pas une statue.

— En fait, je ne crois pas du tout qu'il soit parti, siffla Eddie.

Sa main tremblait alors qu'il pointait vers la silhouette qui sortait de l'alcôve.

Le visage de l'homme était aussi blanc que les lys et ses yeux étaient sombres. Sa démarche était un peu voûtée. Sa voix était aussi rauque et fragile que la pierre écaillée autour d'eux.

— Mes amis, comme c'est gentil à vous d'être venus. Je vous attendais.

Le révérend Oldfield écarta les bras, comme s'il allait faire une bénédiction. Il se retourna pour faire face à Liz. Horrifiée, elle fit un pas en arrière, les mains sur sa bouche.

— Ma fille. Ma belle Elizabeth. Je suis très heureux de vous voir.

Chapitre 20

— Père?

Liz se sentait engourdie. Malgré tout ce que Sir William et les autres lui avaient dit, elle se rendait compte qu'elle ne s'était pas attendue à découvrir que c'était vrai. Mais voilà que son père se trouvait devant elle, revenu d'entre les morts. Devait-elle être transportée de joie, ou terrifiée?

Horace Oldfield hocha la tête.

— Oui, je suis votre père.

Il y avait une tristesse dans sa voix alors qu'il poursuivait.

— Et pourtant, je ne suis pas votre père. Je ne suis pas l'homme que j'étais.

Il ferma les yeux un instant.

— J'avais espéré vous épargner ceci. Vous épargner toute connaissance de telles choses. J'ai lutté si fort pour vous protéger, après avoir perdu…

Il rouvrit les yeux et regarda Liz.

— Trop difficile, peut-être. Je pensais que je faisais la bonne chose.

— Mais, que vous est-il arrivé ?

— Je suis ressuscité. Je suis maudit.

— Pouvez-vous nous aider ? demanda Sir William.

Il s'avança, faisant face à Oldfield.

— Pouvez-vous aider à détruire ce mal ?

— Mal ? Oui, le mal, dit Oldfield. Pourtant, aujourd'hui, je le sens à l'intérieur de moi. Avais-je tort ?

Il se tourna de nouveau vers Liz.

— Dites-moi que j'avais raison, l'implora-t-il. Il y a tant d'années.

Il y avait de l'angoisse derrière ses mots.

— Dites-moi que j'ai fait la bonne chose.

— Vous avez toujours fait la bonne chose, père. Comment pouvez-vous en douter ?

— Alors, qu'est-ce qui se passe ? demanda Eddie. C'est un vampire ou quoi ?

— Eddie ! le réprimanda George.

Mais les lèvres pâles d'Oldfield se recourbèrent dans un léger sourire.

— Oui, je fais partie des morts-vivants. Manifestement. Pour mes péchés ; littéralement, peut-être.

Il laissa échapper un grand soupir, ses épaules voûtées se soulevant.

— J'ai essayé très fort. J'ai fait de mon mieux pour vous empêcher de voir à quel point notre monde est horrible et maléfique. J'ai dissimulé les événements du passé pour vous protéger. Pardonnez-moi maintenant.

Liz secouait la tête. Elle pouvait sentir les traces froides de larmes silencieuses le long de ses joues.

— Je vous pardonnerai n'importe quoi.

— J'ai même essayé de vous empêcher de faire du théâtre. Pour vous protéger.

— Père, ne vous inquiétez pas.

Sa voix se brisa en même temps qu'elle réprimait un sanglot.

— Je vous aime.

Elle fit un pas en avant.

Mais il leva la main, l'avertissant de demeurer en arrière.

— Non, mon enfant. Je peux le sentir en moi : le pouvoir, l'ambition, la soif de la vie à tout prix. Avant que ces sentiments prennent le dessus…

Il s'arrêta, la respiration haletante.

— Il y a des choses que vous devez savoir. Ensuite, il y a des choses que vous devez faire. Promettez-le-moi.

— Quelles choses ? demanda Liz.

— Promettez-le-moi ! cria Oldfield, sa voix résonnant sur les murs froids.

— Oui, oui, je le promets.

— Que pouvez-vous nous dire, monsieur ? invita Sir William. Savez-vous discerner les vérités des mensonges ?

— Je sais tout. Même le grand mensonge, je le connais.

— Le grand mensonge ?

— Nous n'avons pas le temps maintenant.

Oldfield essuya son front de sa main.

— L'immortalité, murmura-t-il. Et pourtant, si peu de temps.

Il retrouva sa contenance et se redressa, devenant soudainement une figure imposant l'autorité.

— J'ai tenu un journal. Tout est là-dedans. Vous devez le trouver et le lire. Ensuite, vous devez décider des possibilités d'actions. Mais il peut être trop tard pour faire autre chose que vous sauver vous-mêmes.

Liz se souvint que son père avait déjà mentionné l'existence d'un journal, mais elle ne l'avait jamais vu.

— Où est ce journal, mon père?

— L'année 1858. C'est l'année où cela s'est produit. L'année où j'ai découvert le mal qui marche sur cette Terre et où j'ai déterminé d'y mettre fin pour toujours.

Il rit, un son glacial qui donnait des frissons.

— Comme j'étais jeune et naïf. Comme j'étais fier. Comme j'étais ignorant de ce qu'il m'en coûterait.

— Qu'avez-vous appris? demanda Sir William. Qu'avez-vous fait?

— Oh, ils n'ont jamais oublié. Je les ai blessés. En particulier, le cocher. Je lui ai pris la seule chose qu'il craignait de perdre. Et je les ai retardés, et ils ne me l'ont jamais pardonné non plus. Ou à ma famille, ajouta-t-il, ses yeux sombres fixés sur Liz. Le journal est caché dans un endroit où ils ne pourraient jamais le trouver, même s'ils étaient au courant de son existence. Dans la remise, le vieil abri à l'arrière du jardin.

Liz fronça les sourcils.

— Mais, père, elle est vide. Il n'y a rien là-dedans.

— Il y a d'autres choses que vous devez savoir, poursuivit-il rapidement, comme s'il n'avait pas entendu. J'espère et je prie d'avoir le temps de vous les dire. Mais sinon… alors vous devez y mettre fin.

Liz s'avança de nouveau, et encore une fois, il l'écarta d'un geste.

— Que voulez-vous dire?

— Vous devez y mettre fin. Pour moi. Je ne peux pas…
Je ne peux les laisser me prendre. Déjà, cela coule dans mes
veines, obscurcissant mon jugement. J'ai vu comment cela
se produit. J'ai vu ce qu'il peut faire à ceux que j'aime, à ma
propre chair et à mon propre sang. Avant que je ne perde
complètement mon âme, vous devez le faire ; il faut que
vous le fassiez. Tuez-moi.

Liz haleta et se détourna.

— Vous m'avez promis, Elizabeth. Si vous m'aimez,
alors faites-le.

— Je ne peux pas, dit-elle en sanglotant.

Des mains froides agrippèrent ses épaules, la retournant lentement. Elle aperçut alors l'expression horrifiée de
George. Sir William, sombre et déterminé. Eddie regardant
le vieil homme qui avait posé ses mains sur ses épaules. Son
père. Ses yeux étaient profonds et sombres. Sa voix semblait
résonner à l'intérieur de sa tête.

— Vous devez le faire. Faites-le pour moi.

— Mais… comment ?

— Le cœur. Le cœur du vampire est la clé. Détruisez le
cœur et vous détruisez le vampire. Un pieu de bois rompra
le cœur. Ou bien, vous pouvez l'affamer de l'air dont il a
besoin.

— Suffocation ? demanda doucement Sir William.

Oldfield lâcha Liz et s'éloigna d'elle.

— Pas conseillé. La force du vampire est beaucoup plus
grande que celle d'un homme mortel. Le sang est beaucoup
plus riche et beaucoup plus puissant. Mais cela aussi peut
constituer leur chute. Dans certains pays, là où l'air est
raréfié, les gens savent qu'ils sont protégés contre les

vampires. Lorsque la récolte du sang commence, ils fuient dans les montagnes.

— Lord Ruthven a mentionné qu'ils peuvent se noyer.

Oldfield hocha la tête.

— D'où les histoires indiquant qu'ils craignent l'eau courante. Mais les vérités à leur sujet sont entourées de mensonges.

Il chancela soudainement, les mains sur sa tête.

— Je n'ai plus beaucoup de temps. Tout est dans le journal. Tout. Vous reconnaissez un vampire par la terre dans ses chaussures. Voyez comment ils fuient la luminosité du soleil. Surtout, la chauve-souris loup…

Ses paroles se perdirent alors qu'elles devenaient un cri de douleur.

— Père !

Liz courut vers lui.

Le vieil homme était presque plié en deux. Il la repoussa doucement.

— Il est presque l'heure, mon enfant. Elle viendra pour moi, à moins que vous ne vous pressiez.

Il tint son bras pour un moment.

— Sauvez-moi ! l'exhorta-t-il. Le bois de la porte. Soyez forte.

— George, dit tranquillement Sir William.

Liz vit que George se déplaçait lentement vers la porte. Le brouillard se levait comme de la vapeur autour d'eux.

— Tout est dans mon journal, dit Oldfield.

Il semblait plus faible maintenant et il se balançait sur ses pieds alors qu'il s'efforçait de rester debout.

— Le journal dans la boîte. Tout, sauf le grand mensonge. Je ne pouvais l'écrire. Je ne pouvais risquer qu'ils découvrent que j'étais au courant.

Il se pencha en arrière, s'arc-boutant contre la pierre.

— Je leur ai tendu un piège. J'ai tourné leur mensonge contre eux.

Il cligna des yeux, son front creusé par la confusion.

— Tellement affamé, haleta-t-il. Tellement, tellement affamé.

George remit quelque chose à Sir William. Celui-ci se dirigea vers Liz et le poussa dans la main de la jeune femme. Une tige de bois cassé de la porte, son extrémité étant une pointe effilée.

— Il veut que vous le fassiez.

Le visage de Sir William était un masque de sympathie et de tristesse.

— Il vous aime tellement. Vous devez le faire pour lui. Vous devez lui faire savoir que vous êtes assez forte. Que vous êtes assez courageuse. Que vous l'aimez assez.

— Affamé ! rugit Oldfield.

Liz se retourna vivement, le pieu de bois dans sa main.

L'homme qui lui faisait face n'était pas son père. Ce fut ce qu'elle essaya de se dire.

— Mon père est mort, murmurait-elle.

Il ne ressemblait même plus à son père. Il se redressa, tellement plus grand. La fatigue de l'âge le quittait. Ses yeux noirs brillaient et ses lèvres pâles se séparèrent pour révéler de longues dents pointues.

Eddie jura.

— Vite, exhorta Sir William.

— Je vais le faire, dit George.

— Non, lui répondit Liz. C'est *moi* qui dois le faire.

La créature qui avait été son père se précipita vers Liz, l'attrapant brutalement. Son visage se pressa vers son cou. Elle coinça le pieu contre sa poitrine, sentant le bois pourri qui se brisait dans ses mains.

— Maintenant! cria Sir William.

Le vampire la poussait, la forçant à reculer contre le mur. Se refermant sur elle. Liz ferma les yeux et se détourna.

— Regardez-moi! cria son père d'une voix qui ressemblait à peine à la sienne, un épouvantable grincement rauque.

Liz ouvrit les yeux. Ses mains étaient engourdies alors que son père en retirait le pieu. Et l'enfonçait vers elle.

Liz haleta. L'extrémité émoussée déchira sa robe au-dessous de l'épaule, sous son bras. Il égratigna la face interne de son bras avant de s'encastrer dans le mur de pierre qui s'effritait derrière elle.

Pendant un moment, tout s'arrêta, le visage du vampire redevint celui de son père. Il hocha la tête, les yeux fixés sur le bois pointu dirigé vers lui. Puis, il regarda profondément dans les yeux de sa fille, et il sourit.

— Soyez courageuse, dit-il tranquillement, sa voix ressemblant à nouveau à celle dont elle se souvenait. Je vous aime.

Puis, ses yeux s'obscurcirent et ses lèvres s'entrouvrirent, et il se jeta sur elle. Sur le bois pointu. Il y eut un craquement alors que le bois pénétrait. Son père tomba, le bois fermement coincé dans sa poitrine. Ses yeux vitreux et son sang mêlé au brouillard alors qu'il imbibait le sol de pierre.

Chapitre 21

La porte de la cabane s'ouvrait vers l'extérieur, et George dut piétiner les hautes herbes avant de réussir à l'ouvrir d'un mouvement brusque. Une pluie de poussière tomba du cadre alors que la serrure passait soudainement au travers, et le bois craqua en signe de protestation. Mais il réussit à pratiquer une ouverture suffisamment large pour se glisser à l'intérieur, suivi par Eddie, Liz et Sir William.

— Rien que de la poussière et des toiles d'araignée, dit Eddie.

Il y avait de la poussière partout. Elle flottait dans l'air comme le brouillard à l'extérieur. Des toiles d'araignée sillonnaient les étroits chevrons. Plusieurs formes sombres étaient suspendues à une poutre transversale : des chauves-souris endormies. George prit une grande respiration poussiéreuse.

— Des chauves-souris, dit Liz. Il a parlé de chauves-souris. Et il y avait quelque chose sur l'oreiller de père. Je croyais que c'était un oiseau, mais… c'était une chauve-souris, j'en suis certaine. Elle s'est envolée par la fenêtre.

— Vous croyez qu'elles vont se réveiller et se transformer en vampires ? demanda Eddie.

— Je crois que le temps joue un rôle essentiel. Trouvons ce journal et laissons les chauves-souris et les araignées en paix.

George regardait autour de lui. Une bêche et une fourche de jardin étaient en train de rouiller contre le mur arrière, au milieu d'un tas de pots à fleurs ébréchés et brisés. Une étagère étroite longeait un mur. Mais l'étagère était vide, sauf la poussière, la terre et plusieurs mouches mortes. Leurs corps étaient des coquilles vides asséchées.

— Drôle d'endroit pour garder des biscuits, dit Eddie.

— Garder quoi ? demanda Liz.

— Il y a une boîte de biscuits là, regardez.

Eddie écarta la bêche et quelques pots à fleurs pour révéler une boîte de métal derrière. Elle était recouverte d'une couche de poussière et couronnée de toiles d'araignée. Des brins se détachèrent et se cassèrent lorsqu'il souleva la boîte, et il parut soudainement inquiet.

— Vous ne croyez pas qu'ils seront rassis, n'est-ce pas ? demanda-t-il alors que Liz prenait la boîte.

— Je ne crois pas que ce soient des biscuits, Eddie, dit George.

Ils se pressèrent autour de Liz, qui ouvrit lentement la boîte.

Eddie poussa un cri et sursauta en reculant.

— Tout va bien, dit Sir William. Je crois qu'elle est morte.

Il sortit un crayon de sa poche et le glissa sous la forme sombre à l'intérieur, la soulevant hors de la boîte et la déposant sur le couvercle ouvert.

— Du moins endormie, décida-t-il.

La chauve-souris donnait des secousses sur le couvercle de la boîte ouverte.

— Il y en a une autre à l'intérieur. Apparemment, elles sont toutes les deux en train de dormir.

Il poussa la seconde chauve-souris sur le couvercle à côté de la première.

— Comment ont-elles pu y entrer ? demanda Eddie. Elles m'ont donné une bonne frousse.

— Nous avons remarqué, lui dit Liz.

Elle tint la boîte dans une main et tendit l'autre main à l'intérieur, tâtonnant à travers une masse de toiles d'araignée.

— Soyez prudente, avertit George. Ce pourrait être n'importe quoi.

— Des livres, dit-elle. Il y en a plusieurs.

Après y avoir remis les deux chauves-souris, Liz ferma la boîte. Elle la tendit à George et leur montra les petits cahiers reliés de cuir qu'elle avait retirés.

Sir William était assis avec une assiette de pain et de fromage en équilibre sur un bras de son fauteuil. Entre chaque bouchée, il feuilletait les carnets.

— Il semble que l'incident sur lequel votre père a souhaité attirer notre attention occupe le dernier de ces volumes. Peut-être qu'ensuite, il a cessé de tenir un journal. Ou peut-être avait-il l'impression qu'il n'était pas nécessaire de cacher les derniers journaux.

— Alors qu'est-ce qui s'est passé ? demanda Eddie.

— Dans un moment. Laissez-moi vous expliquer le contexte, ce qu'Oldfield faisait durant cette période, et qui il était. Ensuite, nous devrions mieux comprendre ce qui lui est arrivé.

— Il avait été ordonné prêtre peu avant ce temps, dit Liz. Je me souviens qu'il me l'a dit. Et malgré sa fragilité, il n'était pas aussi âgé qu'il le paraissait.

— Les événements ont laissé des traces, dit Sir William.

— Les événements dans le journal? demanda George.

Sir William hocha la tête.

— Je le crains.

Il s'arrêta pour déposer un morceau de fromage dans sa bouche.

— Horace Oldfield, d'après une référence dans son journal, a été ordonné à la prêtrise en 1856, à l'âge de trente ans.

— Je ne suis pas certaine de ce qu'il faisait avant ce temps, dit Liz.

— Ce n'est pas clair, leur dit Sir William. Pendant un certain temps, il a enseigné à la Cambridge University, où il avait fait ses études et obtenu son diplôme. Il a aussi fait de nombreux voyages. Et dans les années 1850, il s'est senti attiré par le sacerdoce. Il s'est fait offrir un vicariat dans le sud de Londres en 1857.

— St. Agnes Martyr, ajouta Liz.

— Il était, paraît-il, diligent et très aimé. La personne en place était âgée et de plus en plus de tâches paroissiales ont été confiées à Horace Oldfield. Puis, nous arrivons en avril 1858.

Il ramassa le journal et l'ouvrit.

Eddie, Liz et George se penchèrent en avant, écoutant avec une attention soutenue pendant que Sir William commençait à lire.

Je n'ai jamais écrit à propos de mes voyages avant que je ne sois appelé par Dieu. Mais depuis plusieurs mois, j'ai passé du temps dans les régions montagneuses de l'Europe de l'Est. Peut-être que ce que j'ai appris là-bas a déclenché le processus de ma décision de me faire ordonner. Peut-être ai-je décidé que si des créatures du mal aussi malveillantes existaient, alors Dieu aurait besoin de toute notre aide pour leur résister.

À un moment donné, j'ai passé une semaine en compagnie de l'ancien d'un petit village dans les Carpates. Son nom était Klaus et, le jour, je lisais dans sa petite bibliothèque. En soirée, nous nous assoyions à l'auberge locale et il traduisait pour moi les histoires des autres clients. La nuit, comme les autres villageois, nous demeurions enfermés à la maison, écoutant les bruits du vent et le hurlement des loups. Et le matin, nous nous réveillions et nous priions pour qu'aucun des enfants du village ne soit porté disparu.

Ayant perdu son fils unique et sa jeune épouse depuis de nombreuses années déjà, il avait fait de l'étude des légendes locales le travail de sa vie. Il avait réussi à séparer la vérité du mythe, m'avait-il dit. Et c'est de lui que j'ai appris des choses terribles.

Bien sûr, une fois revenu en Angleterre, mes expériences et mes découvertes semblaient au mieux exagérées, au pire ridicules. Quelle part de ces récits était le produit de l'imagination, et quelle part n'était qu'inventions et embellissements de la population locale ? Certes, la paroisse de St. Agnes n'était pas l'endroit où j'avais envisagé de mettre mon apprentissage réticent à l'épreuve.

Je n'ai pas écrit depuis plus d'une semaine. Pas depuis que j'ai reçu la lettre de ma chère sœur, et que j'ai été tellement ravi par la nouvelle de sa visite imminente. Comme les choses changent rapidement. J'étais alors si rempli d'espoir, d'attente et de vie. Mais maintenant, je peux sentir le déclin de cette vie. Je sais que je dois confier les terribles événements de ces derniers jours à ces pages.

Bien que cela me semble une éternité, cela fait seulement dix jours que Reginald Carr est venu me voir. Il était déjà allé rencontrer le recteur et lui avait raconté son histoire, mais il n'avait été reçu que par des platitudes et un manque évident de sympathie. Lorsqu'il m'a dit qu'il voulait que je réalise un exorcisme sur une maison hantée, j'ai commencé à ressentir le même scepticisme. Certainement, au milieu du

XIX⁵ siècle, il ne pouvait exister quelqu'un qui croit encore en de telles choses ?

Mais ensuite, je me suis rappelé mon expérience dans les Carpates, et j'ai accepté d'écouter l'histoire de l'homme. Il avait acheté, m'a-t-il raconté, une propriété au bout de Mortill Street. C'était une vieille maison dans un état délabré, qu'il avait l'intention de rénover. Il est, m'a-t-il expliqué, constructeur de métier et, au fil des ans, il a épargné une somme d'argent qu'il souhaitait réinvestir dans de la brique et du mortier. Je lui ai demandé quelle était la nature de la hantise qu'il avait perçue. Il est devenu très mal à l'aise et je voyais bien qu'il était loin d'être heureux même de discuter de la question. Je l'ai quand même pressé de me répondre. Était-ce que la maison faisait des bruits ? C'était le cas. Mais certainement, étant constructeur, il devait savoir que chaque maison a ses bruits particuliers, et qu'elle s'enracine ou se décompose d'une manière différente ? Il était au courant. Et ces sons n'étaient pas les bruits d'une vieille maison en ruines qui se délabrait de plus en plus.

Et puis, il y avait les silhouettes. Créatures sombres, maigres, affamées qui allaient et venaient pendant la nuit. Elles étaient entrées dans la maison, mais elles n'en sortaient pas. Les avait-il vues lui-même ? Il avait avoué que oui, mais seulement une fois. Il s'appuyait principalement sur le témoignage d'une vieille dame, une vieille fille, qui habitait tout près.

— Il n'y a pas de maisons contiguës à la propriété, a-t-il expliqué. Personne de sensé ne construirait à côté. Mais plus loin dans la rue, c'était là où vivait Mlle Radnor.

— Et elle vous a dit que la maison est hantée ?

Je n'ai pu m'empêcher de sourire en prononçant ces mots.

— Ce n'est pas drôle, m'a-t-il réprimandé.

Je me suis excusé et il m'a expliqué que lui aussi avait été cynique. Il n'avait pas plus cru aux affirmations de la vieille dame que j'étais moi-même enclin à y croire.

— Mais les sons que j'ai entendus, les choses que j'ai vues.

Il s'est mis à frissonner, et il a immédiatement accepté mon offre d'un petit verre de brandy, qu'il a bu en un seul trait désespéré.

— Vous devez voir la maison par vous-même, a-t-il dit. Je voudrais la vendre, mais je ne trouve pas d'acheteurs. Et comment puis-je transmettre sciemment une telle chose ? Qu'est-ce que ma conscience ou mon Dieu auraient à dire à ce sujet ?

— Peut-être, ai-je dit, croyant avoir perçu la véritable source de son malaise, qu'il faudrait que je parle avec cette Mlle Radnor.

— Alors j'espère que vous êtes en bons termes avec le Tout-Puissant, m'a dit Carr, car son âme n'est plus sur cette Terre. Et son corps.

Il a tendu une main tremblante, et j'ai rempli son verre sans commentaire.

— Il y a trois jours, on a retrouvé son corps. Ils disent que son cœur a lâché, mais je connais le chirurgien qui l'a examinée.

— Et que dit-il ? ai-je demandé, même si je crois que quelque part, au fond de moi, je connaissais déjà la réponse.

— Il dit que si son cœur a lâché, c'est à cause d'un manque de travail. Un manque de quoi que ce soit à pomper dans son corps. Il a dit que la pauvre femme avait complètement été vidée de son sang.

En dépit de mon inquiétude montante, j'ai assuré Carr que je visiterais la maison. Il s'est excusé de ne pas m'accompagner, mais il a déclaré qu'il ne remettrait pas plus les pieds dans cette maison tant qu'elle ne serait pas exorcisée qu'il ne boirait l'océan. En voyant comment il se servait du brandy, je me suis demandé s'il ne se préparait pas à en faire l'essai.

Mes craintes augmentant à chaque instant, j'ai résolu de visiter la maison le lendemain. Je n'osais pas m'aventurer là-bas pendant la nuit et j'ai prié pour que le lendemain soit ensoleillé et lumineux.

De fait, c'était un jour gris, avec un miasme de brouillard accroché dans les airs. Mais j'étais déterminé à ne pas attendre. Avec mon Livre de la prière commune, une Bible, un flacon d'eau bénite recueillie dans les fonts baptismaux de l'église, un crucifix d'argent et plusieurs autres articles que je croyais précieux pour l'occasion, je me suis dirigé vers Mortill Street.

Si jamais une maison avait été désignée pour avoir l'air hantée, c'était bien celle-là. L'endroit était dans un bien triste état. Les fenêtres étaient brisées et garnies de planches, et la porte d'entrée était en train de pourrir. Les marches vers la galerie s'étaient effondrées, et le jardin était envahi par les orties et les ronces.

Dès mon entrée, j'ai compris que c'était une maison du mal. Je n'emploie pas ce mot à la légère. Il y avait dans ce lieu une peur et une oppression que j'avais si bien appris à connaître pendant mon séjour avec Klaus, l'ancien du village.

Il est difficile de décrire les événements qui se sont produits l'après-midi et le soir. Mais qu'il suffise de dire que j'ai rapidement découvert que toute la maison était envahie de créatures de la nuit. Elles se reposaient, dormant la plupart du temps comme des animaux au repos, et elles avaient fait de ce lieu leur propriété. On aurait dit que les murs respiraient de leur présence nauséabonde.

Je suis resté dans le vestibule de la maison, à l'intérieur d'un cercle de craie et d'eau bénite, tenant mon crucifix et ma Bible alors que je récitais les mots du pouvoir. J'ai récité la prière du Seigneur et j'ai communié. J'ai débité les mots que j'avais appris de Klaus lorsque nous étudiions dans sa bibliothèque, et j'ai écouté leurs cris et leurs hurlements alors que je les liais à cet endroit. Leurs mains se tendaient vers moi et essayaient de me déchirer, mais dans mon cercle et grâce à ma foi, je suis demeuré en sécurité.

Klaus m'avait dit qu'il pensait que les mots de pouvoir étaient efficaces parce qu'ils les associaient à un frein puissant. Mais cette croyance allait bientôt perdre de sa force. Si je devais les ensevelir, j'aurais besoin de plus. Si je voulais faire de cette maison une prison éternelle, il me faudrait une plus grande contrainte physique.

Carr a été heureux de s'en débarrasser. Il a accepté la petite quantité d'argent que je pouvais me permettre, et j'ai fait rédiger par

M. Jenkins de Jenkins et Mallerby une convention indiquant que la maison ne serait pas détruite aussi longtemps qu'il y avait un processus juridique et de la justice dans le monde.

Chaque minute de cette semaine, j'ai travaillé. J'avais rapporté ce dont j'avais besoin de mes voyages, comme curiosités autant que pour l'assurance. J'avais à peine ce qu'il me fallait pour suffire à la tâche, mais au fil des années, il y aurait plus. Grâce à Klaus, j'étais au courant du grand mensonge. Je n'ose pas en parler ici. Mais j'ai maintenant tourné ce mensonge contre eux en préparant mon piège.

Si jamais ils se réveillaient, ce serait leur destruction. Ils n'étaient en sécurité que pendant leur sommeil. Ils pourraient survivre toute l'éternité, mais seulement s'ils demeuraient endormis, ensevelis avec leur mal.

Tous, sauf un. Tous, sauf celui qui a brisé le cercle. Cette dernière nuit, alors que je posais les pièges et accomplissais à nouveau les rites, il est sorti à la nuit tombante et il est venu vers moi, plus fort que les autres. Peut-être n'avait-il pas été endormi. Peut-être était-il une sorte de gardien. Cela pourrait expliquer sa rage, en se rendant compte qu'il avait échoué auprès de ses semblables et permis à un simple mortel de les vaincre, et qu'il était responsable de cet échec. Il pestait contre moi comme un homme possédé, ce qu'il était dans un certain sens. Quand cela a échoué, il a imploré. Il a dit que lorsque le cocher découvrirait ce que j'avais fait, comment j'avais emprisonné sa sœur, nous devrions tous payer un lourd tribut. Une vie pour une vie. Un mort-vivant pour un mort-vivant.

Maintes et maintes fois, il est venu vers moi. Maintes et maintes fois, je l'ai défait. Jusqu'à ce que, enfin, il s'enfuie dans l'obscurité. Et alors qu'il partait, son manteau enroulé derrière lui comme les ailes d'une chauve-souris, j'ai su que de tous les autres, il était le pire, le plus pernicieux, le mal. Je l'avais laissé s'échapper, et aussi longtemps que je vivrais, il serait à jamais dans mon esprit, colorant mes pensées et mon jugement. Attendant sa vengeance. Me rappelant seulement vaguement qu'il avait mentionné une sœur.

Minuit avait déjà sonné quand je suis rentré en chancelant à la maison, épuisé et terrifié. Mais le travail avait été fait. J'ai lavé la poussière de cette maison sur mon corps et j'ai fixé le miroir, espérant trouver une lueur de satisfaction pour ce que j'avais réalisé. Ou du moins, pour m'assurer que je me reflétais toujours dans sa surface.

Un vieil homme me fixait. Sapé de son énergie vitale, les yeux creux et les cheveux grisonnants. Je savais que j'avais payé un prix. Et je savais aussi que pour ce que j'avais apporté au monde, que ce soit une fin au mal ou à peine un peu de temps pour le monde, c'était un mince prix à payer.

Je n'avais aucune idée du prix qui serait exigé si peu de temps après. J'avais rejeté de mon esprit les menaces et les prières faites cette nuit, et oublié toute mention du cocher mystérieux et de sa sœur, prise au piège dans cette maison.

Jusqu'à la semaine suivante. Jusqu'à ce que j'aille à la rencontre du train qui m'emmenait ma propre sœur. Et que je découvre qu'elle n'y était pas.

Une vie pour une vie. Un mort-vivant pour un mort-vivant.

Oh, qu'ai-je fait ?

Sa cape était comme une tache de sang dans la brume tourbillonnante incolore. Clarissa se fraya un chemin avec enthousiasme à travers le cimetière, sa hâte grandissant à chacun de ses pas. Bientôt, très bientôt, il serait éveillé ; il était peut-être même déjà éveillé. Si elle avait pu, elle serait venue ici plus tôt, mais le cocher l'avait retardée. Lui, parmi tous, aurait dû reconnaître sa faim.

Une faim qui s'était transformée en appréhension alors qu'elle trouvait la porte brisée en éclats. Transformée en colère lorsqu'elle aperçut le corps de son frère étendu sur le sol. Transformée en déchirement alors qu'elle s'agenouillait à côté du corps sans vie et arrachait le pieu de sa poitrine.

Clarissa enfouit sa tête contre la chair froide, sa cape les entourant tous les deux. Pendant près de trente ans, elle n'avait ressenti aucune tristesse, aucune peur, aucune douleur. Maintenant, elle les sentait toutes, alors qu'elle pleurait son frère décédé.

Chapitre 22

Ressemblant à des toiles d'araignée, de fines volutes de brouillard persistaient. Mais le soleil d'après-midi les avait presque toutes brûlées, et le temps était clair et lumineux. Malgré cela, il faisait très froid, et le souffle d'Eddie flottait dans l'air avec les restes de la brume.

— Vous ne croyez pas que cet endroit sera encore là ? demanda-t-il.

— Pourquoi pas ? dit George.

— Eh bien, ça se passait en 1858. Cela fait…

Il renonça à essayer de les compter.

— C'était il y a des années.

— Presque trente ans, dit doucement Liz.

— Les maisons sont construites pour durer longtemps, souligna Sir William.

— Sauf qu'elle était déjà en train de s'effondrer. C'est ce que disait le journal.

— C'est vrai, accepta Sir William. Mais le père de Liz a aussi dit qu'il espérait que son piège durerait très long-temps. Peut-être pour toujours. Il est impératif que nous découvrions ce qu'était ce piège, et ce, le plus tôt possible. Si nous voulons conserver tout espoir de vaincre ce mal, et je n'emploie pas ce mot à la légère, alors nous devons nous armer. Et la seule arme dont nous disposons, dit-il en se tournant vers Liz, c'est la connaissance de votre père et son piège.

— Mais nous ne savons rien sur la nature de ce piège, souligna George. Ça n'a peut-être rien à voir avec la maison.

— Nous le saurons bientôt, dit Liz.

Ils venaient tout juste de tourner dans une autre rue. Elle pointa vers une enseigne fissurée et tachée, attachée à une clôture brisée.

— C'est Mortill Street.

— Comment saurons-nous de quelle maison il s'agit ? demanda Eddie.

Devant lui, Sir William, Liz et George s'étaient tous arrêtés.

— Je ne crois pas que ce sera un problème, dit Sir William.

Sir William s'écarta, et Eddie put voir plus loin, au bout de la rue. De chaque côté, il y avait des maisons mitoyennes typiques. Un peu délabrées et négligées, mais par ailleurs très ordinaires. Nettement hors du commun, il y avait la maison qui leur faisait face à l'autre bout de la petite rue. Ses fenêtres étaient recouvertes de planches, et les marches du porche étaient presque complètement pourries. Une partie du toit s'était effondrée, et la maçonnerie était écaillée et marquée.

Rien qu'à regarder la maison, Eddie se sentait nerveux et effrayé. Ils marchaient tous lentement le long de la rue, et il avait l'impression qu'aucun d'entre eux n'avait envie d'y être.

— Pouvons-nous simplement y entrer ? demanda Liz.

— C'est votre maison, souligna Sir William. Administrée par un genre de société de gestion, j'imagine ; mais votre père l'a achetée.

— Je ne suis pas du tout certaine de la vouloir.

— On dirait qu'elle va s'effondrer, dit George. Eddie avait raison. Peut-être que ce n'est pas sécuritaire.

— Oh, je suis certain que ce n'est pas sécuritaire, dit Sir William. C'est, si vous vous en souvenez bien, la raison de notre présence ici.

Le jardin était tellement envahi par les herbes et les orties qu'il était impossible de voir où le chemin vers la porte d'entrée aurait pu se trouver. La clôture avait cédé sous l'assaut des ronces qui s'y étaient entrelacées et était étendue empêtrée sur le bord du trottoir.

— Allons-y ? demanda Sir William.

Même lui ne put réprimer la touche d'inquiétude dans sa voix.

Derrière eux vint le bruit d'un claquement de porte. Eddie se retourna et aperçut un homme qui sortait de la porte avant de la maison la plus proche. Il était âgé et voûté, avec un nez crochu et des cheveux gris fins et clairsemés. Il se précipita sur le chemin s'avançant vers eux.

— Il vient se plaindre auprès du propriétaire, dit tranquillement George à Liz. Il croit que vous avez peut-être un peu négligé l'endroit.

— Oh ! messieurs, madame, cria l'homme alors qu'il s'approchait d'eux. Est-ce déjà l'heure ? Je ne vous attendais pas avant ce soir.

— Je crois que vous faites erreur, dit George, perplexe.

Mais Sir William se plaça devant lui.

— Une erreur, clarifia-t-il rapidement, dans votre calendrier. Nous sommes ici *maintenant*.

— Et je suis honoré de vous rencontrer, dit l'homme. Honoré. Vraiment honoré. Le, euh, l'autre gentleman… ne vous accompagne pas?

— Hélas non, dit Sir William. Il a d'autres questions à régler. Je suis certain que vous comprenez.

— Oh, complètement. Tout à fait. Oui, en effet. Un homme très occupé. Mais j'ai pensé qu'il serait là. Et…

L'homme hésita, soudainement nerveux.

— … la promesse qu'il m'a faite, il y a toutes ces années. C'est aussi aujourd'hui, oui? Il n'a pas oublié?

— Rien n'est oublié, l'assura Sir William.

L'homme se mit soudain à rire nerveusement et attrapa la main de Sir William, la pressant sur sa joue.

— Oh, monsieur, merci monsieur. Il me l'a promis. «Bradby, m'a-t-il dit, je vous verrai sous peu. Lorsque le temps sera venu, vous vous joindrez à nous…»

Sa voix baissa.

— Je suis désolé, monsieur, vous êtes au courant de tout, j'en suis sûr.

— Bien sûr.

— Mais je ne vous attendais pas avant la nuit. Malgré le brouillard.

Bradby se frottait les mains.

— Personne n'est venu ici, pas depuis des années. Pas depuis. Eh bien, depuis ma jeunesse et alors qu'on m'a fait cette promesse. Sauf le cocher. Il vient lui rendre visite. Pas souvent, peut-être une fois par année. Il n'entre jamais, bien sûr. Il semble se contenter de surveiller. Il s'assoit là dans son carrosse, parfois pendant des heures. Si ce n'était le fait qu'on lui avait dit d'attendre et de ne pas prendre de risques avant le bon moment, eh bien, il m'aurait fait nettoyer la place il y a des années. Voir à ce qu'elle soit en sécurité, et tout le reste.

Bradby les conduisit sur le chemin vers la maison.

— Je n'ai touché à rien, assura-t-il. Je me suis juste assuré que tout reste comme ça avait été laissé. Je n'ai pas, vous savez…

— Quoi ? s'enquit George. Qu'est-ce que vous n'avez pas fait ?

— Eh bien, monsieur, je ne les ai pas enlevés. Je peux y aller et le faire maintenant. Au moins, commencer, de toute façon. Je sais exactement où ils sont tous. J'ai pris des notes précises, voyez-vous.

Il tapota le côté de son nez en forme de bec avec son index.

— Ça ne prendra pas beaucoup de temps, une fois que j'aurai commencé.

— Nous vous accompagnerons, dit Sir William.

Bradby fit un pas en arrière.

— Vous ne pouvez pas y aller, monsieur. Pas avec les pièges posés et… et tout.

Sir William sourit.

— Nous sommes protégés.

— Protégés ? Je croyais que la seule protection, c'était de dormir.

— N'en demandez pas plus.

— Très bien, monsieur. Madame.

Il hocha la tête vers Liz.

— Une chose, monsieur, ajouta-t-il.

— Oui ?

— Quand Il vous appellera, quand le Seigneur des morts-vivants appellera tous Ses sujets à l'assemblée. Ce soir…

Il semblait penser qu'ils sauraient ce qu'il demandait.

— Ce soir, répéta Sir William. Oui ?

— Eh bien, je serai là, monsieur ? N'est-ce pas ? Je veux dire, comme l'un d'entre vous ? Après que j'aurai éliminé les pièges et donné mon sang… pour l'éveil. Je serai là-bas ?

— Cela dépend de la façon dont les événements se déroulent dans les prochaines heures. Maintenant, montrez-nous la maison. Dites-nous tout.

Encouragé, Bradby ouvrit la voie à travers les herbes et les orties jusqu'à la porte d'entrée. Eddie voyait maintenant que la maison était plus sûre qu'elle le paraissait à distance. Sur les fenêtres, les planches étaient solidement fixées en place, et la porte d'entrée était en bon état. Bradby sortit une clé et l'ouvrit.

— Je ferais mieux de passer en premier, dit-il. Et attention au cercle, de l'autre côté de la porte. Vous n'avez pas envie d'aller marcher là-dedans.

Impatient, Eddie passa devant George, mais il découvrit que Sir William s'était tourné et lui bloquait le chemin.

— Je pense qu'il serait peut-être préférable qu'Eddie et Mlle Oldfield attendent à l'extérieur, dit Sir William.

— Quoi ? Vous plaisantez !

Liz commença aussi à protester, mais Sir William leva la main. Il regarda par-dessus son épaule, s'assurant que Bradby n'était pas à portée de voix.

— Je crois que ce serait plus sûr. Nous n'avons aucune idée de ce que nous allons trouver à l'intérieur, et il y a des chances que notre guide se rende compte à tout moment que nous ne sommes pas ceux qu'il suppose que nous sommes.

— Raison de plus pour y aller tous ensemble, au cas où il y aurait des problèmes, fit remarquer Liz.

— Tout de même, je préfère que vous restiez tous les deux ici. En sécurité. Si quelque chose nous arrive à George et à moi, au moins vous pourrez vous enfuir et passer le mot.

— Je suis d'accord avec Sir William, dit George.

— Ouais, c'est sûr que vous êtes d'accord, lui dit Eddie. Vous n'êtes pas obligé de rester ici à mourir de froid et à manquer tout le plaisir.

— Notre ami attendait quelqu'un, souligna Sir William. En plus d'être en sécurité, j'aimerais croire que nous aurons un avertissement suffisant si des visiteurs arrivent.

— Très bien, convint Liz, même si elle paraissait déçue.

— Parfait, dit tranquillement George. Nous ne resterons pas longtemps.

Eddie voyait bien que ce n'était pas une discussion qu'il pourrait gagner.

— Si vous avez besoin de nous, criez.

— Vous pouvez y compter, dit Sir William.

Bradby attendait dans le vestibule. Les planches nues étaient pourries et fissurées, et la peinture sur les murs s'écaillait comme du papier fin. Près de l'endroit où l'escalier montait à l'étage supérieur, la légère marque d'un cercle tracé à la craie était à peine visible sur le sol.

L'air était lourd d'humidité, de pourriture et de poussière. Le peu de lumière qu'il y avait longeait la bordure des fenêtres de sorte que toute la place était dans la pénombre. Bradby prit une lampe à l'huile sur le rebord d'une fenêtre et s'affaira à l'allumer. Manifestement, il connaissait l'endroit.

— Que voulez-vous voir ? demanda-t-il. Même avec une protection, je suppose que vous préférez éviter les pièges.

Il sourit et ses lèvres s'entrouvrirent pour laisser voir des dents brisées.

— Par où suggérez-vous de commencer ? demanda Sir William. Nous voulons tout voir. Compte tenu, ajouta-t-il rapidement, que l'heure approche.

— L'éveil, dit Bradby. Il sera là pour cela. Il voudra la voir s'éveiller, croyez-moi. Ce soir.

— Comme vous le dites.

— La plupart d'entre eux sont dans la cave. Vous voulez commencer par là ?

— Ce serait sensé.

Il y avait une porte sous l'escalier. Elle s'ouvrit en grinçant, envoyant une pluie de poussière. Des marches de pierre descendaient dans l'obscurité. Bradby souleva la lampe à l'huile pour projeter le plus de lumière possible et commença lentement à descendre les marches.

— Je ne suis pas venu ici souvent, avoua-t-il.

Les murs blanchis à la chaux étaient tachés et humides. Au moment où ils atteignirent le bas de l'escalier, George pouvait voir que les parties inférieures des murs étaient en décomposition.

— Bien dissimulés, n'est-ce pas ? dit Bradby.

Il tenait la lampe aussi haut qu'il pouvait, en tournant pour montrer la cave entière.

— Je sais qu'il y a tellement de maisons maintenant, mais je crois que celle-ci est l'une des meilleures. La plus secrète. Parce qu'elle est ici, je n'en ai aucun doute. Le cocher ne prendrait pas de risques.

Ils se trouvaient maintenant dans une large salle, séparée par plusieurs murs épais. Certains faisaient partie de la structure, s'élevant à travers la maison au-dessus. Mais d'autres semblaient inutiles. Bradby marchait lentement autour, entre les murs, comme s'il était en train de passer en revue les anciennes étagères d'une bibliothèque.

— Si vous ne saviez pas qu'ils étaient là... dit tranquillement Bradby alors que Sir William et George se dépêchaient de le suivre.

— Si je ne savais pas que quoi était là ? demanda George.

Bradby hésita, et Sir William se tendit. George sentit qu'il avait posé la mauvaise question.

— Bien sûr, ajouta-t-il rapidement. Pardonnez-moi.

Bradby le regarda un moment, l'air soupçonneux. Puis, il haussa les épaules. Il tendit le bras entre George et Sir William et tapota doucement le mur le plus proche.

— Quelle qualité d'exécution !

Il sourit à nouveau, et George poussa silencieusement un soupir de soulagement.

— Personne ne se douterait jamais...

Le sourire disparut. Il déplaça lentement la lampe d'avant en arrière.

— Y a-t-il un problème ? demanda Sir William.

Bradby déplaça à nouveau la lampe, mais George ne vit rien d'intéressant que l'homme pourrait essayer d'éclairer. Puis, l'homme dit tranquillement, d'un ton nerveux :

— Vous avez des ombres.

— Je vous demande pardon ?

La main de Sir William était posée sur le bras de George.

— Les vampires, dit-il, ne projettent pas d'ombres. Alors…

Il haussa les épaules, laissant la conclusion tacite.

— Vous n'êtes pas… balbutia Bradby. Je n'aurais pas dû… Oh, mon Seigneur, s'il croit que je l'ai trahi, que j'ai trahi sa sœur… le cocher me tuera.

D'un geste brusque, il passa devant Sir William en le poussant et il se dirigea vers l'escalier.

Instinctivement, George se mit à courir après lui.

— Revenez ! cria-t-il. Vous devez nous dire ce qui se passe ici.

Bradby commença à monter les marches, George tout près derrière. L'homme était vieux et George allait bientôt le rattraper. S'en rendant compte, Bradby se retourna et lança la lampe à l'huile dans l'escalier.

George se baissa, et la lampe s'écrasa près de lui, se brisant sur le sol à proximité. Les ténèbres. Puis, un rugissement de flammes alors que l'huile se déversant de la lampe brisée prenait feu. Dans la lumière vacillante, George plongea en avant et agrippa la manche de Bradby, le tirant en arrière.

La cave était éclairée en orange et rouge alors que Bradby criait et tombait à la renverse.

George essaya de l'attraper, mais l'homme continua de tomber devant George, jusqu'en bas des marches. Le cri de terreur de Bradby retentit dans l'espace clos alors qu'il culbutait, puis sa tête se craqua à la base de l'un des murs. Il cessa brusquement de crier. Des gouttelettes noires devinrent un mince filet qui coulait sous le corps de l'homme, brillant cramoisi dans la lumière du feu.

La fumée noire qui s'élevait de la combustion de l'huile fit tousser Sir William alors qu'il rejoignait George sur les marches.

— Je doute, dit-il, que nous apprenions maintenant beaucoup de ce pauvre homme.

— J'ai essayé de l'arrêter, dit George, engourdi par le choc. Je n'ai jamais voulu…

— Je sais, je sais.

Sir William hocha la tête avec sympathie. Il jeta un coup d'œil vers le bas de l'escalier, où était étendu le corps de Bradby. Et figea sur place.

George se retourna pour regarder lui aussi. Le sang coulant de la tête fendue de Bradby se ramassait autour de son corps. Mais à l'endroit où il touchait le mur le plus proche, le sang coulait *vers le haut*. Un réseau rouge, se répandant comme des filaments sur le lait de chaux.

Ils descendirent rapidement dans la cave pour examiner le mur. Alors que George s'approchait, il vit que le mur était rouge incandescent. Avec des pulsations. La mare de sang brillait, puis se divisait en rivières, courant rapidement sur le plancher irrégulier vers d'autres murs. Bientôt, des toiles d'araignée rouges s'entrecroisaient sur les murs comme des veines.

— Comme c'est fascinant, dit Sir William.

— Qu'y a-t-il ? demanda George.

— Du sang qui défie la gravité. Tiré, en quelque sorte, vers ces murs. Une action capillaire ?

— Mais ce ne sont que des murs. N'est-ce pas ?

George se pencha pour examiner le plâtre devant lui. Derrière la lueur, il y avait quelque chose, une forme, une ombre sur le lait de chaux. La lumière brillait de derrière la forme et une silhouette se détachait.

— Je crois qu'il ne faut peut-être pas nous attarder, dit Sir William.

Mais George était absorbé par la forme sur le mur. Ou dans le mur.

— Mon Dieu, prit-il conscience. Je crois qu'il y a quelque chose à *l'intérieur*.

Le soleil plongeait derrière les maisons, et le smog s'épaississait de plus en plus. Dans un effort pour se garder au chaud, Eddie frappait des pieds et soufflait sur ses mains. Liz avait sa veste serrée et ses bras repliés.

— Ce ne sera pas long, promit-elle à Eddie.

— Bien sûr que non. Il n'y a probablement pas grand-chose à voir.

— Je me demande ce que père a fait là-dedans, dit Liz.

Elle fixa à nouveau la vieille maison.

— Je crois que toutes ces maisons sont vides, dit Eddie en jetant un coup d'œil vers la rue. J'ai beau regarder, il n'y a aucun signe de vie. Il reste juste ce sinistre vieux Bradby. Probablement que tout le monde est parti. Il pointa le long de la rue.

— Regardez, il y a de l'herbe qui pousse entre les pavés. On dirait que personne ne vient jamais ici. Pas âme qui vive.

— Dans ce cas, dit Liz, je me demande qui ce peut-être.

Un carrosse sombre avait tourné dans la rue. Des chevaux pâles et squelettiques se dirigeaient vers Liz et Eddie, accélérant alors que le carrosse passait bruyamment sur les pavés. Le conducteur leva son fouet. Il portait un manteau noir dont le capuchon faisait de l'ombre sur son visage.

— Comme je l'ai dit, dit Eddie à Liz, pas âme qui *vive*. Je pense qu'il est temps de leur donner cet avertissement.

Le carrosse fonçait sur eux, ne ralentissant nullement alors qu'il approchait de la fin de la rue.

— Je crois qu'il est temps de courir, dit Liz.

Un bras pâle et décharné fracassa le mur et attrapa George par le cou. La poussière de plâtre se mit à pleuvoir alors qu'un second bras perçait à travers un mur tout près.

George lâcha un cri de surprise et d'effroi, bondissant en arrière et brisant l'emprise. Il frotta son cou endolori, regardant autour de lui. Sir William s'était aussi éloigné du mur. Une forêt de bras émergea. De la poussière blanche tombait comme de la neige. Des doigts crispés. Puis des pieds qui donnaient des coups à travers : des bottes, des chaussures, même des orteils nus. Suivis de la première tête.

Des yeux sombres brillaient dans la lumière du feu qui diminuait, se tournant vers George.

— Est-ce déjà l'heure? dit une voix rauque, sèche et ancienne.

Une silhouette se fraya un chemin à travers la surface du mur et entra dans la cave. Puis une autre. Et une autre.

George se mit à courir pour atteindre les escaliers, Sir William à ses côtés. À mi-chemin, une main explosa à partir du maçonnage à côté d'eux. Une tête émergea brusquement de la marche suivante, et George dut sauter par-dessus.

Ils arrivèrent en haut de l'escalier, puis dans le couloir. Des planches de bois se soulevèrent du plancher et cliquetèrent alors qu'elles étaient forcées de dessous. Des morceaux de plâtre tombèrent du plafond.

— Toute la maison, haleta George.

— Elle est infestée! s'écria Sir William. Le sang les a réveillés!

Il y eut un bruit comme un train lointain : un son de battement de tambour et de grondement. George se couvrit les oreilles, titubant à travers les planches. Des mains, des bras tendus vers lui. Poussant à travers les murs. Et un nuage noir qui descendait rapidement du plafond, dans l'escalier. Le bruit, le battement stable et insistant de leurs ailes.

Des formes cuirassées frappèrent George alors qu'elles tourbillonnaient en un blizzard à travers la maison.

— Des chauves-souris, se rendit-il. Des chauves-souris vampires. Des centaines d'entre elles!

— *Des milliers.*

La voix de Sir William était presque perdue dans le tourbillon de sons.

George s'efforçait d'atteindre la porte d'entrée. À quelle distance pouvait-elle se trouver maintenant ? Il sentit une main qui le serrait, essaya de l'enlever et se rendit compte que c'était Sir William.

Une chauve-souris s'emmêla dans les cheveux de George, l'égratignant et le mordant avec fureur. Une main saisit sa jambe et le traîna. Il tomba la tête la première, le plancher se soulevant sous lui comme une vague qui se brise sur la plage. D'autres mains le serrèrent, le traînant vers le bas, et l'univers de George s'obscurcit.

là, Liz n'eut pas besoin d'encourager...

Elle et Eddie se mirent à courir pour...

Chapitre 23

— Dans le jardin ! cria Eddie.

Comme l'endroit était tellement envahi par les herbes, Eddie espérait que le carrosse ne pourrait les suivre jusque-là. Liz n'eut pas besoin d'encouragement supplémentaire. Elle et Eddie se mirent à courir pour atteindre l'ouverture dans la clôture brisée. Le carrosse avançait vers eux avec un bruit de tonnerre.

Par-dessus le bruit du carrosse, les grognements du cocher et l'ébrouement des chevaux, un autre bruit provenait de l'intérieur de la maison. Un hurlement aigu mélangé à un grondement tonitruant. Le ciel au-dessus d'Eddie était devenu noir ; une masse de créatures sombres sortit précipitamment d'entre les planches qui couvraient les fenêtres supérieures et s'éleva du toit brisé. Des chauves-souris : des renforts pour le cocher, se rendit compte Eddie. Maintenant, ils étaient certainement condamnés.

Le carrosse s'arrêta en glissant alors que les chevaux se dressaient. L'un d'eux se leva sur ses pattes arrière avant de s'écraser à nouveau, ses sabots claquant sur le pavé avec un bruit semblable à un coup de feu.

Le cocher était debout, le fouet à la main, criant après les chevaux.

— Ils se sont réveillés trop tôt!

Les orbites profondes de ses yeux se fixèrent un moment sur Eddie, mais il sentit qu'elles voyaient quelque chose de plutôt différent.

— Belamis! hurla le cocher, angoissé. Vous serez vengée!

Puis, le fouet s'attaqua vigoureusement aux chevaux.

Le carrosse tourna en un cercle restreint. Au-dessus d'Eddie, les chauves-souris plongeaient à nouveau, surgissant comme un ruban noir à partir de la porte avant ouverte.

— Nous devons les sortir de là, hurla Liz. Les chauves-souris protègent ce qu'il y a à l'intérieur, peu importe ce que c'est.

Eddie lui prit la main, et ils coururent vers la porte, leurs bras libres devant leurs visages afin de conjurer les créatures des ténèbres.

Sir William était presque arrivé à la porte. Son visage était égratigné et ses vêtements déchirés. Il semblait nerveux et épuisé.

— J'ai perdu George, hurla-t-il au-dessus du cri des chauves-souris.

Eddie plongea à l'intérieur, se baissant dans une tentative d'éviter les créatures volantes. Mais en fait, elles semblaient être encore plus nombreuses plus bas. Il aperçut confusément des bras qui poussaient vers le haut à travers le plancher, les formes sombres des chauves-souris et, enfin, George qui tapait de toutes ses forces sur les créatures.

Une main empoignait la jambe de George et Eddie réussit à lui faire lâcher prise. Il tira sur son ami pour l'aider à se remettre sur ses pieds, et ensemble, ils reculèrent vers la porte. Ils dévalèrent les marches brisées et se roulèrent péniblement dans une touffe d'herbe et d'orties.

— Merci, haleta George. Je pensais que c'était ma fin.

— Je pensais aussi que nous étions faits tous les deux, dit Eddie. Le cocher était ici. Il a tout vu.

George sauta sur ses pieds, regardant autour de lui avec attention.

— Où est-il maintenant ?

— Oh, il est parti. Il s'en est allé dans son carrosse. Il criait en disant qu'il était trop tôt, ou quelque chose de semblable.

— Intéressant, dit Sir William.

Il aida Eddie à se remettre sur ses pieds.

— Peut-être craignait-il les pièges de votre père, Liz.

— Pour tout le bien qu'ils ont fait, dit George d'un ton amer. Nous avons failli y laisser notre peau.

— L'infortuné M. Bradby y a laissé la sienne, dit Sir William.

Tout était redevenu calme et Eddie pivota en un cercle complet pour essayer de comprendre pourquoi tout était soudainement si paisible.

— Où sont passées les chauves-souris ?

— Et pourquoi les vampires ne courent-ils pas après nous ? ajouta George. Le soleil descend maintenant. Il y en avait des centaines là-dedans. Des milliers, si ces chauves-souris se sont transformées en…

Il frissonna et ne termina pas sa pensée.

— Je me demande, dit pensivement Sir William.

Il fit claquer sa langue en même temps qu'il réfléchissait.

— Je crois que j'irai faire un tour rapide là-dedans et voir ce qui se passe.

— Plutôt vous que moi, murmura George.

— Tout va bien, George, lui dit Liz. Vous pouvez rester ici avec Eddie.

— Pas du tout, répliqua Eddie. Cette fois-ci, j'entre. Essayez juste de m'arrêter.

George soupira et se tourna vers la maison.

— Très bien. Mais prépare-toi à courir.

Ils n'eurent pas besoin d'aller très loin pour voir ce qui s'était passé. Des planches avaient été arrachées sur plusieurs fenêtres du bas et la lumière du soir se répandait dans la maison poussiéreuse.

Une silhouette était étendue sur le rebord d'une fenêtre à l'arrière de la pièce, comme si elle essayait de s'échapper. D'autres silhouettes étaient étendues immobiles et silencieuses sur le sol. Certaines étaient à moitié sorties des murs, d'autres étaient figées sur place alors qu'elles essayaient par tous les moyens de se frayer un chemin pour sortir du plancher.

Eddie restait là, debout, et regardait autour de lui avec stupéfaction. Sir William se précipita vers la porte sous l'escalier. Il revint quelques instants plus tard, le visage blême.

— C'est la même chose en bas. Exactement la même chose.

— Que leur est-il arrivé ? dit George.

Sir William était en train d'examiner une femme ; elle paraissait jeune, mais elle était pâle et émaciée. En bas de la taille, elle était emmurée dans le vestibule, mais la partie supérieure de son corps pendait hors du mur, semblant s'y être coincée alors qu'elle tentait de s'échapper. Maintenant, elle pendait, molle et sans vie, de longs cheveux noirs tombant de sa tête baissée. Sir William écarta les cheveux sur le côté, cherchant un pouls dans son cou. Là où ses doigts se posèrent, Eddie put voir des marques de la taille de piqûres d'épingle, rougeâtres et en relief sur sa peau. Pendant qu'il observait, la peau se fissura et s'écailla comme si elle était en train de vieillir sous ses yeux, se changeant en poussière...

— Ils sont morts. Vraiment morts, dit Sir William. Tous. Même les chauves-souris sont disparues, s'effritant en poussière.

— Le piège de père a été efficace, dit Liz, impressionnée.

— C'est ce qu'il semblerait.

— Mais quel *était* ce piège ? demanda Eddie. *Comment* fonctionnait-il ?

Sir William hocha la tête, envoyant voler de la poussière et des morceaux de plâtre de sa masse de cheveux blancs.

— Je l'ignore. Je ne sais vraiment pas. Tout ce que je peux vous dire, c'est que ces créatures exsangues sont mortes. Toutes.

Il leur fallut relativement peu de temps pour revenir à la maison de Liz. George se demanda si Oldfield était délibérément demeuré près de la maison pour avoir l'œil sur elle. Il continuait de s'attendre au retour du cocher, mais il n'y avait aucun signe du carrosse fantôme. Quels que fussent les pièges qu'Oldfield avait posés plusieurs années auparavant, ils avaient certainement été efficaces.

Liz devait bientôt se rendre à une répétition au Théâtre du Parthénon et elle insista sur le fait qu'elle devait y aller.

— Je ne peux pas les laisser tomber, surtout pas avec Marie étant si malade.

— Vous voulez dire que vous ne pouvez pas décevoir Henry Malvern, murmura George. Mais ce n'est pas sûr, dit-il en haussant la voix. Nous devons rester ensemble.

— Oh, je pense que ça peut aller, dit Sir William. Eddie nous dit que dans les catacombes, le cocher était d'avis que Liz n'était pas une menace. Ils semblent croire que vous êtes trop accablée de douleur à cause de votre père, dit-il à Liz, et que peut-être vous vous occupez avec le théâtre pour penser à autre chose.

— Mais nous n'en sommes pas absolument certains, protesta George.

— Nous ne sommes vraiment sûrs de rien. C'est pourquoi je suis impatient d'examiner ces journaux pour trouver d'autres indices.

Sir William brandit la boîte métallique qu'Eddie avait prise pour une boîte de biscuits.

— Et le meilleur endroit pour cela, c'est de retourner au musée, où je serais heureux d'obtenir votre aide et celle du jeune Eddie.

— Parfaitement d'accord, patron, convint Eddie avec enthousiasme.

George était toujours malheureux alors que le taxi arrivait près du British Museum.

— Je continue de penser que nous aurions dû insister pour que Liz demeure avec nous, grommela George.

Le brouillard s'épaississait, tourbillonnant autour d'eux comme de la fumée alors qu'ils s'approchaient des portes principales.

— Oh, George, George, George, dit Sir William. Je croyais que vous aviez compris.

— Compris quoi ?

— Nous sommes tous, y compris Mlle Oldfield, dans une situation des plus dangereuses. Rappelez-vous que cet homme, ce Bradby, nous a dit que quoi qu'il arrive, cela se produira ce soir. Soit c'est leur plan, soit nous les avons poussés à agir.

— Alors, pourquoi avez-vous envoyé Liz au théâtre ?

Sir William soupira.

— Dites-le-lui, Eddie.

— Parce que les vampires savent que Sir William et vous êtes les plus grandes menaces. Ils croient que je suis mort ou disparu, et que Liz est en deuil ou quelque chose du genre. Si elle se tient avec nous, elle est en *plus grand* danger. Au théâtre, elle est en dehors de tout cela et aussi en sécurité qu'elle peut l'être. Exact ?

Il vérifia auprès de Sir William.

— Exact.

— Oh, dit George, se sentant un peu gêné. Parfait. Je vois. Désolé.

Sir William posa sa main sur l'épaule de George.

— C'est tout à fait correct. Il est naturel que vous soyez inquiet à son sujet. Après tout…

— Après tout ? Après tout quoi ?

— Rien, dit précipitamment Sir William. Juste quelque chose d'autre qu'Eddie et moi avons compris et que vous arriverez à comprendre en temps utile.

George n'avait aucune idée de ce dont il parlait, et il n'était pas du tout rassuré par le sourire collé sur le visage d'Eddie. Mais l'occasion n'était pas propice à la poursuite de cette conversation étant donné que Sir William s'était brusquement retourné et les conduisait à la porte du musée.

— Qu'y a-t-il ? demanda George.

— Les policiers, siffla Eddie. Ils attendent à la porte du musée.

— Mais c'est une bonne chose. N'est-ce pas ?

Sir William hocha la tête.

— Normalement, oui. Mais réfléchissons sur la raison de leur présence ici, et demandons-nous qui ils pourraient attendre.

George eut soudainement froid.

— Vous croyez qu'ils nous cherchent.

— Je le crois.

— Mais… même Sir Harrison Judd ne peut tout simplement nous faire enfermer, n'est-ce pas ?

— Je parie qu'il le peut, dit Eddie. Il se débarrasserait de la clé aussi.

— Mais Sir William, vous êtes bien connu. Ce serait un scandale. Il y aurait une enquête.

— Peut-être. Mais tout cela prendrait du temps. Et d'après ce que nous savons, ils n'ont qu'à nous tenir à l'écart pour ce soir. Rendu au matin, ce ne sera plus important.

— Alors, que devons-nous faire ?

— D'une certaine façon, nous devons découvrir s'ils sont vraiment après nous, ou si leur présence n'est qu'une simple coïncidence.

Sir William et George se tournèrent lentement pour regarder Eddie.

— Oh non. Pourquoi moi?

Debout devant la porte, les deux policiers en uniforme semblèrent à peine remarquer Eddie qui s'approchait. Il arriva à la porte sans interruption. Ce qui n'était pas vraiment utile : il devait connaître la raison de leur présence ici.

— Laissez-moi passer, s'il vous plaît, annonça bruyamment Eddie. Un message important pour Sir William Protheroe.

Le policier ne réagit pas, et Eddie commença à croire qu'ils étaient tout simplement en train de faire une pause durant leur ronde. Il posa son épaule sur la porte pour la pousser.

— Attendez, fiston.

Ou peut-être pas.

— Qu'y a-t-il? demanda Eddie, toujours appuyé contre la porte. C'est urgent.

— Je crois que vous feriez mieux de nous donner ce message, dit le second policier. Nous verrons à ce qu'il soit transmis.

— Oh non, c'est impossible. C'est personnel et confidentiel pour Sir William. De la part d'un M. George Archer. J'ai fait tout ce chemin depuis Shoreditch sur la promesse de deux pence à condition que je le livre immédiatement et en personne.

Une main lourde fit tourner Eddie et il se trouva à fixer les visages des deux policiers alors qu'ils se penchaient vers lui.

— Écoutez, fiston, Sir William Protheroe n'est pas ici. Nous le savons, parce que nous l'attendons.

— Et M. George Archer, dit le second policier, est l'autre monsieur à qui nous aimerions parler. Alors vous feriez mieux de nous dire où il se trouve.

— Il était à Shoreditch, avoua Eddie. Mais c'était il y a une demi-heure ou plus. Qu'est-ce que vous lui voulez?

Le policier se redressa et regarda l'autre.

— Nous voulons lui poser des questions, dit le premier policier, à propos du corps d'un garçon de votre âge qui a été trouvé dans sa maison.

Eddie cligna des yeux et sentit que son visage se vidait de toute couleur. John Remick; il avait envoyé le garçon à sa mort. Il avait beau avoir été un tyran et un voyou, mais personne ne méritait cela.

Les policiers avaient remarqué le choc d'Eddie.

— Alors, si vous avez reçu un message de ce porc de meurtrier d'enfant, vous feriez mieux de nous le dire immédiatement pour que nous puissions l'attraper avant que lui et son complice Protheroe ne viennent vous chercher.

Eddie hocha la tête.

— Il a dit de dire à Sir William qu'il le rencontrerait au Bear and Ragged Staff à vingt et une heures.

— Où est-ce?

Eddie haussa les épaules.

— Shoreditch, je suppose. Maintenant, ajouta-t-il en carrant les épaules et en prenant un air indigné, où sont mes deux pence ?

✠

L'endroit le plus sûr, avait décidé Sir William, était le Club Atlantide.

— Le chef steward, Vespers, peut nous loger dans une chambre particulière, dit-il. Là, nous pourrons examiner à nouveau ces journaux en détail.

— Que croyez-vous qu'ils nous raconteront ? demanda George.

— Je ne sais vraiment pas, admit Sir William. Peut-être très peu. D'un bref coup d'œil, j'ai bien peur qu'il n'y ait rien au-delà de ce que nous avons déjà vu.

— À part les chauves-souris mortes, dit Eddie. Pourquoi les gardez-vous, de toute manière ? Elles pourraient se transformer en vampires. Cela s'est produit dans un roman à quatre sous dont quelqu'un m'a parlé.

— Improbable, dit Sir William. Mais comme nous ne le savons que trop bien, non seulement l'improbable a-t-il l'habitude de devenir possible, mais il peut même devenir un fait. Ah, nous y sommes.

Sir William prit les devants pour monter les marches vers la porte imposante du Club Atlantide. Un portier en uniforme sortit de la brume pour les accueillir.

— Stephen, auriez-vous l'obligeance de faire savoir à M. Vespers que j'ai besoin d'une chambre particulière pour une discussion avec mes amis et collègues ?

— Bien sûr, monsieur.

— Et si quelqu'un nous demande, nous ne sommes jamais venus ici.

✛

La porte de la scène était ouverte, mais l'intérieur du théâtre était dans l'obscurité. Liz pouvait distinguer une lueur provenant de la scène, mais il n'y avait aucun signe ou bruit indiquant la présence de quelqu'un d'autre.

Elle était en retard. La répétition aurait dû être bien avancée maintenant.

— Bonjour ? appela-t-elle. Il y a quelqu'un ?

Pas de réponse.

Les feux à l'avant de l'auditorium étaient baissés. Liz se dirigea vers l'avant de la scène et regarda dans l'obscurité. Elle poussa un cri de surprise et pivota sur elle-même alors que quelque part derrière elle une porte claqua.

— Qui est-ce ?

Quelqu'un l'observait des coulisses. Une forme sombre, une vague silhouette.

— Henry... c'est vous ? Où est tout le monde ?

La silhouette s'avança sur la scène. Ce n'était pas Malvern, c'était une femme. Liz fit un petit rire de soulagement.

— Marie. Comment vous sentez-vous ? Où est tout le monde ?

Marie Cuttler se dirigeait lentement vers Liz. Elle paraissait se porter beaucoup mieux que Liz ne l'avait vue depuis un bon moment.

— Je savais que vous viendriez, dit Marie.

— Il y a une répétition. Du moins, je croyais qu'il y en avait une.

Liz recula d'un pas. Il y avait quelque chose dans le ton de Marie, dans sa voix. Elle avait les pieds nus. Et pourquoi était-elle vêtue de sa chemise de nuit? Elle semblait complètement rétablie, mais même dans la lumière faible, elle paraissait toujours tellement pâle.

— La répétition a été annulée. Henry a renvoyé tout le monde chez eux.

— Pourquoi? Que s'est-il passé?

Marie s'arrêta à un pas devant Liz.

— C'était une marque de respect. Le spectacle sera reporté.

Elle tendit la main et frôla la joue de Liz de ses doigts.

— Une marque de respect? Pour quoi faire? Je ne comprends pas.

Les doigts de Marie étaient froids comme de la glace. Sa peau était pâle, glacée, presque translucide.

— Mais, c'est une marque de respect envers *moi*, bien sûr. Ne pensez-vous pas que c'était gentil de sa part?

— Pour vous? Mais vous semblez aller tellement bien. Tellement mieux.

— Mieux, beaucoup mieux.

— Alors... pourquoi?

Les doigts de Marie avaient atteint le cou de Liz. Ils se resserrèrent en une prise ferme, une prise si froide qu'ils la brûlaient.

— Parce que je suis morte, bien sûr.

Chapitre 24

Le souffle coupé, Liz recula d'un bond. Ses pieds se prirent dans ses jupes, et elle tomba, se libérant ainsi de l'emprise glacée sur sa gorge. Au-dessus d'elle, le visage de Marie se crispa dans une grimace de rage.

— Doublure ! Vous pensiez que vous pouviez jouer mon rôle, n'est-ce pas ? Comment pourrez-vous le faire lorsque vous serez vidée de votre sang ?

Elle se pencha à nouveau vers Liz. Empêtrée dans sa robe, Liz eut du mal à reculer, à s'enlever du chemin.

— Je n'ai jamais demandé le rôle, dit-elle. Si vous vous sentez assez bien, vous pouvez jouer Marguerite. Je m'en moque.

Elle finit par réussir à se remettre sur ses pieds, reculant alors que Marie tournait autour d'elle.

— Il ne s'agit pas de la pièce, siffla Marie. Mon rôle, ma position, mon droit. Avec *lui* !

— Henry ? demanda Liz.

— Vous en savez si peu.

Marie s'avança brusquement. De longs ongles acérés frôlèrent la joue de Liz.

— J'allais servir mon Seigneur. Mais ce n'est plus le cas. À cause de vous.

Elle bondit vers Liz.

Liz se jeta de côté, et Marie atterrit à proximité. Elle était tombée à quatre pattes, les lèvres retroussées sur ses dents comme un chien affamé. Elle se dirigea à nouveau vers Liz, se déplaçant lentement, en position accroupie. Comme des partenaires dans une danse grotesque, les deux femmes se tournèrent autour.

Gênée par ses jupes, Liz savait que si elle essayait de courir, Marie la rattraperait facilement. Au lieu de cela, elle recula aussi vite qu'elle osait le faire, prête à s'esquiver de côté si Marie se jetait de nouveau sur elle.

Liz était presque au bord de la scène, ombragée par le rideau de côté, lorsque Marie sauta sur elle. La vitesse et la force de son attaque forcèrent Liz à reculer. Des bras solides enveloppèrent les épaules de Liz alors que Marie essayait de la jeter de force au sol. Liz chercha à tâtons derrière elle, essayant d'attraper n'importe quoi qui l'aiderait à garder son équilibre et à rester debout. Si elle tombait, elle serait perdue.

Sa main se referma sur un levier. Mais son poids força le levier vers l'arrière, et Liz tomba. Quelque part sur la scène, elle pouvait entendre le claquement d'un mécanisme en même temps que le levier se déplaçait. Puis, Marie fut au-dessus d'elle, ses mains tâtonnant pour trouver le cou de Liz en même temps que cette dernière s'efforçait de la projeter vers l'arrière.

Avec un effort tout-puissant, Liz roula sur un côté, envoyant Marie voler. Liz se leva, ramassa ses jupes et courut sur la scène.

— Il y a quelqu'un ? cria-t-elle. À l'aide, quelqu'un, n'importe qui !

— Il n'y a personne, lui dit Marie en sortant de l'ombre et en s'avançant à nouveau vers Liz. Les portes sont verrouillées. Vous ne pouvez vraiment pas m'échapper.

Liz faisait des pas encore plus petits, se déplaçant en traînant les pieds rapidement à travers la scène sombre. Marie était près maintenant, et se rapprochait de plus en plus. Ses doigts longs et minces cinglèrent à quelques centimètres du visage de Liz.

Tout ce temps, Liz regardait autour d'elle, scrutant désespérément le sol. Puis, son pied disparut dans le néant. Elle s'arrêta rapidement, se balançant pour reprendre son équilibre. Arriverait-elle à s'enfuir ? Serait-elle suffisamment rapide ?

— Quel que soit ce rôle dont vous parliez, je sais une chose, dit Liz.

Elle espérait que ses paroles mettraient Marie encore plus en colère, qu'elles troubleraient sa raison, donnant à Liz le temps dont elle avait besoin.

— Qu'est-ce que c'est ?

— Je le jouerais tellement mieux que vous.

Liz recula.

Marie poussa un cri de colère et sauta sur Liz. Ses ongles griffèrent l'espace vide. Ses dents se refermèrent sur l'air. Elle atterrit et se retourna en un mouvement fluide. Mais la scène était vide. Liz avait disparu.

Les cahiers du journal d'Oldfield étaient étalés sur une grande table. Sir William s'affairait à les arranger et les réarranger. La boîte métallique dans laquelle ils avaient été entreposés était ouverte à l'extrémité de la table.

— Les journaux de feu révérend Oldfield couvrent beaucoup de matière, dit Sir William.

Il se déplaça vers le bout de la table et, comme s'il décrivait une image, il expliqua.

— Nous avons une histoire, un compte-rendu d'un événement. Si nous avions apporté la traduction de Hemming du *Livre des morts-vivants*, elle précéderait ces journaux comme un compte-rendu d'événements plus anciens. Plus anciens, mais reliés.

— Et quoi d'autre ? demanda George. Nous sommes au courant des photographies, des ombres et de la lumière.

— Que les journaux d'Oldfield abordent également.

Sir William soupira et hocha la tête.

— Tout cela, nous le savions, comme le besoin de contact avec le sol de sa patrie et la nécessité d'un oxygène riche. Il doit y avoir plus.

Il claqua la paume de sa main sur le dessus de la table, soudainement frustré.

— Quelque part ici, il doit y avoir plus.

Eddie était déçu.

— Alors, nous n'avons rien appris de nouveau.

— Oh, je n'ai pas dit cela, admit Sir William. En fait, nous avons appris beaucoup de choses. Mais rien de bon.

— Comme quoi ?

— Nous savions qu'une récente invention, le développement de la photographie, risquait de forcer les vampires à révéler leur existence, à agir. Je soupçonne qu'il existe une autre raison qui explique pourquoi ils sont devenus plus actifs. Une raison évoquée dans les récits ultérieurs d'Oldfield.

— Et qu'est-ce que c'est ? demanda George.

— Leur propre histoire. Il s'agit d'une époque prédite par la tradition des vampires. C'est quand, apparemment, l'ancien Seigneur des morts-vivants, que les Égyptiens connaissaient sous le nom d'Orabis, reviendra pour diriger son peuple. En ce temps de crise, le vampire le plus important et le plus dangereux de tous est sur le point de se lever et de réclamer son héritage.

— Mais ils ne savaient certainement pas que ce serait un temps de crise ? dit George.

— Probablement pas. Mais cela coïncide en fait avec l'époque où les vampires endormis se réveilleront et négocieront leur place avec ceux qui sont maintenant éveillés. Certains de ceux qui sont en position de pouvoir et d'influence hésiteront à lâcher prise pour aller hiverner pendant des siècles. Alors ceci est le moment où Orabis décidera.

— Décidera quoi ? voulut savoir Eddie.

— S'ils devraient continuer comme avant, maintenir le statu quo, continuer à vivre dans la clandestinité et se nourrir de la société humaine, les uns dormant et d'autres se réveillant... ou s'ils doivent se révéler et diriger le monde.

— Et que vont-ils choisir ? demanda George.

— J'aimerais bien le savoir. Pour certains vampires, c'est l'aboutissement d'un travail de toute une vie, le moment qu'ils attendaient. Mais d'autres craignent les changements qu'Orabis pourrait apporter.

— Et qui est cet Horribil-isse ? demanda Eddie.

— Orabis est le Seigneur de la mort. Oldfield spécule qu'il n'aura aucun scrupule à déclarer que les vampires sont les seigneurs de la Terre. Ses disciples ont mis en place le Club Damnation, soi-disant nommé Parlement du sang, il y a plusieurs années, pour servir comme gouvernement de vampires en attente, prêt à prendre le relais et à gouverner l'Empire.

— Ils veulent régner ? s'exclama George.

Sir William hocha la tête.

— Déjà, plusieurs de ses membres sont en position de pouvoir : au gouvernement, au Parlement réel, dans la police et l'armée, et au sein des professions scientifiques. Les actes d'Oldfield et ses découvertes leur faisaient peur et ont retardé le processus. Mais avec l'apparition d'Orabis, le temps des vampires arrivera enfin et rien de moins qu'un miracle ne peut l'arrêter...

— Alors, que devons-nous faire ? demanda George. Que *pouvons*-nous faire ?

Il y avait un morceau de carte imprimée qui restait toujours dans la boîte métallique, à côté des deux chauves-souris.

— Qu'est-ce que c'est ? demanda Eddie en la ramassant.

— Sans intérêt, dit Sir William sans regarder. C'est arrivé par erreur dans la boîte, j'imagine.

— Allons, Eddie, nous discutons de choses importantes, dit George en prenant la carte des mains d'Eddie pour la regarder avant de la lui remettre. Si tu veux vraiment le savoir, c'est une affiche de théâtre, pour une pièce quelconque à Norwich en 1866.

— Juste quelque chose que le père de Liz gardait comme souvenir d'une pièce qu'il est allé voir, convint Sir William.

Eddie regarda fixement.

— Ça n'a pas de sens, dit-il lentement. Ce ne peut pas être cela, n'est-ce pas ?

Il n'était pas certain de ce que faisait l'affiche parmi les autres papiers, mais il savait une chose.

— Le père de Liz détestait le théâtre. Il croyait que c'était l'œuvre du diable, n'est-ce pas ? Alors il ne serait jamais allé voir une pièce de théâtre.

Quand Marie se jeta en avant, Liz recula et tomba dans la trappe que le levier sur le côté de la scène avait ouverte. Ironiquement, c'était soi-disant un « piège de vampire », ainsi nommé d'après la pièce de théâtre pour laquelle elle avait été employée pour la première fois en 1820 : *The Vampire or The Bride of the Isles*. Dans la pièce, c'était le vampire qui s'était apparemment évaporé. Maintenant, c'était Liz.

Il y avait une longue chute, et Liz espéra seulement que la trappe avait été laissée telle quelle. Sinon, elle allait atterrir brutalement et se fracasser les os. Heureusement, le piège était préparé ; une épaisse couverture était tendue et suspendue sous la scène. Liz en sortit en se roulant, prête à courir à partir de la zone située sous la scène. Marie comprendrait bientôt où Liz avait disparu.

Sous la scène, c'était presque complètement sombre. Liz se précipita vers ce qu'elle espérait être la bonne direction, et presque immédiatement, elle se cogna sur quelque chose qui tomba avec un bruit étouffé. Liz hoqueta de surprise. Mais ce n'était qu'un balai qui avait été déposé contre un des montants d'appui soutenant la scène.

Liz hésita. Et si Marie était sur le point de se jeter dans le piège derrière elle ? Pourrait-elle voir dans le noir ? Liz ramassa le balai tombé et bloqua la poignée de bois dans l'espace entre les doubles supports verticaux. Mue par la crainte et la force du désespoir, elle poussa sur le manche de bois, le cassant en deux.

Puis, tremblante de peur, elle rampa sous la couverture, et posa verticalement les deux parties du bâton cassé. Le poids du matériau qui pressait sur les bâtons les maintenait en place, la brosse du balai glissant avant de venir s'appuyer contre le bord d'une planche au sol.

Liz se précipita aussi vite qu'elle l'osait à travers l'obscurité et émergea, clignant des yeux dans la pénombre, en haut d'un étroit escalier de bois. Elle se trouvait dans les coulisses sur le côté de la scène.

Une main s'abattit lourdement sur son épaule.

Liz sauta en arrière en poussant un cri et en se retournant vivement.

— Je suis désolé. J'ai dû vous faire peur.

C'était Henry Malvern.

— Je me suis rendu compte que vous n'avez peut-être pas reçu le message à propos de la répétition. Je suis revenu pour vous le dire.

Le cœur de Liz battait la chamade et elle pouvait à peine parler.

— Marie... haleta-t-elle.

— Je sais. Je suis tellement désolé. C'était très soudain.

Malvern se détourna.

— Permettez-moi de vous escorter à la maison.

— Non, vous ne comprenez pas. Elle est ici. Marie est là.

Il se retourna rapidement, manifestement très surpris.

— Quoi? Que voulez-vous dire?

— Elle essaie de me tuer.

Liz agrippa le bras de Malvern, craignant soudainement qu'il ne la crût pas et qu'il partît.

— Elle est une vampire, haleta Liz.

Malvern hocha la tête.

— Vous êtes en état de choc. Vous avez eu peur. La mort de Marie...

— Non, vraiment. Elle est là et elle essaie de me tuer. Elle nous tuera tous les deux.

Malvern regarda au fond des yeux de Liz, comme pour évaluer à quel point elle était vraiment en détresse.

— Très bien, dit-il. Je n'ai vu personne d'autre, mais je vais jeter un coup d'œil.

Il leva sa main pour l'empêcher de protester.

— Je ferai attention. Vous pouvez attendre dans ma loge. Verrouillez la porte. Ne laissez personne d'autre entrer. Personne. Une fois que je me serai assuré que l'endroit est sécuritaire, je reviendrai vous voir. J'ai un carrosse à l'extérieur, nous serons sortis d'ici en un rien de temps.

Liz le serra fort dans ses bras, reconnaissante de la petite tape rassurante sur son épaule en retour.

— Merci. Mais s'il vous plaît, soyez prudent. Elle est dangereuse.

— Oh, ne vous inquiétez pas. Si je vois un vampire, je vous le ferai savoir.

Il la conduisit pendant le court chemin jusqu'à sa loge, et Liz ferma et verrouilla la porte. Les lampes à gaz étaient allumées mais tamisées. Elle s'appuya contre la porte pendant un certain temps, écoutant tous les sons de l'extérieur. Mais tout ce qu'elle pouvait entendre, c'était les battements de son sang dans ses oreilles et sa respiration irrégulière.

Comme elle commençait à se sentir plus calme. Liz s'assit sur la chaise en face de la table où Malvern conservait son maquillage. Il y avait des pots de différentes couleurs pour le maquillage du visage. À côté d'eux, elle remarqua avec une teinte d'amusement qu'il y avait le pot de confiture qu'elle lui avait offert. Il n'avait pas été ouvert.

Liz regarda dans le miroir poussiéreux au-dessus de la table et vit que son visage était taché de larmes. Elle l'essuya de son mieux avec son mouchoir. Derrière elle, se reflétant dans le miroir, elle pouvait voir un support de vêtements.

N'ayant rien d'autre à faire, elle alla regarder à travers les costumes en essayant de deviner à quelles pièces ils avaient appartenu. Mais avant même d'avoir commencé, son pied toucha quelque chose dans l'ombre sous la tringle.

Mais ce n'était qu'une chaussure. Il y avait plusieurs paires de chaussures disposées sous le support de vêtements. Liz souleva la chaussure qu'elle avait cognée pour la réaligner avec les autres. Elle semblait étonnamment lourde. Elle l'inclina légèrement dans sa main, et elle sentit le transfert de poids.

Son cœur battant la chamade à nouveau et la bouche soudainement sèche, Liz l'amena dans la lumière, l'inclinant pour voir à l'intérieur.

Ce fut ainsi qu'elle put apercevoir la couche de terre sèche tapissant le fond de la chaussure.

— Laissez-moi voir, dit Sir William en prenant l'affiche des mains d'Eddie.

— Quelqu'un doit la lui avoir donnée, dit George. Ou bien elle appartient à Liz.

— Dessus, il y a quelque chose d'écrit, dit Eddie. Qu'est-ce que ça dit ?

Sir William ouvrit l'affiche sur la table pour que tous puissent voir. Il y avait des dessins au trait concernant la distribution principale. L'un d'eux, un homme, était encerclé dans une égratignure d'encre bleue. Dessous, des mots étaient écrits.

— « Celui qui s'est échappé », lut à haute voix Sir William.

George regardait l'image.

— Mais cela date de 1866 ?

— Je peux lire, vous savez, lui dit Eddie. Bien, un peu.

— Mais c'est il y a vingt ans, dit George. Et c'est… certainement que c'est Henry Malvern ?

— Harry Worcester, selon le texte, dit Sir William. Mais si c'est bien le même homme, inchangé depuis vingt ans, et souligné par Oldfield…

— Le vampire qui s'est échappé de la maison, se rendit compte Eddie. Le pire du lot. Il était un acteur.

— Il est toujours acteur, dit George.

— C'est pourquoi Oldfield s'acharnait à empêcher Liz de faire du théâtre, comprit Sir William. Il voulait désespérément s'assurer qu'elle n'entrerait jamais en contact avec cette créature si jamais elle réapparaissait. Mais parce qu'il refusait toute relation avec le théâtre lui-même, il ne s'était pas rendu compte que l'homme avait déjà réapparu. S'il en avait eu conscience, il l'aurait exposé, l'aurait piégé d'une manière ou d'une autre.

— Et nous l'avons envoyée directement là-bas, dit George.

— Au moins, elle ne sera pas seule. C'est une répétition.

— Comme si ça allait l'arrêter, dit Eddie. Qu'allons-nous faire ?

— Il n'y a qu'une seule chose que nous puissions faire. Priez pour que nous ne soyons pas trop tard.

— Et alors ? demanda George. Je veux dire, ça ne peut être tout ce que nous pouvons faire.

— George, vous devez vous rendre au théâtre. Ne laissez pas Malvern savoir que nous soupçonnons la vérité à moins que vous n'y soyez obligé. Mais faites sortir Liz de là en toute sécurité.

— Je vais y aller avec lui, dit Eddie.

— Non, Eddie. J'ai besoin que vous veniez avec moi.

— Où ?

— Pour voir l'homme qui, je l'espère, a le pouvoir d'agir avant qu'il ne soit trop tard. Le seul homme qui peut renverser le commissaire de la Metropolitan Police et les autres membres puissants du Club Damnation. Tant et aussi longtemps qu'il n'en est pas déjà membre.

— Qui est-ce alors ? demanda Eddie.

— Le premier Lord de la Trésorerie. On s'y réfère parfois comme au premier ministre.

Il n'y avait aucun signe de Malvern dans le couloir, alors Liz referma doucement la porte de la loge derrière elle. Aucun indice de l'endroit où l'homme avait disparu. Le moyen le plus rapide pour sortir du théâtre, c'était de couper à travers la scène pour arriver à la porte des coulisses. Elle marcha aussi rapidement qu'elle en était capable, sans faire trop de bruit. La scène était encore dans la pénombre, et Liz prit soin d'éviter le piège à vampire ouvert et presque invisible.

Elle était presque arrivée de l'autre côté de la scène lorsque Malvern l'appela.

— J'ai renvoyé Marie. Il n'y a rien à craindre.

Liz se figea sur place, puis se retourna lentement. Malvern était debout à l'arrière de la scène. Peut-être qu'il l'avait attendue là, l'observant qui marchait sur la pointe des pieds juste devant lui. Elle se détourna, prête à courir.

— Venez ici.

Sa voix était autoritaire et confiante. Plus que cela ; il y avait aussi quelque chose d'irrésistible. Elle s'efforça de résister, mais elle sentit qu'elle se retournait, marchant lentement à nouveau à travers la scène malgré ses intentions et ses efforts.

Malvern vint lentement à sa rencontre. Sa voix était sombre, soyeuse et persuasive.

— J'ai besoin de vous, Liz. Vous le savez. Bientôt, vous allez jouer le plus grand rôle de votre carrière. De votre *vie*. J'avais l'intention de l'offrir à Marie. Elle semblait parfaite. Mais alors, je vous ai rencontrée. Et comment aurais-je pu résister ? C'est pourquoi je vous ai emmenée ici. C'est pourquoi la pauvre petite Beryl a dû mourir : pour que vous puissiez prendre son rôle comme femme de ménage et que je puisse vous garder tout près.

Il leva la main, et Liz s'arrêta. Malvern était à trois pas, la tête inclinée et la regardant avec intérêt.

— Que voulez-vous ? demanda Liz, sa voix plus forte qu'elle se sentait.

Au fond d'elle, elle tremblait et se sentait défaillir.

— Un seul mortel a réussi à prendre le meilleur de moi, vous savez. Un seul homme. Il a anéanti tout ce que j'avais prévu. Il a retardé le temps de l'éveil simplement parce qu'il en savait trop. Avec la propre sœur du cocher piégée dans son sommeil, lui et les autres sont devenus méfiants, prudents et lents à agir. Cet homme était faible et stupide, mais il m'a défait. Et je me suis juré qu'un jour je me vengerais de lui.

— Mon père, comprit Liz.

Malvern hocha la tête.

— Ils ne m'ont pas laissé le prendre. Pas alors. Par peur que cela attire l'attention sur nous. Bien que le cocher lui ait fait payer un prix élevé pour la perte de sa sœur. Mais comment aurais-je pu résister à la chance de rencontrer sa fille ? Pour *la* détruire ? Plus que cela : pour qu'elle devienne l'une de nous. L'une des plus grandes d'entre nous. Il prit une profonde inspiration rauque.

— Oh, vous serez tellement honorée.

— Que voulez-vous dire ?

Cette fois-ci, elle ne put réprimer le tremblement dans sa voix.

— Clarissa vous attend dans mon carrosse à l'extérieur. Ensemble, vous aurez une visite à faire. Une personne importante à voir. Et après cela, devant toute l'Assemblée, devant les morts ressuscités et notre Seigneur…

Il fit un pas vers Liz, et elle découvrit qu'elle était incapable de bouger. Les lèvres de l'homme s'écartèrent dans un sourire, dévoilant ses brillantes dents pointues.

Puis, il lui raconta ce qui allait se passer, qui elle allait devenir, et Liz se sentit malade et elle eut encore plus peur que jamais dans sa vie. Alors Malvern l'attira vers lui et pressa ses lèvres glacées sur son cou chaud.

Chapitre 25

Le secrétaire était nerveux, mais inflexible.

— Vous ne pouvez pas voir le premier ministre ce soir. C'est, je le crains, tout à fait impossible.

Eddie avait écouté Sir William qui, à travers plusieurs bureaux et devant divers fonctionnaires, avait dû insister pour arriver à ce point. Ils étaient maintenant dans une petite pièce attenante au propre bureau du premier ministre au 10, Downing Street.

— Je ne peux assez souligner l'importance de ma démarche, dit Sir William.

Il tremblait presque de colère.

— Et si vous saviez le genre d'incompétence et de faux-fuyants que nous avons dû écarter pour en arriver ici…

— Croyez-moi, je peux comprendre.

Le secrétaire ne paraissait pas du tout compréhensif. C'était un homme corpulent dans la trentaine, les cheveux noirs et le front dégarni.

— Mais je peux vous assurer que je ne suis pas incompétent et que je ne vous induis pas en erreur. Vous ne pouvez pas voir le premier ministre parce que le premier ministre est absent.

— Nous attendrons, dit Sir William. Quand l'attendez-vous?

— Demain.

— Mais il sera trop tard!

— C'est le mieux que je peux offrir, Sir William. Le premier ministre est actuellement en route pour une séance spéciale du Parlement. C'est, pour moi comme pour vous, assez mal venu, en plus d'être plutôt imprévu et sans trop de préavis.

Pendant qu'ils parlaient, Eddie avait passé le temps à se promener dans la pièce, qui était en fait semblable aux autres bureaux où il avait écouté Sir William qui demandait, implorait et tentait de persuader la hiérarchie politique. Sur le mur lambrissé, il y avait une photographie encadrée qui présentait un groupe de personnes. Il reconnut l'un d'eux comme le premier ministre, ce qui était un soulagement. Il ignorait l'identité des autres, mais il devina qu'il s'agissait de personnages importants.

La photo était accrochée au mur près de la porte du bureau du premier ministre, et pendant qu'il l'examinait, Eddie entendit du mouvement derrière la porte.

— Là, si le premier ministre est parti au Parlement, alors qui est dans son bureau?

— Qui, en effet? demanda Sir William.

Il regarda le secrétaire et se dirigea vers la porte.

— Vous ne pouvez pas entrer! insista le secrétaire. Je vous ai dit...

Mais Sir William avait déjà ouvert la porte.

Il y avait un homme debout de l'autre côté du grand bureau qui dominait la pièce. Mais ce n'était pas le premier ministre.

C'était un petit homme vêtu d'un costume très distingué. Sa barbe soignée lui donnait une autorité qui démentait sa taille. Il leva les yeux, surpris de l'interruption.

— C'est Anthony Barford, siffla le secrétaire. C'est le conseiller personnel du premier ministre, M. Gladstone. Maintenant, auriez-vous l'obligeance de partir ?

Barford observait la scène avec intérêt.

— Attendez un instant, Haskins, dit-il. C'est Sir William Protheroe, n'est-ce pas ?

— À votre service, dit calmement Sir William.

— J'avoue que j'attendais vraiment quelqu'un d'autre. Par ailleurs, je dois partir dans quelques minutes pour la Chambre des communes, mais si je peux faire quelque chose pour vous aider ?

Barford fit signe à Sir William d'entrer.

— Je suis bien au courant de votre département, Sir William, et de votre travail.

— Je dois transmettre un message au premier ministre, lui dit Sir William. Pardonnez ma brusquerie.

— Oh, vous pouvez être aussi brusque que vous jugerez nécessaire. Je crois que vous feriez mieux de me dire ce qui se passe. Je verrai le premier ministre dans quelques minutes, avant le débat d'urgence. Je serai plus qu'heureux de transmettre votre message, en supposant que vous puissiez me convaincre de son urgence.

— Il était temps, lâcha Eddie. Quelqu'un qui nous écoute.

— Qui *m'*écoute, souligna Sir William. Je crois que vous feriez mieux d'attendre là-bas, Eddie. Laissez-moi expliquer les choses à M. Barford.

La porte se referma, laissant Eddie et le secrétaire Haskins seuls dans le bureau.

— Ce doit être une question importante pour que Barford s'en préoccupe, admit Haskins.

— Ouais, bien. Ce pourrait être la fin de l'Empire, je suppose. Ce mec, il est important ? Ce Barford.

— Entre vous et moi, c'est une des personnes les plus influentes au pays. Le gouvernement ne fait pas grand-chose sans qu'Anthony Barford y ait mis la main.

Eddie pointa la photographie sur le mur entre eux.

— Alors qui sont ces gens ?

— Le Conseil des ministres. Les ministres les plus importants du premier ministre. Cette photographie a été prise le mois dernier, dans le jardin. Elle n'a été livrée que cette semaine. Ici, poursuivit-il en pointant sur la photographie, vous pouvez voir…

Il s'interrompit.

— C'est étrange.

— Qu'est-ce qui est étrange ?

Eddie eut soudain un sentiment de malaise.

— Qu'y a-t-il ?

Haskins fit un petit rire nerveux.

— Vous savez, je suis sûr que M. Barford était là aussi. Peut-être qu'il a été appelé ailleurs. Mais il était debout juste ici, entre ces deux…

— Mais… il n'y a personne, se rendit compte Eddie.

Il était peut-être déjà trop tard. Il ouvrit brusquement la porte et se précipita dans la pièce au-delà.

— Comme c'est bien de vous joindre à nous, dit Barford.

Il était encore debout de l'autre côté du bureau. Mais son expression avait durci et il tenait un pistolet.

Eddie s'arrêta en dérapant près de Sir William.

— Oh, dit-il. Je suppose que vous le savez alors.

— J'ai compris, dit Sir William.

— Vous pouvez partir maintenant, Haskins, cria Barford. J'ai la situation entre les mains. Ces deux sont, j'en ai bien peur, recherchés par la police.

Haskins parut choqué et pâle.

— Devrais-je demander de l'aide?

— Ce n'est pas nécessaire, dit une autre voix.

Elle arriva derrière Haskins dans le bureau extérieur. Un homme grand et mince s'avança vers la porte.

— Comme a dit M. Barford, la question est maîtrisée. Vous pouvez nous laisser.

Sir Harrison Judd entra dans le bureau du premier ministre et ferma la porte derrière lui.

— C'était vous qu'il attendait, se rendit compte Eddie.

— Et le premier ministre? demanda Sir William.

— Oh, il est vraiment à la Chambre des communes, dit Barford, où nous nous joindrons à lui dans un court moment. À temps pour voir le palais de Westminster devenir le Parlement du sang.

La porte arrière du théâtre était ouverte et se balançait dans la brise. Il y avait une lueur à l'intérieur, mais l'endroit semblait désert.

George tenait sous son bras la boîte en métal contenant les journaux d'Oldfield. Il avait frémi lorsqu'il avait dû les pousser sous les chauves-souris. Mais maintenant, le poids de la boîte lui semblait rassurant pendant qu'il se frayait prudemment un chemin vers le bâtiment sombre.

— Liz? appela-t-il. Liz... êtes-vous là?

La seule réponse fut un bruit de rire au loin. Un rire de femme.

— Est-ce vous? appela-t-il à nouveau, mais avec plus de prudence.

Le couloir conduisait devant des loges et des armoires de rangement. Il finit par se trouver sur le côté de la scène, cherchant les coulisses. Il pouvait voir l'auditorium assombri. Une seule lumière brillait à travers la scène à partir de l'autre côté. Elle illuminait la silhouette qui se tenait là. Une silhouette austère dont le contour se définissait dans le vert pâle des feux de la rampe. Il sentait les fumées amères et acres de combustion de la chaux. Mais son attention était sur la femme.

Elle rit à nouveau alors que George s'avançait sur la scène. Il n'arrivait toujours pas à bien la distinguer, et il couvrit ses yeux avec sa main libre pour les protéger de la lumière vive.

— Liz?

— Elle n'est pas là.

Comme la femme se dirigeait vers George, elle bloqua l'éclat de la lumière et il vit que c'était Marie Cuttler.

— Vous vous sentez mieux? Savez-vous où elle est allée?

Marie fit un autre pas vers George.

— Elle avait un rendez-vous. Elle a dû partir.

— Partir ? Pour aller où ?

George sentait son cœur battre dans le côté de sa poitrine. Le bruit sourd se fit plus prononcé, irrégulier.

Marie était maintenant juste devant lui. Quelque chose dans sa voix paralysa George sur place.

— Comme c'est gentil à vous d'être venu. Je suis heureuse que vous soyez là. J'ai très, très faim.

Il y avait un petit miroir sur le mur arrière du bureau du premier ministre. Il était dans un cadre de plâtre orné, et lorsqu'Anthony Barford se tenait devant lui, Eddie vit qu'il n'avait pas de reflet.

— Je suis désolé que vous ne viviez pas pour voir l'aboutissement de tant de siècles de travail, dit Barford à Sir William et à Eddie alors qu'il se détournait du miroir pour leur faire face.

— Moi aussi, répliqua Eddie.

— Mais vous n'aurez pas le cinquième vase canope, souligna Sir William. Vous avez certainement besoin du cœur du Seigneur des morts-vivants ?

— Qu'en savez-vous ? demanda Sir Harrison.

— Seulement ce que j'ai lu.

— Ce n'est pas important, décida Barford. Le cocher le trouvera. Il peut le sentir, vous savez, dit-il à Sir William. Le cocher est tellement adapté aux désirs et aux besoins du Seigneur qu'il peut sentir son cœur battre dans le cercueil. Avec chaque battement, il se rapproche de sa découverte. La cérémonie prévue pour ce soir aura lieu. Nous avons tout ce dont nous avons besoin aujourd'hui pour cela.

Il se retourna et leva un sourcil vers Judd.

— Je suppose…

— Attendant à l'extérieur du bureau, l'assura Sir Harrison Judd.

— Et le premier ministre ? lâcha Eddie. M. Gladstone est-il un vampire et tout le reste ?

Barford se mit à rire.

— Oh non. Pas encore. Mais bientôt, tout cela va changer. Le Seigneur des morts-vivants aura bientôt Son cœur. Soyez tranquille, poursuivit Barford. La seule autre chose dont Il a envie attend à l'extérieur. Le désir de Son cœur, peut-on dire.

— Et qu'est-ce que, je vous prie, ce pourrait être ? demanda Sir William.

— S'il vous plaît, dites-lui d'entrer, dit Barford à Judd. Je crois qu'elle peut avoir l'honneur, le privilège de se nourrir de nos invités. Elle doit avoir faim.

— Qui doit ? demanda Eddie.

Il se sentait déjà assez nerveux sans avoir besoin de menaces. Il regarda désespérément autour de lui pour trouver une façon de s'enfuir, mais il n'y avait aucune autre sortie dans la pièce.

Seulement la porte qui s'ouvrit pour permettre à une autre silhouette de pénétrer à l'intérieur.

— Permettez-moi de vous présenter la plus récente sujette du Seigneur des morts-vivants, dit Barford. Celle qui deviendra son épouse.

La femme qui se tenait juste derrière la porte était pâle comme la mort, à l'exception de ses lèvres rouge sang. Elle se retourna lentement pour faire face à Eddie et à Sir William, les yeux écarquillés et vagues. C'était Liz.

Chapitre 26

Le bruit sourd dans la poitrine de George s'était maintenant transformé en un tremblement insistant. Sauf que… ce n'était pas dans sa poitrine. C'était la boîte de métal qu'il serrait. Elle vibrait et tremblait si fort qu'il avait du mal à la tenir.

Marie tendit les mains. Ses yeux étaient profonds et noirs. Ses lèvres se soulevèrent et ses yeux se fermèrent.

— J'ai tellement faim.

Elle se pencha en avant, enveloppant George de ses bras froids.

Il sentit ses lèvres glacées sur son cou. Il laissa tomber la boîte.

Elle se fracassa sur le sol, le couvercle s'ouvrant comme un ressort. Deux formes sombres surgirent de l'intérieur, leurs ailes battant les unes contre les autres, alors qu'elles se précipitaient dans les airs, prenant de l'altitude avant de redescendre en piqué. L'une s'écrasa sur la joue de Marie avec une telle force que le choc envoya la tête de

Marie brusquement sur le côté. L'autre était agrippée à sa poitrine alors que Marie lâchait George et reculait.

Elle serra désespérément la forme sombre sur son visage. Des ailes noires se mirent à battre contre elle, de plus en plus rapidement.

— Aidez-moi ! hurla Marie en tombant à genoux et en se renversant.

George regardait avec horreur alors que le visage de Marie disparaissait sous la frénésie de noir. Un jet d'écarlate se répandit dans l'air, éclaboussant la scène. Une main battit et s'agrippa aux planches nues. Une jambe donna des coups, prise de spasmes.

L'une des formes sombres battait paresseusement des ailes sur sa gorge. L'autre tournait en cercle dans les airs et s'envola hors de vue, laissant le corps de Marie sans vie sur la scène.

— Oh, ma chère Elizabeth, dit Sir William. Que vous ont-ils fait ?

— Elle s'est jointe à nous, dit Barford. Juste au moment où, malheureusement, il est temps pour vous deux de partir. Je crains que, même si nous allons bientôt maîtriser ce misérable pays et son vaste empire, vous deviez apporter nos secrets dans la tombe.

Sir William fronça les sourcils.

— Dans la tombe, murmura-t-il, à peine assez fort pour qu'Eddie l'entende. Bien sûr...

Barford s'assit derrière le bureau du premier ministre. Il regarda l'arme qu'il tenait toujours, puis il la déposa sur le buvard.

— Un moyen de tuer à distance. Comme il est préférable d'en faire l'expérience de première main. D'être assez près pour sentir la chaleur.

Il agita sa main dans les airs, comme une invitation.

— Vous devez avoir faim, ma chère. Ils sont tout à vous.

Sir Harrison Judd avait également reculé pour permettre à Liz de s'approcher d'Eddie et de Sir William. Elle avait les mains levées, comme des serres prêtes à leur arracher la gorge. Il n'y avait aucun moyen pour eux de l'éviter et de se diriger vers la porte. Eddie se rendit compte que même s'ils se battaient contre la créature qu'était devenue Liz, Barford saisirait le pistolet et les abattrait.

Mais même sans espoir que les deux puissent s'échapper, Eddie n'hésita pas. Il se jeta sur Liz, criant à Sir William :

— Sortez d'ici, pendant que vous le pouvez. Je vais l'occuper.

Liz l'attrapa, tirant sa tête en arrière. Eddie lutta pour se libérer. Il pouvait sentir son souffle chaud sur sa gorge, alors qu'elle se penchait sur lui. Il vit Barford qui ramassait son arme en vitesse. Sir Harrison Judd qui agrippait Sir William alors que le vieil homme essayait de s'échapper, le repoussant vers Liz.

Elle se retourna, entraînant Eddie avec elle. Puis, elle le repoussa et attrapa Sir William. Eddie s'effondra sur le sol.

En tombant, il réussit à rouler vers Sir Harrison Judd, envoyant l'homme chanceler vers l'arrière. Immédiatement,

Eddie se releva. Il attrapa le bras de Sir William et l'éloigna de Liz en le traînant. Elle fit un sifflement de colère et de déception alors que Sir William chancelait vers Eddie.

Un coup de feu traversa la porte près de la tête d'Eddie. Il poussa Sir William devant lui et ferma la porte.

— Il n'y a pas de clé, haleta-t-il.

— Alors nous ferions mieux de courir.

La maison semblait déserte. Les fonctionnaires qu'ils avaient vus plus tôt étaient tous partis chez eux ou étaient en route pour les Chambres du Parlement. Eddie et Sir William coururent dans des corridors et des couloirs dont ils ne se souvenaient qu'à moitié, finissant par sortir dans la nuit brumeuse sur Downing Street.

Ils restèrent sur le trottoir, cherchant à retrouver leur souffle.

— Est-ce vrai ? demanda Eddie. Liz est-elle maintenant l'une d'eux ?

Sir William hocha gravement la tête.

— Je le crains.

Il hocha la tête et soupira.

— Maintenant que nous avons perdu Mlle Oldfield, il faut que nous sachions ce qui est arrivé à George.

George était assis sur le bord de la scène, regardant dans la salle obscure. Derrière lui, dans une flaque de lumière, il y avait le corps de Marie Cuttler.

— Que s'est-il passé ? dit Eddie. Les vampires sont-ils venus la chercher ?

— D'une certaine manière, convint George.

Il se tenait debout, et Eddie fut surpris de voir à quel point il avait l'air pâle.

— Elle a essayé de me tuer. Elle voulait boire mon sang.

— Comment l'avez-vous arrêtée ? demanda Sir William. Il s'agenouilla près du corps.

— C'est fascinant. Elle a entièrement été vidée de son sang. Déjà le corps est sec et cassant.

Eddie s'accroupit à côté de Sir William, et il vit immédiatement la forme sombre distinctive sur le cou de la femme.

— Ici… attention, c'est une de ces chauves-souris !

— Effectivement, convint Sir William. Mais elle semble plutôt docile, n'est-ce pas ?

Les ailes de la chauve-souris voletèrent alors que Sir William la repoussait prudemment avec son doigt.

— Vous savez, si je ne connaissais pas mieux, je penserais que peut-être…

— Que c'est la chauve-souris qui l'a tuée, dit George en se joignant à eux.

— En effet. C'est exactement ce que je pourrais penser.

— Non, je ne spécule pas, leur dit George. C'est vraiment la chauve-souris qui l'a tuée. Les deux qui se trouvaient dans la boîte métallique. Dès qu'elle est arrivée près de moi. C'était comme si elles avaient pu la sentir et qu'elles se sont réveillées. J'ai laissé tomber la boîte, et elles sont sorties…

Il fit un geste vers le corps étendu.

— Bien, vous pouvez voir.

— Vous voulez dire qu'*elles* ont bu *son* sang ? demanda Eddie. C'est un peu un revirement.

— L'autre s'est envolée quelque part.

— Rassasiée, je pense, dit Sir William. Une telle capacité pour le sang. Mais peut-être que les vampires n'ont pas beaucoup de sang à offrir. Cela pourrait expliquer pourquoi leur cœur est si important, pourquoi ils n'aiment pas l'air raréfié et le manque d'oxygène. Ils ont besoin de s'assurer que le peu de sang qu'ils ont reste aussi riche que possible, et de le réapprovisionner fréquemment.

— Alors, qu'est-ce que vous racontez ? voulut savoir Eddie. Les chauves-souris mangent les vampires ?

— Pas toutes les chauves-souris. Mais cette chauve-souris. Où est la boîte ? demanda Sir William à George.

George alla la chercher, et Sir William souleva soigneusement la chauve-souris de la gorge de Marie. Elle battit des ailes pour protester faiblement alors que Sir William la laissa tomber dans la boîte et ferma le couvercle en le faisant claquer.

— Le grand mensonge, dit Sir William. Nous en avons entendu parler à plusieurs reprises. Maintenant, je crois que nous avons découvert ce que c'est.

— La chauve-souris ? demanda Eddie.

— Les vampires voudraient nous faire croire qu'ils ont une certaine affinité avec ces chauves-souris. Que peut-être même qu'ils se transforment en chauve-souris. Nous l'avons cru : quand nous étions dans la maison condamnée, nous avons pensé que les chauves-souris nous attaquaient pour aider les vampires qui étaient enterrés là. En fait, les chauves-souris étaient le piège qu'Oldfield avait laissé.

— Elles ont senti les vampires, dit George. Peut-être ont-elles senti leur sang alors qu'ils se réveillaient.

— Et comme celle-ci et sa compagne, dit Sir William en tapotant le couvercle de la boîte de métal, elles se trouvaient dans un état de sommeil, et se sont réveillées pour se nourrir. Il est heureux qu'elles n'aiment que le sang riche et épais des vampires, sinon elles nous auraient aussi attaqués.

Eddie n'était pas convaincu de l'utilité de la découverte.

— Une seule chauve-souris ne sera pas utile, souligna-t-il. Peu importe à quel point elle est affamée.

— C'est la connaissance qui est importante, Eddie, lui dit Sir William. Mettez tout cela ensemble, et nous pourrons arriver quelque part.

— Pas un moment trop tôt, alors. Ce soir, c'est la soirée où se produira ce qu'ils sont en train de planifier, vous vous souvenez? Et que dire de Liz?

— Liz!

George bondit sur ses pieds.

— J'aurais dû vous le demander. J'étais trop surpris et préoccupé par ce qui s'était passé ici.

Il marcha lentement et prudemment à travers la scène.

— J'espère vraiment qu'elle va bien. Mais en plus de Marie...

Il s'arrêta et pointa vers le plancher.

— J'ai trouvé ceci.

Eddie et Sir William s'approchèrent de l'endroit où George était debout.

— Attention, les avertit-il. Vous ne voulez pas tomber vous aussi.

— Vous aussi?

En s'approchant, Eddie vit qu'il y avait une ouverture dans la scène, où une trappe s'était ouverte.

— Comme qui?

— Comme lui.

Eddie plongea son regard dans l'obscurité. Ses yeux s'habituèrent lentement et il put distinguer une forme. La forme d'un homme. Il était étendu sur le dos, les yeux écarquillés, figés par la surprise et la frayeur. Une pointe de bois cassée était poussée à travers sa poitrine, et la forme sombre d'une chauve-souris battait doucement des ailes alors qu'elle se nourrissait du sang qui avait jailli autour de la plaie.

— Henry Malvern, dit George. Ou peu importe qui il était vraiment.

Alors qu'il parlait, le corps glissa encore plus profondément sur la pointe de bois. Le visage vieillit, craqua et s'effrita.

Sir William hocha la tête avec tristesse.

— Cela s'éclaircit.

— Pas pour moi, lui dit Eddie.

— Je crois que vous feriez mieux de vous préparer à un choc, George, dit Sir William. Bien que je croie que nous pouvons en déduire que Liz ait été ici, face à Malvern, et qu'elle ait gagné sur lui en termes non équivoques, il semble tout de même qu'elle ait été mordue. Et que Malvern n'était pas seul. Il est peut-être déjà trop tard. Elle est vraiment sur le point de devenir un vampire.

George tomba à genoux.

— Oh mon Dieu, murmura-t-il. S'il vous plaît, dites-moi que ce n'est pas vrai.

— Peut-être qu'il n'est pas trop tard, dit Eddie. Peut-être que nous pouvons arranger cela et faire en sorte qu'elle aille mieux. Après tout, en fait, elle ne nous a pas mordus.

— Nous savons, poursuivit Sir William, apparemment inconscient de leur inquiétude, qu'ils sont en train de planifier une cérémonie ce soir. Et qu'au moins une partie de cet événement aura lieu dans le palais de Westminster, dans les Chambres du Parlement. Nous savons aussi qu'ils n'ont pas encore le cinquième coffret contenant le cœur du Seigneur des morts-vivants.

— Mais comment cela peut-il aider Liz ? demanda George, désemparé.

— Nous ne savons pas que quoi que ce soit *puisse* l'aider, admit Sir William.

Il posa la main sur l'épaule de George et la serra doucement.

— Je suis tellement désolé. Mais il faut être fort. Et il nous faut tous réfléchir à l'ensemble de la situation actuelle. Il nous faut trouver un moyen d'enfin arrêter toutes ces créatures. Et le cinquième coffret pourrait nous donner quelque chose pour négocier.

— Je ne vois pas comment, dit Eddie. Il est caché, ou perdu, ou détruit. Nous ne l'avons pas non plus.

— Ah.

Sir William pointa un doigt triomphant vers Eddie.

— Mais je sais où il est.

— Comment ? demanda Eddie.

— Où ? s'enquit George au même moment.

Il paraissait fatigué, mais il faisait un effort pour se ressaisir.

— Ce coquin d'Anthony Barford nous l'a dit, vous ne vous souvenez pas ? dit Sir William à Eddie. Maintenant, je me demande s'il existe un endroit dans un théâtre de cette taille où ils gardent des pics et des pelles.

— Pourquoi les voudraient-ils ? demanda Eddie.

— Pas pour les mêmes raisons que nous, j'en suis convaincu.

— Et qu'est-ce que c'est ? questionna George.

Les lunettes de Sir William scintillèrent en captant la lumière des projecteurs.

— Un vol de tombe, dit-il.

Le cimetière était enveloppé de brouillard. George le sentait envahir l'arrière de sa gorge, et cela étouffait leurs voix. Il tenait le pic serré, conscient qu'il pourrait avoir à l'utiliser comme une arme. Son corps était tendu d'effroi et de colère. Il ne pouvait enlever l'image de Liz de son esprit. Malgré les craintes de Sir William, il n'était peut-être pas trop tard pour la sauver.

— Anthony Barford a dit que nous apporterions leurs secrets dans nos tombes, vous vous en souvenez, Eddie ?

— Ouais, je m'en souviens.

Eddie transportait la boîte de métal d'Oldfield, la serrant très fort contre sa poitrine comme un talisman.

— Cela ressemble à ce que Hemming avait écrit dans son journal, rappela George.

— C'est exactement ce que j'ai pensé, dit Sir William.

Il était une forme vague quelque part devant George, ouvrant la voie le long de l'étroit chemin sinueux.

— Et il m'est apparu que Hemming avait possiblement voulu dire la même chose, de façon littérale.

La voix d'Eddie flotta dans l'air qui s'épaississait.

— Et il est enterré quelque part ici, n'est-ce pas ?

— Je n'ai jamais rencontré Hemming. Mais j'occupais déjà mon poste au musée quand il est décédé à la suite de sa maladie. Je suis allé à l'enterrement.

Sir William s'arrêta si brusquement que George se cogna sur lui. Mais il ne sembla pas le remarquer.

— Par ici, décida-t-il, se mettant en route à nouveau. Je crois.

— La tombe de Christopher Kingsley est quelque part autour d'ici, se rendit compte George alors qu'il reconnaissait la statue d'un ange qui se tenait près du chemin. C'était à peine plus qu'une silhouette dans l'obscurité brumeuse.

— Est-ce que je ne le sais pas ? grogna Eddie. J'ai encore de la terre dans mon dos, je pense. Ça me démange.

— Ce qui signifie que juste au-dessous de nous, en ce moment…

La voix de George s'effrita alors qu'il se rendit compte que Sir William avait disparu.

— Par ici, fit la voix du vieil homme.

George et Eddie le trouvèrent agenouillé à côté d'une tombe. L'herbe était longue et négligée ; la pierre tombale était inclinée en un angle tenant de l'ivresse.

— Pardonnez-moi, Xavier, murmura Sir William.

Puis, il se redressa.

— Bon, dit-il à George, vous avez les bêches, alors vous feriez mieux de creuser.

La terre était froide et humide, mais George réussit rapidement à faire des progrès. Il était stimulé par les commentaires de Sir William voulant que la cérémonie allait commencer sous peu et qu'il ne leur restait donc pas beaucoup de temps. Il était moins encouragé par la mention d'Eddie de la façon dont le cocher pourrait en quelque sorte détecter le coffret qu'ils étaient en train de chercher.

— Peut-être qu'il est trop tard, dit-il en remettant finalement la bêche à Eddie et en s'effondrant dans la pelouse humide.

— Espérons que non.

Eddie sauta dans la fosse peu profonde creusée par George et y descendit avec plus d'enthousiasme que d'expertise. La terre volait, s'éparpillant sur le sol et atteignant George et Sir William, qui se mirent rapidement hors de portée.

Sir William creusa à son tour, et quand ce fut à nouveau à George de creuser, l'ouverture était si profonde qu'ils avaient besoin de s'aider pour entrer et sortir.

— Ça ne peut être bien loin maintenant, dit Eddie.

— Je me demande ce qui se passe pour Liz, dit George à voix haute.

Aucun de ses amis n'avait de réponse. Avant que George pût s'attarder sur les possibilités, il sentit que la bêche avait frappé quelque chose de solide. Par le son et la sensation, c'était du bois pourri.

Il gratta ce qui restait de terre sur le dessus du cercueil. Une odeur que George essaya d'éviter en serrant un mouchoir sur son nez et sur sa bouche en ressortait. Mais ce fut plutôt inutile. Aussi rapidement qu'il le put, il enleva en le forçant ce qui restait du couvercle de bois et sans se donner le temps de trop y penser, tendit le bras vers les ténèbres dessous.

— Je sens quelque chose, dit-il, tout excité à travers le mouchoir.

Il s'agissait d'une forme régulière, lisse et froide. Il laissa tomber la pelle et souleva ce qu'il avait découvert pour que Sir William le prît.

— Je vais vérifier pour voir s'il n'y a rien d'autre.

Avec précaution, George tendit le bras à l'intérieur du cercueil de bois cassé, essayant de ne pas penser à ce qu'il pourrait trouver d'autre. Ses doigts frôlèrent quelque chose, et il haleta d'horreur alors qu'il se rendait compte qu'il s'agissait d'une main squelettique.

Et la main agrippa son poignet.

— Aidez-moi, vite. Il y a quelqu'un d'autre en bas.

La main saisit la jambe de George alors qu'il essayait de remonter et de sortir de la tombe.

— Comment est-ce possible ? dit Eddie en tendant les bras afin d'aider George.

Son expression changea alors qu'il se rendait compte de ce qui se passait.

— Ils nous ont trouvés, convint George.

Avec tout ce qui lui restait de forces, il se poussa hors de la fosse.

— Bien fait, George, dit Sir William.

Il souleva le coffret pour qu'ils voient. Il était comme les autres vases canopes qui était dans la caisse au sous-sol du musée, mais le couvercle avait la forme d'un scorpion avec sa queue vicieuse recroquevillée sur son corps.

— Juste à temps, haleta George.

— Ou tout simplement trop tard, dit Eddie.

Il y eut un bruit de grattement derrière George. Quelque chose poussait à travers le fond de la fosse. Les restes du cercueil s'inclinèrent et tombèrent alors qu'une silhouette se frayait un chemin dans la fosse. Un visage à la forme de crâne se tourna pour lever les yeux vers eux.

Le cocher.

George se tourna pour courir. Mais comme Sir William et Eddie, il se figea de terreur.

Le clair de lune filtrait à travers le brouillard, juste assez pour qu'ils puissent distinguer les vagues silhouettes des pierres tombales. Montant vers eux, se poussant, il y avait des mains, des bras qui émergeaient de la terre morte.

Des silhouettes pâles et émaciées se frayaient un chemin à travers le sol du cimetière et chancelaient sur leurs pieds alors que les tombes s'ouvraient et que les morts-vivants se réveillaient.

Chapitre 27

— Courez ! cria Eddie.

Il enveloppa la boîte métallique dans sa veste, baissa la tête et courut parmi les silhouettes qui émergeaient du brouillard et du sol. Il espérait que Sir William et George le suivaient.

Des doigts osseux s'agrippaient à lui et l'attaquaient. Il y en avait tellement : les morts-vivants se réveillaient du long sommeil dans leurs tombes. Eddie sentit que son pied disparaissait dans un trou dans le sol. Il réussit à le dégager d'un mouvement brusque qui lui fit presque perdre la boîte d'Oldfield. Lorsqu'il posa son poids sur son pied, il ressentit une douleur atroce, mais il l'ignora et continua de courir.

Un bras solide le saisit, et il se mit à crier. Mais c'était George qui venait l'aider alors qu'il boitillait.

Le visage de George avait la couleur du brouillard.

— Où est Sir William ?

— Juste derrière toi. Continue de courir. Dirige-toi vers le fleuve.

Le terrain montait en pente. Eddie espérait dépasser le dernier groupe de vampires, ce qu'il attendait à tout moment. Ils étaient lents et semblaient encore las alors qu'ils sortaient de la terre froide et humide. Mais Eddie ne pouvait pas en voir la fin.

Ils atteignirent le sommet de la pente, et Eddie se retrouva à avancer en titubant vers une clôture de fer. Il pouvait entendre le clapotis de l'eau de l'autre côté et il en vint à distinguer la sombre étendue trouble de la Tamise.

— Nous ne réussirons jamais à la grimper, dit George.

Sir William tenait le vase canope. Il se laissa tomber à genoux et tâtonna le dessus. Tout autour d'eux, les vampires tournaient, s'avançant lentement vers eux, sifflant à la perspective.

— Il est scellé, dit Sir William.

— Ici, laissez-moi voir.

George s'accroupit à côté du coffret.

— Ce peut-être de la cire, ou... Non, regardez, il y a une serrure. Une forme étrange, mais je crois que je peux forcer le fermoir et l'ouvrir.

— Peu importe, dit Eddie. Le hic, c'est qu'ils vont nous prendre.

Ils étaient entourés par un demi-cercle de pâles créatures. Des mains griffues se tendaient vers eux. Eddie sentit la froideur et la rigidité de la clôture lorsqu'il s'y appuya. À l'intérieur de sa veste, il pouvait sentir les bruits sourds et la vibration de la boîte métallique alors que la chauve-souris à l'intérieur sentait le sang de vampire tout près. Mais une seule chauve-souris ne pourrait les sauver maintenant.

— Arrêtez où vous êtes !

La voix de Sir William était forte et confiante.

Les vampires hésitèrent, mais ils recommencèrent bientôt à avancer.

— Nous avons quelque chose que vous cherchez, poursuivit Sir William, et Eddie entendait maintenant le tremblement dans sa voix. Approchez encore et nous le détruirons.

Il y eut un bruit comme un bruissement de feuilles. Il fallut un moment à Eddie pour comprendre de quoi il s'agissait. Les vampires riaient. Le bruit augmenta, puis cessa tout à coup. Les silhouettes les plus proches d'Eddie et des autres s'écartèrent, et le grand cocher cadavérique s'avança dans le clair de lune.

— Votre seule chance est de me remettre le coffret, dit-il d'une voix rauque. Alors nous pourrions vous permettre de connaître une mort rapide. Une mort *durable*.

— Non ! cria Eddie.

Il bondit en avant, ignorant la douleur lancinante à sa cheville, et saisit le vase au couvercle de scorpion. Il était plus lourd qu'il l'avait prévu. Il tenta de le soulever, le couvercle se déplaçant alors que ses doigts tiraient nerveusement sur le fermoir que George avait desserré. Eddie avait beaucoup d'expérience dans l'ouverture des serrures... Il tituba en arrière, loin des vampires qui l'encerclaient. Puis, appuyant sur le fermoir pour le refermer, il leva le vase très haut pour que tous puissent le voir.

— Vous reculez, sinon je le détruis, dit-il.

— C'est ce qui se trouve à l'intérieur qui compte, dit le cocher. Cassez le pot et nous aurons toujours ce dont nous avons besoin.

— Pas si c'est dans le fleuve.

Eddie s'était déplacé près de la clôture. Ses mains trem-blaient, le vase étant secoué dans son emprise.

— Maintenant, reculez, sinon je le lancerai et il som-brera pour toujours.

Le cocher tendit les bras, comme pour garder ses com-pagnons en arrière.

— Donnez-moi le vase, dit-il.

Sa voix était calme et raisonnable.

— Donnez-moi tout simplement le vase.

Eddie cligna des yeux. Il pouvait sentir la voix qui atta-quait sa volonté. Il *voulait* lui remettre le vase sans histoire. Ce devait être ainsi que le cocher avait persuadé Remick d'aller avec lui. Eddie sentit qu'il s'éloignait de la clôture, tendant le vase vers les mains en attente du cocher. Avec un immense effort, Eddie se retourna.

Et il lança le pot aussi loin qu'il en était capable.

Il était trop lourd pour pouvoir le lancer au-dessus de la barrière, alors Eddie l'avait plutôt lancé dans le brouillard. Il entendit le vase canope rouler sur le sol.

— Vite ! hurla George, poussant Eddie devant lui dans le brouillard.

Eddie sentit que la boîte de métal d'Oldfield glissait de sa poigne et tombait sur le sol. Mais il n'avait pas le temps de s'arrêter pour la ramasser.

Sir William était aussi en train de courir. Lui et Eddie descendaient précipitamment le talus alors que les vam-pires couraient après le cocher, cherchant le vase tombé.

— Trouvez-le ! criait le cocher. Je dois l'avoir.

— Bravo, jeune homme, dit Sir William.

À bout de souffle, ils avançaient sur le chemin à travers le cimetière. De chaque côté d'eux, Eddie sentait le sol labouré et défoncé.

— Il doit y en avoir des centaines, dit Eddie. Leurs tunnels se trouvent tous en dessous. Ce doit être un autre lieu de repos de vampires, comme la maison ; et maintenant ils se réveillent.

Il regarda autour de lui, scrutant le brouillard tourbillonnant et essayant de mesurer l'énormité de tout cela. Puis, il réalisa :

— Qu'est-il arrivé à George ?

Le brouillard s'était refermé autour de George, l'étouffant. Il n'osait pas crier vers Eddie et Sir William : quelqu'un d'autre pourrait l'entendre. Il résolut plutôt de trouver son chemin pour sortir du cimetière le plus rapidement possible.

La lune avait de nouveau disparu et le monde était une couche grisâtre. Il se fraya prudemment un chemin autour des ouvertures sombres et béantes dans le sol, espérant trouver sa route. Une silhouette surgit devant lui, et George recula rapidement.

Mais la silhouette demeura immobile. Il se glissa vers elle, attentif à ne faire aucun bruit. Et il éclata presque de rire en voyant que c'était un ange de pierre, pleurant dans ses mains.

— Je sais ce que vous ressentez, murmura-t-il.

Derrière l'ange, il y avait une autre forme sombre, large et haute. George crut que ce pourrait être un sépulcre ou un grand tombeau. Mais cela semblait être un simple abri de pierre. Sans fenêtres et avec une seule porte en bois épais. George fit lentement le tour de la petite bâtisse. Sur le mur du fond, de l'eau coulait de la bouche d'une gargouille dans la corniche, se projetant dans un grand creux en bas sur le sol. Dans la nuit brumeuse, le liquide était foncé comme du sang.

Il jeta à peine un coup d'œil à l'ange alors qu'il arrivait de nouveau à l'avant du bâtiment. Jusqu'à ce qu'il se mît à bouger. George se rendit compte que ce qu'il regardait n'était pas du tout la statue qu'il avait aperçue plus tôt, mais une femme debout à le regarder.

— Le sacristain garde ses outils là-dedans.

Sa mante écarlate était une tache rouge dans la nuit grise. Clarissa sortit de la brume en souriant.

— Dans le journal d'Oldfield, il est fait mention de Vrolak ou de la chauve-souris loup, dit Sir William d'un ton pensif. Pas beaucoup de détails, évidemment, mais je crois que ce doit être l'espèce pertinente. Il note que la bête passe une grande partie de sa vie en état de sommeil, se réveillant lorsqu'elle sent la nourriture.

Pendant qu'ils parcouraient le chemin à travers les rues désertes et brumeuses, les pensées d'Eddie étaient ailleurs.

— Mais où est George ? Est-ce qu'il va bien ? Ne devrions-nous pas le chercher ? Et Liz ? Nous ne réussirons jamais à la rendre normale à nouveau si nous passons notre temps à bavarder.

— Oh, George est assez vieux pour s'occuper de lui-même. Liz, c'est une autre affaire, je le crains, et effectivement, je suis d'accord pour dire qu'il faut agir rapidement. George est un homme habile. Il arrivera bien à calculer où nous en sommes.

— Et où en sommes-nous ?

— Il aurait été utile d'examiner à nouveau la créature, dit Sir William. Je ne crois pas que vous ayez encore la boîte d'Oldfield.

— Elle est tombée, avoua Eddie.

— Dommage.

— Il y a, euh, quelque chose que je dois vous dire, dit timidement Eddie.

— Oh ?

Sir William s'arrêta sous un réverbère.

— Eh bien, crachez le morceau, quoi que ce puisse être.

Alors Eddie lui raconta ce qu'il avait fait.

La bouche de Sir William s'ouvrit de surprise.

— Vous avez fait *quoi* ?

Eddie haussa les épaules.

— Désolé.

Sir William se tut pendant quelques instants. Il tapota son index contre son menton. Puis, il respira très profondément.

— Eh bien…

— J'ai dit que j'étais désolé, murmura Eddie.

— Mon garçon, cela change tout, poursuivit Sir William. Quelle stratégie inspirée !

Ses lunettes étincelaient dans la lumière de la lampe.

— Alors c'est bon, n'est-ce pas ?

— Bon ? Essentiel. Excellent. Parfait. Allez, venez.

Sir William s'éloigna dans le brouillard, ses pas teintés d'une vigueur renouvelée.

— Où allons-nous ?

— Nous allons dans une maison hantée. Il est dommage que nous ayons égaré George, car nous avons une tâche longue et difficile à réaliser dans un espace de temps très court.

— Allons de ce côté, alors, suggéra Eddie en pointant vers le bas d'une petite rue.

— Un raccourci ?

— Non. Mais je sais où nous pouvons obtenir de l'aide. L'hospice de Kenton est juste ici, en bas.

George recula sur le côté du petit bâtiment.

— Vous n'avez vraiment nulle part où aller, dit Clarissa en le suivant.

Son sourire glacial mordait le brouillard.

— Pourquoi ne pas vous abandonner à nous ? J'agirai rapidement. Ça ne fera pas mal. Joignez-vous à nous.

— C'est peu probable, dit George.

— Alors, joignez-vous à *moi*. Maintenant que j'ai perdu mon frère, vous et moi pourrions être ensemble pour toujours.

— Votre frère ?

George ignorait ce qu'elle voulait dire et ça ne le dérangeait pas. Il avait atteint l'extrémité du mur et il se préparait à courir.

Mais Clarissa avait senti son intention.

— Vous n'iriez pas bien loin. Et de toute façon, après ce soir, il n'y aura nulle part où vous cacher.

— Pourquoi ? Qu'est-ce que votre précieux Seigneur des morts-vivants a l'intention de faire ?

Clarissa se mit à rire.

— Ce que font tous les seigneurs. Régner.

George reculait alors que Clarissa s'avançait vers lui. Il y avait quelque chose d'hypnotique chez elle : sa voix, son sourire. Serait-ce une si mauvaise chose de vivre pour toujours ? Puis, George pensa au coût terrible, aux vies qui devraient être sacrifiées pour prolonger la sienne.

— Qu'en dites-vous ? demanda Clarissa. Notre Seigneur aura bientôt Son cœur, mais nous avons encore besoin de votre aide. Venez à moi.

George sentait l'attraction de ses paroles, sentait son esprit qui s'opacifiait comme si le brouillard était entré dans sa tête.

— Non ! haleta-t-il.

Il fit tout son possible pour se rappeler Marie, son attaque farouche contre lui au théâtre. Et il pensa à Liz. George se retourna et se mit à courir.

Directement dans la pierre. Son genou frappa douloureusement le bassin d'eau, et il trébucha et tomba.

Immédiatement, elle fut à ses côtés. La mante de Clarissa tournoyant derrière elle comme des ailes alors qu'elle tombait sur lui, la bouche ouverte, prête à mordre.

Chapitre 28

George se renversa sur le côté, cherchant désespérément à se libérer de Clarissa. Mais elle était incroyablement forte. Il réussit à ramper vers l'arrière et s'efforça de se remettre sur ses pieds. Mais la femme le serrait toujours très fort.

Avec toute la force qu'il put rassembler, George se jeta vers elle. Elle s'était attendue à ce qu'il essaie de se dégager et elle recula de surprise. Mais ses dents se rapprochaient toujours de son cou. Ses jambes rencontrèrent l'abreuvoir de pierre et elle tomba à la renverse en poussant un cri. George tomba aussi et son poids la fit entrer dans le réservoir. Ensemble, ils plongèrent dans l'eau glacée.

La tête de George refit surface et il haleta dans l'air brumeux, avant qu'elle ne le tirât à nouveau vers le bas. Mais elle n'essayait plus d'attaquer George. Elle se débattait pour se libérer du poids de son corps.

L'eau alourdissait la robe et la cape de Clarissa. Le poids de George la pressait vers le bas. Son emprise se relâcha, et il finit par se libérer et culbuta hors du réservoir pour tomber étendu et haletant sur le sol.

Ses poumons étaient près d'éclater, mais il s'obligea à se lever. Il n'était pas resté si longtemps dans l'eau, et Clarissa non plus. Elle reviendrait vers lui dans un moment, sortirait de l'eau. Volant vers lui comme une enragée.

Mais ce ne fut pas ce qui arriva.

Froid, mouillé et tremblant, George s'avança prudemment vers l'abreuvoir. Les yeux de Clarissa étaient fermés. Ses cheveux noirs étaient étalés dans un halo sombre. Un ruissellement qui tombait de la grande gargouille plus haut brisait la surface au-dessus du visage de Clarissa, provoquant des ondulations. La cape s'agitait et remuait autour d'elle comme un linceul. Colorant l'eau en rouge.

Nerveusement, George se pencha plus près. Il n'y avait toujours pas de mouvement. Aucun signe de vie. Puis, soudain, les yeux de Clarissa s'ouvrirent. Une main jaillit de l'eau et se referma sur son cou. Il s'en arracha, surpris de voir à quel point la poigne de la femme était faible. Ses bras s'agitèrent sauvagement, désespérément, saisissant George alors qu'il reculait. Il tomba, se libéra, mais tira Clarissa avec lui de sorte que sa tête était maintenant hors de l'eau.

Elle vomissait et étouffait. Sa main gifla l'eau et elle s'affaissa sur le bord de l'abreuvoir, immobile. Ses longs cheveux noirs mouillés traînaient dans la boue.

N'osant pas regarder de près, George se remit debout et partit en chancelant dans la brume.

Le dortoir grouillait de ronflements et du grincement des vieux lits de fer. Eddie et Sir William se tenaient dans la semi-obscurité, regardant le long de la pièce.

— J'imagine que les garçons et les hommes doivent partager le dortoir, murmura Sir William.

— Je suppose que oui. Je vais voir si je peux trouver mes camarades. Ils vont vous aider. Ils le feront pour Charlie.

Maintenant que Sir William avait expliqué son plan, Eddie était convaincu que les enfants de l'hospice seraient d'accord pour y participer. Il se fraya un chemin entre les lits. Toutes les formes pelotonnées sous leur unique couverture semblaient trop grandes. Les enfants se trouvaient probablement à l'autre bout.

Une forme se déplaça dans l'obscurité alors que quelqu'un s'assoyait.

— Oh, c'est toi. Encore des bêtises, hein? marmonna une voix rude et rauque à Eddie.

Eddie plongea son regard dans l'obscurité et vit que c'était le vieillard qui coupait du bois, celui qui l'avait aidé à se cacher de Pearce.

— Ouais, c'est moi, lui dit-il en marchant sur la pointe des pieds pour s'approcher de l'homme. Je suis à la recherche de mes amis, Jack et Mikey.

— Pour une escapade de nuit, n'est-ce pas? Bon pour toi, fiston. Bon pour toi.

Le vieil homme renifla et se réinstalla dans sa mince couverture.

— Tu les trouveras à l'autre bout.

Eddie réussit à trouver Jack et à le réveiller; le garçon était si excité de le voir qu'Eddie eut de la difficulté à le faire tenir tranquille. Ensemble, ils réveillèrent Mikey. Un garçon plus âgé dans le lit voisin se redressa, intéressé de savoir ce qui se passait.

— Je viens avec toi, offrit-il. Je suis réveillé maintenant.

— Connaissais-tu Charlie ? lui demanda doucement Eddie.

— Il était très bien, Charlie.

— Alors tu peux venir.

Eddie les ramena le long du dortoir où Sir William les attendait patiemment. Puis ensemble, ils descendirent l'escalier.

Ils étaient presque arrivés en bas quand une grande forme surgit de la quasi-obscurité.

— Et où pensez-vous aller comme ça ? demanda une grosse voix.

— Bon sang ! dit Eddie. C'est M. Pearce.

— Barrons-nous ! dit Jack.

— Non, non, dit calmement Sir William. Ce n'est pas nécessaire. Je suis certain que M. Pearce est un homme raisonnable.

— Alors vous ne le connaissez pas, dit Eddie.

— Et qui diable êtes-vous ?

— Je suis Sir William Protheroe, et j'ai besoin de l'aide de ces jeunes hommes.

— Ah oui ?

Pearce bloquait le couloir étroit au bas de l'escalier qui conduisait à la porte extérieure. Il tenait un gourdin et le faisait claquer de façon menaçante dans la paume de sa main.

— Personne ne prend mes garçons.

— Vraiment ?

Sir William fit un pas vers l'homme, et Eddie fut tenté d'attraper son manteau et de le tirer en arrière.

— Mais ce n'est pas vrai, n'est-ce pas, M. Pearce ? Le cocher, poursuivit Sir William, il prend vos garçons. Les garçons, les filles, je ne crois pas qu'il s'en soucie. Je ne pense pas que *vous* vous en souciez. Du moment qu'ils ne manquent à personne. Du moment que vous obtenez votre part.

— Êtes-vous avec le cocher ? demanda Pearce, maintenant nerveux.

— Non. Mais le cocher ne reviendra pas. J'y veillerai. Et vous, M. Pearce, il serait préférable que vous fassiez vos valises.

Surpris, Eddie voyait que Sir William tremblait de colère.

Pearce souleva son gourdin.

— Attention à ce que vous dites, vieil homme.

Il fit un pas vers Sir William.

— Vous aimez frapper les vieillards, n'est-ce pas ?

La voix venait de plus haut dans l'escalier.

Eddie regarda en arrière et vit que l'escalier était maintenant bondé par des silhouettes du dortoir de l'étage au-dessus.

— Bien, nous en avons assez.

C'était le vieil homme qui s'était lié d'amitié avec Eddie.

— Vous les laissez voir à leurs affaires.

— Ou bien quoi ?

Une voix plus jeune et plus forte se mit à crier dans l'escalier.

— Vous savez, Pearce, nous ne sommes pas tous des vieillards et des enfants. Nous sommes peut-être sans travail et sans abri, mais nous n'allons pas nous laisser intimider par vous. Ce mec, Sir William, il a quelque chose à faire. Juste à le regarder et à entendre le ton qu'il prend pour en parler, il a quelque chose d'important à faire. Alors vous le laissez faire ce qu'il a à faire.

Il y eut des applaudissements et des cris pour montrer que tous étaient d'accord.

Pearce recula lentement, l'air maussade. Mais sous sa mine renfrognée, il paraissait pâle et anxieux.

— Oh, et M. Pearce, *monsieur*, cria le vieil homme sur les marches par-dessus le bruit. Je pense que vous feriez mieux de faire vos valises comme le dit le monsieur. Avant que les policiers viennent poser des questions sur Charlie et les autres.

— Je vous la revaudrai, dit Pearce d'une voix faible alors que Sir William et Eddie passaient devant lui.

— Oh, j'en doute fort, dit Sir William.

Eddie sourit.

— Dans tes rêves, mon pote.

Ils étaient rendus à mi-chemin dans la cour quand Eddie entendit un bruit de pas précipités derrière eux. Craignant qu'il ne s'agisse de Pearce, il se retourna vivement. Mais c'était Eve, tirant un manteau élimé sur une chemise de nuit sale.

— Vous n'y allez pas sans moi, dit-elle. Quoi que vous ayez à faire, je viens aussi.

Eddie sourit.

— Bien, dit-il. Parce que nous avons besoin de toute l'aide que nous pouvons trouver.

— En effet, convint Sir William. Maintenant, rassemblez-vous autour de moi et laissez-moi vous expliquer ce qui doit être fait.

Les enfants le regardèrent fixement alors qu'il leur parlait rapidement des vampires, du rassemblement au Parlement, et du plan que lui et Eddie avaient conçu.

— Certaines des femmes fabriquent des paniers, dit Eve. Des genres de paniers carrés en osier avec des couvercles. Je les aide, alors je sais où les trouver.

— Et je sais où les emmener, dit Eddie. George m'a expliqué l'endroit.

— Excellent.

Sir William frappa dans ses mains.

— Vous savez, cela pourrait marcher. Maintenant, je dois vous laisser entre les mains habiles d'Eddie.

— Vous ne venez pas avec nous? Où allez-vous? demanda Eddie, surpris.

— J'ai rendez-vous avec M. Gladstone.

— Le premier ministre? demanda Eve.

— Lui-même. Je vais voir si je peux arrêter ou du moins retarder la cérémonie.

— Le cocher vous tuera, dit Eddie.

Sir William posa sa main sur l'épaule d'Eddie.

— Si nous ne l'arrêtons pas, le cocher et les gens de son acabit vont tous nous tuer.

Le cimetière ressemblait à un champ de bataille. Le brouillard flottait comme de la fumée sur le sol labouré et accidenté. George se fraya un chemin entre les ouvertures et les crevasses pour retourner sur le chemin. Quand le sol s'était ouvert, des pierres tombales avaient basculé et étaient tombées. L'endroit semblait désert, mais George écouta attentivement les bruits, regardant fixement dans la nuit grise pour percevoir tout signe qui pourrait indiquer qu'il n'était pas seul.

Il s'attendait encore à moitié à voir Clarissa apparaître dans la brume devant lui, complètement remise. Il ignorait si elle était morte ou tout simplement inconsciente, mais George se souvenait des paroles de Sir William, que la montagne était un lieu de refuge, et que les vampires craignaient l'eau courante. Tout avait rapport avec l'oxygène, la respiration, la force du cœur qui devait pomper dans le corps un sang plus riche qu'à l'accoutumée.

La tombe qu'il recherchait se trouvait à une courte distance du chemin. Elle ne disposait pas de pierre tombale. Elle n'en aurait jamais. George baissa les yeux dans le trou béant, se souvenant avec un frisson comment Eddie et lui avaient réussi à s'en sortir. Il fallait être courageux pour y retourner. Ou fou.

George ne savait pas trop lequel des deux il était, mais il avait un plan. Il s'assit au bord de la tombe de Christopher Kingsley et balança ses pieds à l'intérieur avant de descendre avec précaution dans les catacombes plus bas.

Il y avait plusieurs députés dans le hall central en train de parler tranquillement.

— Vous avez une idée de ce qui se passe ? demanda l'un d'eux à Sir William alors qu'il pressait le pas.

— J'en ai bien peur, dit-il d'un air grave. Et je vous conseille de rentrer immédiatement à la maison.

L'homme regarda fixement Sir William.

— Je vous demande pardon ?

— Sir William aime bien plaisanter, dit une voix derrière lui.

Sir William se tourna pour trouver Anthony Barford debout.

— Comme c'est gentil de vous joindre à nous, Sir William. S'il vous plaît, si vous voulez venir par ici ? Nous sommes presque prêts à commencer.

Il aurait été facile de s'éloigner, mais Sir William avait besoin de savoir ce qui se passait. Il lui fallait gagner du temps pour Eddie. Et de toute façon, il aperçut les silhouettes pâles et émaciées debout près des sorties. Il n'était pas difficile de deviner ce qu'elles étaient ni ce qui allait lui arriver, de même qu'aux véritables membres du Parlement, s'il causait maintenant des problèmes.

— J'ai bien hâte d'y être, dit-il en se tournant en direction de la salle.

Mais la main de Barford lui prit le bras.

— Pas de ce côté. Pas vers la Chambre des communes. M. Gladstone et ses collègues sont en train d'y prendre leurs sièges, mais je crains qu'il soit bientôt nécessaire de les emmener à l'autre chambre.

— À la Chambre des lords ?

Les lèvres exsangues de Barford se courbèrent en un sourire.

— À quel autre endroit le Seigneur des morts-vivants pourrait-Il superviser Son Parlement ?

— Bon, dit Eddie. C'est le temps d'y aller.

Ils se précipitèrent le long de Mortill Street, chacun tenant un panier qu'ils serraient très fort. L'osier était rude et écorchait les mains d'Eddie.

— Ça t'arrive souvent de faire ce genre de trucs? demanda le nouveau garçon.

Il leur avait dit qu'il s'appelait Alex.

— Apparemment, admit Eddie. Avant j'étais voleur à la tire. Mais depuis que j'ai lâché les affaires, les choses sont devenues un peu plus mouvementées. Allez, nous allons trouver un taxi.

— Nous ne trouverons jamais de taxi avec cette brume, dit Alex.

— Et comment allons-nous payer? demanda Jack.

Eddie coinça son panier sous son bras et avec sa main libre, il tira un portefeuille de sa poche bombée. Le cuir était éraflé et usé.

— Je pense que je peux me le permettre, dit-il fièrement.

— Où as-tu trouvé ça? demanda Alex.

— Il est comme tombé en ma possession, admit Eddie. Quand je suis passé près de M. Pearce. Et un policier m'a donné deux pence.

Ils s'arrêtèrent tous en entendant le bruit des roues d'un carrosse. Un taxi sortit de la brume avec un bruit de ferraille et Eddie se mit à crier en agitant sa main libre. Mais il ne s'arrêta pas.

Mikey avait dû s'enlever du chemin en sautant alors que le taxi filait en passant devant eux. Il lui jeta un regard noir, silencieux comme d'habitude.

— Il aurait pu tuer Mikey, dit Eve avec colère.

Le taxi suivant allait tellement vite qu'il faillit renverser Jack. Eddie attrapa le petit garçon pour le sortir du chemin alors que le taxi rognait la bordure.

— Qu'est-ce qui leur arrive? demanda Eddie. Y'a aucune raison de conduire comme ça, surtout dans le brouillard.

Le prochain taxi s'arrêta. Assez longtemps pour que le conducteur leur crie à partir de son siège au-dessus et derrière les chevaux.

— N'allez pas dans ce sens. Partez pendant que vous le pouvez.

— Pourquoi? cria Eddie à son tour. Qu'est-ce qui se passe, qu'est-ce qui ne va pas?

— Ils arrivent. Des cimetières, des maisons abandonnées. De partout. Il faut vous enlever de leur chemin. Montez, je vous emmène. Ne vous inquiétez pas pour le prix de la course.

— Nous devons aller au Parlement, dit Eddie, reconnaissant, mais perplexe.

Le conducteur fit claquer son fouet sur les chevaux.

— Je ne vous emmène pas là, cria-t-il à son tour. On dirait que Westminster est exactement là où ils se dirigent.

Le taxi fit une embardée dans le brouillard, reprenant de la vitesse, et laissant Eddie et ses amis qui le regardaient fixement.

— Qu'est-ce qu'il veut dire? demanda Jack d'un air inquiet.

— Je pense que nous ferions mieux de nous presser, dit Eddie.

Le prochain taxi qu'ils trouvèrent était abandonné. Le cheval piaffait et soufflait bruyamment dans le froid de la nuit. Le conducteur et plusieurs passagers étaient étendus sur le pavé à quelques mètres. Leurs corps disloqués étaient pâles et exsangues. Eddie leur jeta un bref coup d'œil, puis grimpa dans la cabine du conducteur et installa son panier en osier à côté de lui.

— Allez, montez, cria-t-il. Prochain arrêt, les Chambres du Parlement.

Eve monta près de lui, tandis que les autres s'amassèrent à l'intérieur du carrosse.

— Tu sais conduire, n'est-ce pas ? demanda-t-elle.

— Ça ne peut pas être si difficile. Les conducteurs de taxi le font.

— Je le pensais bien.

Eve prit les rênes des mains d'Eddie.

— Alors, laisse ça à quelqu'un qui sait comment faire.

— Enlevez vos mains de sur moi, monsieur ! exigea le premier ministre.

Sir William était assis dans la première rangée des bancs décorés de la croix rouge. Barford lui avait promis une bonne vue, et c'était certainement le cas. La Chambre des lords était presque remplie. Des silhouettes pâles et émaciées étaient assises ou se tenaient debout si serrées ensemble que seule l'allée centrale était vide. Il pouvait voir plusieurs personnes qu'il connaissait : la petite madame Brinson aux cheveux gris, et le conservateur de l'un des autres départements du British Museum, ainsi que plusieurs pairs du royaume et autres personnes notoires...

L'endroit ressemblait beaucoup plus à une chapelle qu'à une chambre des débats. L'extrémité de la salle à haute voûte était dominée par le trône décoré de feuilles d'or et par le dais derrière lui. De chaque côté du trône, devant le dais, il y avait deux chaises moins décorées. Sur l'une d'elles, Liz était assise, paraissant tout aussi pâle que les vampires. Sur le deuxième siège, il y avait le cocher, toujours vêtu de son manteau et de son chapeau. Sur le plancher à côté de lui, il y avait le vase canope avec son couvercle en forme de scorpion contenant le cœur du Seigneur des morts-vivants. Le cocher au visage de crâne regardait au-dessus de l'assemblée, et la voix de Gladstone retentit à nouveau.

— Je n'ai jamais vécu pareille chose!

— Taisez-vous! rugit le cocher alors que Gladstone et plusieurs autres personnes étaient traînées à l'avant de la chambre.

Sir William reconnut plusieurs d'entre eux : des ministres en vue du gouvernement. Tous faisaient de leur mieux pour paraître dignes et confiants. Tous étaient manifestement terrifiés alors qu'Anthony Barford, Harrison Judd et plusieurs autres les traînaient devant le trône vide.

— Henry Malvern devrait être ici, dit calmement Barford.

— Je suis sûr qu'il apparaîtra bientôt, dit Sir Harrison Judd. Il devait annuler son souper avec Stoker du Lyceum Theatre. Vous savez à quel point l'homme peut se montrer susceptible.

Parmi la demi-douzaine d'hommes maintenant disposés devant le trône, William Gladstone était le seul à paraître en colère plutôt que craintif. Il devait avoir environ soixante-dix ans, était voûté, mais assuré. Des mèches de cheveux blancs s'accrochaient à son cuir chevelu dégarni, et son front et son visage très ridés lui donnaient un air plutôt sévère.

— J'exige de savoir ce qui se passe, dit Gladstone. Que signifie tout ceci, Barford? demanda-t-il en se tournant vers l'homme qui le tenait fermement par le bras.

— Tout sera bientôt expliqué, dit Barford.

Alors qu'il se retournait, il aperçut Sir William qui l'observait. Il fronça les sourcils en regardant autour de lui les autres visages blêmes qui le fixaient. Puis, il regarda à nouveau le teint plus vermeil de Sir William. Ses sourcils s'arquèrent en une question muette.

Sir William ne pouvait pas répondre, mais il hocha légèrement la tête, dans l'espoir de rassurer un tant soit peu le premier ministre, lui faisant savoir qu'il lui faudrait passer à travers la longue nuit qui l'attendait.

Le taxi passa avec un bruit de tonnerre sur le pont de Westminster, faisant déraper le brouillard. Il y avait peu de circulation. Mais devant, dans l'air lourd, Eddie put distinguer les formes indistinctes de silhouettes de gens qui marchaient vers le Parlement.

Eve conduisait le taxi entre eux. Les gens se tournaient. Des visages pâles et exsangues regardant à travers le brouillard. Quelqu'un sauta sur le côté juste à temps alors que le taxi passait à toute vitesse.

— Tu as fait ça souvent? cria Eddie au-dessus du bruit des sabots et des roues.

Eve lui sourit.

— C'est la première fois. Je voulais juste essayer.

— Génial, murmura Eddie. Effrayé par des momies, attaqué par des vampires et tué par un taxi emballé.

La cohue de gens se faisait plus serrée à mesure qu'ils approchaient de l'extrémité du pont. Les chevaux furent contraints de ralentir et de prendre un rythme de marche rapide.

— D'où viennent-ils tous ? demanda Eve.

— De la terre, dit Eddie. Ou des murs des maisons hantées. Ils doivent avoir des aires de repos à travers tout Londres. Essaie juste de les dépasser.

Une main agrippa le bras d'Eddie et il la frappa, s'arrachant de son emprise. D'autres mains se tendirent. Le taxi ralentissait. Eve poussa un cri et fit une embardée sur le côté alors que quelqu'un essayait de l'arracher du siège du conducteur. Eddie s'agrippa à elle et s'efforça de la ramener.

— Allez ! cria-t-il au cheval.

Il y avait un fouet dans un support près du siège et Eddie s'en empara. Il se détestait pour ce qu'il s'apprêtait à faire, mais il fit claquer le fouet aussi fort qu'il le pouvait sur le dos du cheval. Le taxi fit une embardée vers l'avant. Une silhouette pâle fut projetée de côté alors que le cheval fonçait dans la foule. Eve vacilla en arrière vers Eddie en même temps que le vampire qui la tenait tombait.

Eddie baissa les yeux sur la masse des mains crispées alors que le taxi continuait. Une femme pâle, crispée, avec des traits anguleux bondit sur le marchepied et tendit le bras à travers la fenêtre du taxi. Il y eut un cri de l'intérieur.

— Attention, Jack !

Eddie se rendit compte avec surprise que c'était la voix de Mikey.

La femme tâtonnait la porte, essayant de l'ouvrir pour grimper à l'intérieur.

— Fais-le maintenant! hurla Jack.

— Non, cria à son tour Eddie. C'est trop tôt.

Il se tourna vers Eve.

— Continue, aussi vite que tu le peux.

Il lui tendit le fouet, puis il sauta sur le marchepied à côté de la femme. Et à portée des vampires qui couraient à côté du taxi.

Le cocher leva le vase canope et le tint bien haut au-dessus de sa tête pendant qu'il se dirigeait vers le devant de l'estrade sur laquelle le trône était installé. Puis, lentement, il l'abaissa et le déposa devant le trône.

— C'est maintenant que cela commence, annonça-t-il. Nous sommes réunis ici pour assister à la naissance d'un nouvel empire. Un empire non fait d'acier et de sueur, mais de peur et de sang. À partir d'ici, nous gouvernerons le monde entier. Notre Seigneur est de retour et nos frères se sont élevés. Maintenant commence le Parlement du sang.

Il se tourna vers le trône vide et fit une révérence.

— Et voici notre nouveau souverain. Orabis, Seigneur des morts-vivants.

Le chant : «Orabis, Orabis, Orabis», résonna à travers toute la chambre.

Sir William observait, horrifié; il vit les yeux de Liz s'écarquiller d'étonnement, et il se sentit soudain vide et malade. Le trône orné d'or disparut. Avec un craquement ressemblant à un coup de tonnerre, une ouverture s'était faite dans le sol et le trône tomba derrière le dais.

Pour la première fois, Sir William vit qu'il y avait des cordes suspendues au plafond de la chambre. Elles étaient difficiles à distinguer contre la canopée et l'écran décorés derrière l'endroit où avait été le trône, jusqu'à ce qu'elles se mettent à bouger. Quelque part en bas, profondément, un moteur puissant se mit à crachoter. Il y eut un grincement, et un bruit sec et métallique d'engrenages.

Un nouveau trône s'élevait lentement, majestueusement, hors du sol. Il était huileux et industriel, forgé dans le fer et le bois. Le personnage qui y était assis était maintenu en place par des tuyaux et des tubes directement introduits dans son corps émacié et ratatiné. Des bandelettes en lambeaux pendaient du corps. Un ânkh doré était suspendu à une chaîne autour de son cou. Des yeux morts depuis longtemps fixaient à partir de traits desséchés pendant qu'Orabis scrutait la masse de vampires rassemblés. Venant des catacombes profondément dans la terre, le Seigneur des morts-vivants s'élevait pour prendre sa place au cœur du Parlement du sang.

Chapitre 29

George se mit à courir le long d'un tunnel, se tenant dans l'ombre et essayant d'éviter les groupes de vampires qui se frayaient un chemin du Club Damnation à la chambre principale.

Le toit de la caverne où il était arrivé était criblé de trous, marqué et défoncé. De la terre était répandue sur le sol. On aurait dit que les vampires qui avaient creusé pour arriver dans la caverne étaient aussi nombreux que ceux qui étaient sortis du sol pour arriver dans le cimetière au-dessus.

Maintenant, les tunnels eux-mêmes étaient vivement animés par les morts-vivants. Les parois des murs brillaient et se soulevaient alors que des corps pâles essayaient de sortir de la pierre. Le sang gélatineux qui semblait suinter hors du plancher et des murs rendait le sol glissant. Des briques tombaient dans les tunnels alors que de plus en plus de silhouettes grotesques faisaient irruption à partir de l'architecture. On aurait dit que la place avait été construite en les incluant comme matériaux, songea George. C'était peut-être le cas. Qui savait combien de temps ils avaient dormi ici, attendant le retour d'Orabis.

George s'extirpa des mains crispées et des gens qui chancelaient d'avant en arrière alors qu'ils retrouvaient leur équilibre, se souvenaient comment marcher, s'éveillaient dans un monde vieilli…

Finalement, il se retrouva à une intersection qu'il reconnut. Il n'était pas loin de la chambre principale et, derrière, il y avait la machinerie de pompage.

En s'approchant de la chambre, il entendit le chant : «Orabis, Orabis, Orabis». Mais ce n'était pas la chambre où il devait se rendre, il devait faire son chemin jusqu'à la caverne au-delà. Avec un peu de chance, celle-ci serait déserte.

Juste au coin suivant, George prit conscience de la situation. S'il pouvait se faufiler devant l'entrée de la chambre principale sans être vu, il y serait. De la poussière tomba sur l'épaule de George. Il l'écarta sans réfléchir, puis hésita, et leva les yeux.

Le toit était en train de s'affaisser. Des morceaux de maçonnerie et de pierre tombèrent devant lui dans l'obscurité. George recula d'un bond et les pierres explosèrent en se brisant sous l'impact lorsqu'elles frappèrent le sol. Des éclats frôlèrent les joues de George. Puis, une forme sombre tomba sur le sol devant lui. Une silhouette se redressa, les dents brillant à la lumière des lampes murales vacillantes.

Eddie fonça sur la femme vampire sur le marchepied du taxi et elle tomba. Sa main tenait toujours la poignée de la porte et elle s'accrocha, ses pieds traînant sur la chaussée. Lentement, elle commença à se hisser vers le haut.

Des mains crispées comme des griffes s'accrochèrent à Eddie, essayant de l'arracher du côté du taxi. Il leur donna des coups de pied, tout en s'efforçant de garder son équilibre. Mais leur simple masse le ferait glisser vers le bas s'il restait à cet endroit. À nouveau, il donna un coup de pied, cette fois-ci vers la femme pendant qu'elle remontait sur le marchepied.

Elle poussa un cri et perdit pied. Un de ses pieds pendait dans le vide. L'autre était coincé dans la roue du taxi et elle se mit à crier alors qu'elle était de nouveau tirée vers le bas dans la rue. La force de l'impact libéra Eddie des mains crispées, et il sauta d'un bond jusqu'à la cabine du conducteur pour rejoindre Eve.

Mais alors, il vit un homme qui rampait sur le toit de la cabine, se dirigeant vers lui et Eve, montrant ses dents dans un sourire triomphant annonçant sa faim.

— Contente-toi de conduire, cria Eddie à Eve. Conduis comme un diable dans l'eau bénite !

Le taxi bondit vers l'avant alors qu'Eve faisait à nouveau claquer le fouet. Des corps dégringolèrent des côtés. Lorsque le taxi accéléra, l'homme sur le toit du taxi glissa rapidement vers l'arrière et fut abruptement jeté en bas en poussant un cri.

Puis, soudain, la route se libéra. Eddie et Eve riaient de soulagement.

— Vous allez bien à l'intérieur ? cria Eddie en cognant sur le toit. Nous y sommes presque maintenant. Ne vous inquiétez pas. Préparez le prix de la course.

George regarda fixement la silhouette devant lui. C'était un homme si mince que ses côtes sortaient à travers la peau livide sous sa chemise en lambeaux. Sa tête était penchée vers l'arrière comme s'il essayait de détecter les odeurs dans l'air, prêt à la chasse.

— Ils sont tous là-dedans, dit rapidement George, pointant vers l'entrée de l'énorme chambre souterraine.

Les yeux sombres fixaient George. La tête s'inclina légèrement alors que la créature qui avait un jour été un homme écoutait les chants de ses semblables. Puis, il se retourna et marcha en traînant les pieds vers la chambre.

En prenant une longue et profonde respiration, George continua dans le tunnel vers la prochaine ouverture : l'entrée de la salle des machines. Pendant qu'il s'approchait, il les entendait au-dessus du bruit du chant. Un sifflement rythmique et métallique alors qu'elles empêchaient l'eau du fleuve d'entrer dans le tunnel et qu'elles alimentaient le sang dans les tuyaux qui montaient vers le trône où était assis Orabis.

Sauf que, se rendit compte George, le trône ne se trouvait plus dans la chambre voisine. La tuyauterie avait été modifiée. Des tubes de caoutchouc flexibles se dirigeaient maintenant vers le haut. Les cordes qu'il avait remarquées auparavant menaient à un vaste système de poulies suspendues près du toit de la pièce. Il y avait une ouverture dans le toit pour permettre aux cordes et aux tubes de traverser, et George aperçut de la lumière. Il entendait des échos des chants provenant d'en haut.

Et il put voir la sombre silhouette du trône d'Orabis maintenue par des cordes dans son nouvel emplacement au-dessus des catacombes.

La Chambre des lords tout entière semblait palpiter. Du liquide foncé dégoulinait des tubes qui alimentaient le corps sur le trône devant Sir William et les autres. De profondément en dessous arrivait le bruit des moteurs et des pompes qui soutenaient la grotesque silhouette.

Orabis, Seigneur des morts-vivants, ouvrit la bouche, et un mince filet de sang s'échappa et coula le long de son menton, ruisselant sur le tissu taché enveloppé autour de sa poitrine. Lorsqu'il parlait, sa voix était douce et riche : un contraste avec la silhouette ancienne et ratatinée.

— J'ai dormi, dit Orabis. J'ai dormi si longtemps. Mais maintenant, j'ai confondu mes ennemis. Je me suis réveillé et mon cœur sera restauré.

Il tourna lentement la tête pour regarder Liz.

— Avec ma nouvelle épouse, je régnerai sur vous tous. Et ensemble, mes amis, nous prendrons notre place légitime en tant que pouvoir suprême sur l'humanité.

Il se pencha en avant, les tubes ondulant avec le mouvement. Son corps entier vibrait au rythme du bruit de battement de cœur des pompes. Il semblait plus fort et moins frêle à chaque minute qui passait.

— Aujourd'hui, l'Empire britannique. Et bientôt, le monde entier.

Ils abandonnèrent le taxi à deux rues de là. Les vampires qui convergeaient vers le palais de Westminster se dirigeaient vers l'entrée qui donnait sur la rue. Maintenant que les derniers d'entre eux arrivaient au Parlement, la foule se faisait moins dense.

— Ils vont tous s'empiler là-dedans, dit Jack.

— Plus il y en a, mieux c'est, dit Eddie.

Chacun serrait un panier d'osier dans sa main, les cinq se précipitant sur une petite surface gazonnée à l'extrémité du palais, loin de la tour de l'horloge Big Ben.

— Nous devrions être capables d'y entrer en descendant quelque part près du fleuve, dit Eve.

— Où allons-nous? demanda Jack. L'endroit est immense.

— Vous voyez les trois tours, une à chaque bout et une autre au milieu, leur dit Eddie.

Ils durent scruter la brume pour distinguer les formes vagues.

— Voilà comment ils réussissent à faire circuler l'air à l'intérieur. Le mauvais air chaud et malodorant est poussé à l'extérieur, et le bon air est tiré à travers les sommets des tours.

— Comment? voulut savoir Alex.

— Il y a une plus petite tour, plus bas, près du Big Ben, et c'est une cheminée. Je ne sais pas exactement comment ça fonctionne, avoua-t-il, souhaitant avoir prêté plus attention à George lorsqu'il l'avait expliqué. Mais l'air chaud du feu à l'intérieur monte dans la cheminée et il aspire plus d'air derrière lui.

— Et alors? dit Alex.

— Alors, il y a des genres de bouches et de puits d'aération à travers toute la place pour que l'air circule. Nous devons nous y rendre.

— Tu veux dire trouver où ça commence et où ça finit? demanda Eve.

— Je veux dire qu'il faut que nous nous rendions jusqu'à l'intérieur, répondit Eddie.

Mais d'abord, il leur fallait entrer dans le bâtiment. Mikey et Jack découvrirent une porte qui donnait sur une terrasse au-dessus du fleuve, et ils l'ouvrirent délicatement.

Eddie aperçut la sombre silhouette d'un homme debout près de la porte. De toute urgence, il fit un geste de la main pour dire aux autres de se taire. Il devait le distraire d'une façon quelconque, et rapidement. Il tira doucement la porte pour la refermer.

Quelques instants plus tard, la porte s'ouvrit une fois de plus, et un garçon sans expression avec un regard fixe entra avec confiance dans le palais de Westminster. L'homme se tourna vers Eddie, son propre visage pâle et tiré.

— Sir Harrison Judd veut vous voir, dit Eddie avant que l'homme n'eût le temps de placer un mot. Là-bas.

Il pointa vers la porte qu'il venait de traverser.

Les yeux sombres de l'homme se plissèrent, soupçonneux.

— Pourquoi aurait-il besoin de moi?

— Peut-être pour expliquer pourquoi cette porte n'est pas verrouillée.

L'homme regarda Eddie pendant plusieurs secondes. Puis, en colère, il passa devant lui, faisant de grandes enjambées dans la nuit.

À peine était-il rendu le long de la terrasse fluviale que quatre autres enfants se glissèrent comme des fantômes dans l'édifice derrière lui. Eddie poussa la porte pour la fermer.

— Il sera de retour dans une minute, alors nous devons nous dépêcher. Trouvons ces ouvertures de ventilation dont George m'a parlé.

Ils trouvèrent rapidement les bouches d'aération, à proximité du sol et au plafond. Elles étaient toutes bien trop étroites pour ce que voulait faire Eddie. Leur recherche était entravée par la nécessité de demeurer aussi silencieux que possible. L'endroit semblait presque désert, mais ils pouvaient tous entendre le bruit sourd et rythmique des machines ; Eddie frémit en songeant à ce bruit qu'il avait entendu lors de sa rencontre avec Orabis.

— Ici, c'est assez grand ? finit par demander Eve.

Eve et Eddie s'étaient frayé un chemin dans un escalier étroit et sinueux menant à un sous-sol. Une grille métallique recouvrait un trou rectangulaire dans la paroi.

— Possiblement.

Eddie arracha la grille avec ses doigts, grimaçant lorsque ses ongles se déchirèrent.

— Jette un coup d'œil, regarde si tu peux passer à l'intérieur.

— Pourquoi moi ? demanda Eve.

— Tu es la plus grosse.

— C'est pas vrai ! protesta-t-elle.

— C'est vrai, insista Eddie. Si tu peux réussir à entrer, alors nous le pouvons tous.

— Et si je reste coincée ?

— Ne reste pas coincée, dit Eddie. Ce ne serait pas une bonne idée.

Eve lui lança un regard meurtrier. Puis, elle hocha la tête et grimpa dans l'ouverture. C'était serré, mais elle pouvait ramper à l'intérieur.

— Ça semble correct, revint sa voix étouffée. Maintenant, que faisons-nous ?

— Maintenant, tu peux sortir. Pour le moment. Je vais chercher les autres, dit Eddie. Tu peux chercher ici en bas pour voir si tu trouves d'autres bouches d'aération comme celle-ci.

On força Sir William à se lever et on l'emmena près de Gladstone et des autres ministres. Il se tint devant le Seigneur des morts-vivants, avec une expression de défi.

— Bientôt, vous serez des nôtres, dit Orabis. La clé de notre pouvoir est la continuité. M. Gladstone, vous serez toujours une personnalité de prestige, mais c'est à moi que vous répondrez.

— Jamais ! lui dit Gladstone.

— Qu'en est-il de Sa Majesté ? demanda l'un de ses ministres d'une voix tremblante.

Orabis se mit à rire. À côté, le cocher rit aussi. Bientôt, l'écho du rire résonnait dans toute la Chambre, puis dans l'ensemble du bâtiment.

— Sa Majesté ? dit Orabis avec dédain, alors que le bruit s'estompait. Elle ne pouvait même pas quitter Balmoral pour assister à la naissance de notre nouvel empire. Mais l'empire sur lequel elle a régné demeurera. Seule la manière de gouverner a besoin de changer.

Le cocher s'avança.

— Souhaitons la bienvenue au sang neuf, dit-il.

Le vampire tenant chacun des ministres se tourna vers son captif. Leurs dents scintillèrent de blanc alors qu'ils baissèrent la tête. D'autres vampires se portèrent volontaires pour tenir les victimes, tirant leur tête sur le côté pour exposer leur cou. Sir William sentit le souffle froid sur son cou…

— Attendez !

La cérémonie se figea comme si elle était devenue un tableau alors qu'une silhouette s'avançait vers l'extrémité du dais.

— Moi aussi, je dois me nourrir.

Le vampire qui s'apprêtait à mordre le cou de Sir William siffla de déception, mais il recula d'un pas, permettant à Liz de s'avancer et de prendre sa place.

Clarissa n'avait révélé qu'une partie de la vérité quand elle avait expliqué que les pompes ne servaient qu'à garder les tunnels au sec. La plupart des moteurs pompaient autre chose que de l'eau. George se souvint comment les murs avaient semblé suinter le sang, et suivant la trace des tuyaux, il comprenait maintenant pourquoi.

Ils fournissaient le sang à partir d'énormes réservoirs sur les murs pour soutenir et nourrir les vampires qui avaient peut-être dormi à cet endroit pendant des siècles.

Maintenant, puisque les vampires s'étaient éveillés, les pompes s'étaient arrêtées.

George fut heureux de constater que le moteur le plus proche du mur du fond était aussi le plus grand. La fournaise qui chauffait l'eau qui faisait fonctionner le système était encore allumée et George y lança d'autres pelletées de charbon. Puis, il vérifia la pression, ferma les valves et sourit de satisfaction.

Bien que la plupart des feux fussent encore allumés, il n'y avait que deux autres moteurs en marche. George vit que l'un d'eux alimentait le sang dans les tuyaux et les tubes qui remontaient maintenant vers le monde au-dessus. Plus près, une autre pompe plus petite était reliée aux conduits de drainage. Il faudrait des années, voire des décennies, pour que les tunnels soient inondés. Mais ces vampires n'avaient pas la même notion de mesure du temps. Le moteur était à peine au ralenti, travaillant juste assez pour pomper l'eau qui suintait de la Tamise dans les égouts et les drains à proximité.

George suivit les tuyaux des deux systèmes de pompage aussi loin qu'il le pouvait, vérifiant pour différencier les entrées et les sorties. Il inspecta les jonctions et les robinets d'arrêt, réglant certains et ignorant les autres. Il prit une longueur de tubage de l'une des autres pompes pour effectuer les connexions dont il avait besoin entre les deux systèmes. Sa main hésita un instant sur la vanne d'écoulement final.

Et à ce moment, une silhouette entra dans la salle des machines. La lumière de l'extérieur du tunnel projetant l'homme en silhouette. Mais il n'avait pas d'ombre.

La main de George serra la petite roue qui ouvrirait la vanne. Maintenant ou jamais. Il la tourna… et rien ne se produisit. De l'huile rendait la roue glissante et elle était trop serrée pour qu'il arrivât à la faire tourner.

— Que faites-vous ? demanda Kingsley en même temps qu'il s'avançait sur George.

— Mon travail.

Le cœur de George battait dans sa poitrine, imitant la pulsation rythmique des pompes. Il se déplaça de façon à se tenir devant les tuyaux et les tubes qu'il avait fait dévier. Sa main était derrière son dos, tentant toujours désespérément de tourner le robinet. Mais sans succès.

— Il devait être de votre devoir de maintenir ces systèmes de pompage, dit Kingsley, l'air soupçonneux.

— Je vois que j'avais tort d'essayer de me soustraire, de m'échapper.

— Vraiment ?

Kingsley marchait lentement sur toute la longueur de la salle, entre les pompes et les chaudières, les regardant l'une après l'autre.

— Je veux me joindre à vous, lui cria George.

Il fallait qu'il agisse de façon à ce que Kingsley ne vît pas ce qu'il avait fait à l'arrière de la salle.

— Maintenant !

Kingsley se retourna brusquement. Il s'avança lentement vers George, ses yeux noirs remplis de soupçons.

— Je vous connais, George. Vous ne pouvez pas me mentir. Qu'avez-vous fait ?

Perplexe, Kingsley passa la main sur l'un des tubes qui alimentaient le sang vers le Seigneur des morts-vivants.

— Non, murmura-t-il. C'est très bien.

Il regarda George avec méfiance.

— Peut-être que je vous ai trouvé juste à temps. Qu'*alliez-*vous faire ?

George avait réussi à sortir son mouchoir et l'avait enveloppé autour de la roue de la vanne entêtée. L'adhérence était suffisante, il pouvait sentir qu'elle commençait à tourner.

— Rien, dit-il. Rien du tout.

De l'autre bout de la salle parvint un sifflement de vapeur, et un cognement fort et insistant s'ajouta au pompage rythmique du sang.

Kingsley se retourna immédiatement vers le bruit. Il se précipita dans le couloir pour voir ce qui se passait.

George tourna la roue de la valve le plus loin qu'il pouvait, puis il se lança à la poursuite de Kingsley. Ses bras s'enroulèrent autour de ses jambes, le faisant s'écraser au sol. Avec un cri de colère, Kingsley se libéra de la prise de George. Son pied frappa violemment sa joue.

De plus haut, et de la chambre voisine, George pouvait entendre le chant qui s'élevait de l'assemblée des vampires réunis. De l'autre bout de la salle, il entendait la machine à vapeur qui protestait à mesure que la pression se développait.

Kingsley baissa les yeux vers lui, avec un sourire impatient.

— Vous saignez, George. C'est une bonne chose.

Le puits d'aération était chaud et étroit. Même sans sa veste, les épaules d'Eddie touchaient les deux côtés alors qu'il s'y glissait lentement. Il poussait le panier en osier devant lui.

Il faisait sombre et humide, et il était fatigué. Mais il s'obligea à continuer. Il ne pouvait pas laisser tomber les autres. Ils devaient être tout aussi fatigués et effrayés, car ils rampaient eux aussi le long de leur propre puits.

Il espérait seulement qu'il trouverait un endroit approprié avant le signal dont ils avaient convenu. Où qu'ils puissent être quand ils l'entendraient, ce serait le moment : celui où Big Ben sonnerait l'heure. Minuit.

Alors que Liz s'approchait de lui, Sir William resta sur ses positions. Les lèvres de la femme semblaient plus rouges que jamais, ses traits incroyablement pâles. Elle se pencha en avant, la bouche ouverte. Et elle lui fit un clin d'œil.

Sir William recula légèrement, sa propre bouche ouverte de surprise. De près, il pouvait voir que le visage de Liz était saupoudré de maquillage pâle.

Alors que ses lèvres se fermèrent sur sa gorge, Sir William put sentir la moiteur de son cou. Il tendit le bras vers le haut, mais Liz lui prit la main.

— De la confiture de framboise de père. Que devons-nous faire ? siffla-t-elle à l'oreille de Sir William pendant qu'elle faisait semblant de le mordre dans le cou.

— Nous attendons, murmura Sir William. Eddie a tout en main. Je l'espère.

— Il sera peut-être trop tard, répondit Liz.

À côté d'eux, le corps de Gladstone était retenu par l'un des vampires pendant que l'autre le mordait profondément. Le sang coula sur le cou du premier ministre et dégoulina sur sa veste. Sa tête tomba sur le côté.

Le cocher était debout, triomphant sur le devant de l'estrade.

— Notre temps est venu ! tonna-t-il par-dessus les chants et le bruit des pompes en bas. Lorsque nous aurons été nourris, notre Seigneur sera régénéré.

Il ramassa le vase canope et le leva à nouveau.

— Il aura Son cœur. Il battra une fois de plus dans Sa poitrine. Il sera complet et marchera parmi nous. Et là où Il marchera, Il ne laissera que la mort.

Le cocher se tourna vers Orabis sur le trône derrière lui. Le chant cessa pour devenir un silence d'attente.

— Mon contact est la mort et mon souffle est la destruction, dit Orabis.

Il s'arrêta, son front ancien s'étiolant et se plissant.

— Mon… mon…

Il toussa, bafouilla, puis reprit :

— Mon cœur sera restauré et mon règne de terreur commencera.

Liz s'était écartée de Sir William. Personne ne les regardait. Tous les yeux étaient rivés sur Orabis alors qu'il s'efforçait de parler. Son corps entier fut soudainement secoué d'une autre quinte de toux.

— Mon cœur !

Il haleta.

— Donnez-moi mon cœur !

— Et maintenant, dit Sir William à voix basse, c'est là que ça devient intéressant.

Orabis tremblait, ses mains crispées sur les bras du trône alors que tout son corps se mettait à frissonner. Il vibrait et tremblait au rythme des pompes. Pendant que Liz et Sir William regardaient, son corps décharné sembla se gonfler, se ballonner et enfler. Des bandes de toile pourrie tombèrent pendant qu'il se mettait à trembler. Le filet de sang de sa bouche devint un flux régulier pendant qu'il toussait, bafouillait et s'étouffait.

Ce n'était maintenant plus du sang. Mais de l'eau.

Chapitre 30

Les paroles d'Orabis, Seigneur des morts-vivants, retentirent dans la salle des machines. Kingsley s'arrêta pour écouter, ses pieds de chaque côté du corps étendu de George, la main serrée autour de son cou.

Alors qu'Orabis bafouillait et s'arrêtait, étouffé, l'expression de Kingsley passa de l'admiration enthousiaste à la colère.

— Qu'avez-vous fait?

Il traîna George pour le remettre debout et lui claqua le dos contre l'immense chaudière de l'une des plus larges pompes.

— Rien, haleta George. Bien, pas grand-chose. J'ai tout simplement fait dévier une partie des tuyaux et j'ai modifié la direction de l'écoulement.

Il faisait de son mieux pour hausser les épaules, tout en étant maintenu fermement contre la chaudière chaude.

Il y eut une clameur venant d'en haut. Une forme sombre apparut très haut au-dessus de George : quelqu'un qui descendait rapidement dans les cordes par l'ouverture dans le plafond. La toux et l'étouffement devenaient de plus en plus intenses et de plus en plus désespérés, mais ils étaient maintenant à peine audibles au-dessus du bruit de la machine à vapeur qui vibrait et sifflait frénétiquement au bout de la pièce.

La poigne de Kingsley se relâcha légèrement, car lui aussi avait levé les yeux. George se raidit, prêt à saisir n'importe quelle occasion.

— J'ai permuté les tubes, dit-il à Kingsley.

Perplexe, Kingsley regarda autour de lui, vérifiant l'état des différents systèmes.

— Mais la pompe est en marche. L'écoulement est ouvert et les tuyaux sont remplis.

— Oui, admit George. Mais ce n'est pas du sang qui est pompé dans le corps de votre précieux Seigneur. C'est de l'eau d'égout.

Dès qu'il prononça ces mots, aussitôt que Kingsley comprit avec horreur ce qui venait d'être fait, George s'arracha de l'emprise du vampire. Il se tourna et se mit à courir.

Seulement pour découvrir que Sir Harrison Judd était debout en bas des cordes qui montaient en boucle au-dessus des poulies dans la pièce au-dessus. Bloquant l'évasion de George.

Pendant que le Seigneur des morts-vivants toussait et crachait, son corps se soulevait et regimbait. Il ruisselait d'eau huileuse qui s'infiltrait dans les endroits où les tuyaux et les tubes étaient attachés à son corps, luisant comme s'il était couvert de transpiration alors que son corps continuait à trembler et à gonfler. Avec un effort désespéré, Orabis tira l'ânkh doré suspendu à son cou. La chaîne se brisa et il tendit la main, l'ânkh pendillant dans sa main tremblante.

— Le cœur ! rugit le cocher après avoir ordonné à Sir Harrison Judd de descendre dans les catacombes plus bas pour découvrir ce qui n'allait pas. Il faut qu'Il ait Son cœur.

Il agita la main vers les vampires qui s'avançaient pour apporter de l'aide.

— Non... le cœur doit être remis conformément au rituel de la cérémonie.

Son visage de crâne se tourna vers Sir William et Liz.

— Par Sa fiancée !

— C'est votre signal, murmura Sir William.

Essayant désespérément de continuer à jouer son rôle de vampire, Liz remonta solennellement sur l'estrade. De la main tremblante d'Orabis, le cocher prit l'ânkh doré sur sa chaîne brisée et le remit à Liz.

— Ils croyaient qu'ils pourraient narguer notre Seigneur en L'enterrant avec la clé de la vie. Pensant qu'Il ne pourrait jamais l'utiliser.

Un rire accompagné de soubresauts sortit de ses lèvres exsangues. Puis, il souleva le vase canope et le lui tendit comme une offrande.

— Déverrouillez le bocal. Retirez le couvercle. Prenez le cœur. Déposez-le sur Sa poitrine, et il s'enracinera. Il Le renforcera et Le guérira. Tout ira bien.

L'ânkh était une clé, se rendit compte Liz. Cela lui devenait évident par la façon dont le cocher le lui avait tendu.

Les yeux vides de son visage de crâne étaient profonds et sombres, perçant ceux de Liz, la dévorant alors qu'elle glissait l'extrémité de l'ânkh dans la serrure et tournait.

Le loquet de retenue s'ouvrit, et Liz souleva le scorpion sculpté au sommet du vase. Alors qu'elle plongeait son regard vers l'intérieur sombre du vase, elle entendit le carillon de Big Ben commencer à sonner minuit. Au plus creux, quelque chose bougeait, battait… vivait.

Le cocher abaissa légèrement le vase pour que Liz pût y tendre le bras. Ce faisant, la lumière s'y déversa, éclairant l'intérieur. Liz haleta de surprise.

— Je ne peux pas Lui donner Son cœur, dit-elle d'une voix tremblante.

— Pourquoi pas ?

— Parce qu'il n'est pas là.

L'intérieur en céramique était coloré de rouge. Des morceaux de viande grise éclaboussaient l'intérieur. Et la chauve-souris qu'Eddie avait glissée dans le pot battait ses ailes de cuir au rythme du carillon de minuit et suçait les dernières gouttes de sang des restes du cœur d'Orabis.

Un peu de lumière s'infiltrait dans les gaines de ventilation des évents, par les grilles et par les étroites ouvertures. Dans cinq des nombreux puits qui tiraient l'air chaud depuis le palais de Westminster pour permettre à de l'air plus frais et plus froid d'être aspiré, un enfant s'arrêta au moment où Big Ben sonnait minuit.

L'air chaud était tiré devant Eddie dans une brise qui ébouriffait ses cheveux. Le panier devant lui tremblait et vibrait.

Eve cafouillait avec le fermoir de son panier. Elle devait tenir le couvercle pour le défaire, sentant qu'il vibrait et s'entrechoquait sous sa paume.

Finalement, Mikey réussit à défaire le sien. Il prit une grande bouffée d'air humide et ferma les yeux.

Qui que puisse être cet Eddie, pensa Alex, il était certainement plus qu'un voleur à la tire. Il lâcha le couvercle de son panier.

Le couvercle s'ouvrit en fouettant, et Jack croisa ses mains sur le dos de sa tête alors qu'un nuage noir l'enveloppait. Les formes noires étaient poussées le long du puits par l'air qui circulait.

À travers ses yeux mi-clos, Eddie observa avec fascination les chauves-souris qui grondaient dans la demi-obscurité. La transformation était incroyable. Dans la maison de Mortill Street, pendant qu'elles demeuraient suspendues aux chevrons, elles étaient demeurées en dormance. Les cueillir et les déposer dans les paniers avait été facile. Maintenant, elles grouillaient agressivement à travers les puits, éveillées et flairant le sang.

Sans les chants constants, Kingsley pouvait entendre les sifflements et les cliquetis de protestation de l'énorme moteur à l'arrière de la salle et il se précipita pour aller vérifier, laissant Sir Harrison Judd s'occuper de George.

George reculait lentement, essayant de contourner et de dépasser le vampire furieux. Mais d'autres silhouettes apparaissaient maintenant dans le tunnel à l'extérieur de la salle, regardant avidement George à partir de la porte.

— Vous allez mourir pour cela, siffla Harrison Judd. Nous drainerons lentement votre sang, goutte à goutte.

Les vampires à la porte se pressaient à l'intérieur, avançant vers George. Quelque chose frappa son épaule alors qu'il reculait, et il pivota sur lui-même, prêt à se battre pour sa vie.

Mais c'était l'extrémité de la corde par laquelle Harrison Judd avait descendu qui se balançait. George se trouvait directement sous l'ouverture dans le plafond. Il apercevait le trône du Seigneur des morts-vivants. L'eau coulait comme la pluie et George eut envie de rire. Cela avait fonctionné. Ses jambes se cognèrent contre un énorme sac de jute lourd de terre : le contrepoids à l'extrémité d'une autre corde qui avait hissé Orabis dans la pièce au-dessus. Il trébucha et faillit tomber, saisissant la corde.

Les vampires s'approchaient.

Le bruit du moteur torturé à l'autre bout de la salle atteignit un crescendo. George avait attisé le feu et avait fermé toutes les valves, incluant la soupape de surpression. L'eau bouillait furieusement à l'intérieur du tambour métallique, la vapeur incapable de s'échapper, et la pression augmentant de plus en plus jusqu'à ce que...

La chaudière explosa. D'énormes morceaux de métal tordu furent lancés à travers la salle des machines. Une plaque déchirée du côté d'une chaudière trancha

Christopher Kingsley puisqu'il se trouvait au milieu de l'explosion. Immédiatement, toute la place fut remplie d'une vapeur qui se déversait dans un brouillard entre les moteurs et les pompes, et avalait la lumière.

Mais ce n'était pas pour cette raison que George avait saboté le moteur. L'autre côté de la chaudière touchait presque le mur du fond. Lorsqu'elle explosa, elle déchira la maçonnerie ancienne et le mur, creusant un trou profond dans la zone au-delà.

Des gouttelettes d'eau boueuse éclaboussèrent à travers la paroi, devenant un filet d'eau qui lavait les contours de l'ouverture, qui devenait encore plus grande sous la pression de l'eau derrière la cloison.

Puis, la Tamise fit irruption à travers le mur brisé pour se déverser dans les catacombes.

Une énorme vague s'abattit sur les moteurs, les détachant de leurs fixations et les jetant dans le couloir. Les vampires qui s'avançaient vers George se tournèrent, en état de choc et effrayés. L'un partit en s'envolant, alors que l'eau balayait ses pieds. Puis un autre.

Les mains griffues de Harrison Judd attrapèrent George et le plaquèrent à nouveau contre le mur.

— Vous allez mourir pour cela.

— Très probablement, admit George. Mais vous, vous allez vous noyer avant moi.

Ils luttaient pour rester sur leurs pieds alors que l'eau leur arrivait à la taille. Le visage de Harrison Judd était un masque de terreur.

— Mais je ne peux pas *mourir*! protesta-t-il.

L'eau fit un bond en avant. Le corps sans vie d'une femme vampire flotta devant eux et fut transporté dans les tunnels au-delà. La poigne sur George se relâchait. Il pouvait maintenant bien entendre le fracas de l'eau de l'autre côté du mur. Des cris et des hurlements.

— Vous allez vous noyer, dit George à Harrison Judd. Vous allez *tous* vous noyer !

L'eau lui allait jusqu'au cou.

Harrison Judd crachotait et toussait, essayant de garder la tête hors de l'eau.

— Vous allez vous noyer avec nous, rugit-il.

Puis, l'eau roula par-dessus sa tête.

George se baissa. Le monde était dans l'obscurité. Le son était coupé et lointain. Il fouilla autour de lui dans l'eau noire jusqu'à ce qu'il trouvât ce qu'il cherchait. Un sac de terre attaché à une corde. Ses doigts engourdis et froids s'efforçaient de défaire le nœud.

Il parvint enfin à le dénouer. Il ne pouvait retenir son souffle plus longtemps. Des bulles montaient devant son visage. Une main attrapa son cou.

Le Seigneur des morts-vivants tenta de se lever. Il arracha des tubes et des tuyaux. De l'eau jaillit des trous qu'ils laissaient. Il vomissait, d'énormes râles d'eau boueuse du fleuve éclaboussant le dais.

Mais l'assemblée des vampires le remarquait à peine. Un nuage sombre montait par les orifices étroits près du sol. Un autre tombait des évents sous le plafond. L'air s'épaississait des formes cuirassées des chauves-souris loups. Le battement de leurs ailes ressemblant à un applaudissement alors qu'elles s'élevaient et descendaient sur leurs proies.

Des cris, des pleurs, des hurlements. Une soudaine bousculade de panique alors qu'ils essayaient tous de sortir de l'enceinte de la Chambre des lords. Mais c'était la même chose à travers tout le palais de Westminster. Dans la Chambre des communes aussi, les vampires se battaient pour arriver aux sorties, disparaissant sous le nuage noir.

Dans le hall central, une femme dans une robe délavée arrachait les créatures qui restèrent logées dans ses cheveux jusqu'à ce que la dernière goutte de sang fût drainée de son corps de morte-vivante et qu'elle s'effondrât sur le sol à côté de tant d'autres.

Devant l'estrade, Sir William demeurait inébranlable. Il vit Mme Brinson qui s'agrippait aux formes sombres qui la griffaient et la déchiquetaient. Une unique chauve-souris s'était logée sur le cou de Gladstone, inconscient, aspirant le sang contaminé. Anthony Barford se lança vers Sir William, le visage déformé par la rage. Mais avant qu'il pût s'approcher, tout son corps fut recouvert de chauves-souris. Plusieurs se claquèrent sur son visage, leurs ailes s'emmêlant à ses cheveux et à sa barbe. Se débattant et hurlant, il s'effondra au sol, étouffé par une vague noire.

Seuls Sir William et Liz étaient indemnes.

Et le presque exsangue cocher. Il repoussa les quelques chauves-souris qui arrivèrent sur lui. Il agrippa les chauves-souris qui descendaient maintenant sur la forme gonflée d'Orabis, les arrachant de son Seigneur et les lançant au loin. Mais aussi rapidement qu'il les éloignait, il en réapparaissait d'autres. Jusqu'à ce que la totalité du Seigneur des morts-vivants disparût sous une couverture vibrante de ténèbres.

Avec un cri étouffé d'angoisse, de peur et de défiance, Orabis, Seigneur des morts-vivants, explosa. Son corps gonflé éclata sous la pression de l'eau qui était toujours pompée à l'intérieur. Les chauves-souris loups volaient dans toutes les directions. L'eau de la Tamise clapotait sur l'estrade, sombre, trouble et mêlée de sang. Le trône disparut à travers le plancher de la Chambre des lords alors qu'il retombait dans la salle des machines au-dessous.

Debout à côté de l'ouverture sur le plancher, le cocher se déchaîna et attrapa le bras de Liz. La traînant vers lui.

Sir William tenta d'arriver à eux, mais le chemin était bloqué par les corps mourants des vampires qui se contorsionnaient, et l'air était dense de chauves-souris qui cherchaient du sang frais. Il se fraya un chemin, les yeux fixés sur Liz alors que le cocher l'attirait vers lui.

— Vous nous avez peut-être défaits, dit le cocher d'une voix rauque alors qu'il tenait serrée la femme qui se débattait. Vous avez peut-être ridiculisé mes collègues et détruit mon Seigneur, mais maintenant, avant de mourir, à la mémoire de ma sœur et pour la venger, je me nourrirai enfin !

Sir William était encore à trois mètres alors que les dents du cocher descendaient sur le cou de Liz.

✛

La corde étant déliée et libérée du lourd sac de terre, la répartition du poids se trouvait modifiée. George avait espéré qu'il était plus léger que le grand sac. Mais la main sur son cou le tenait en bas. Il donna un coup de pied au sol, se poussant vers le haut.

George brisa la surface de l'eau qui avait maintenant plus de trois mètres de profondeur. Le visage de Sir Harrison Judd était proche du sien, toussant et avalant de l'air.

— Nous nous noyons ensemble, haleta Judd.

— Je ne crois pas, réussit à dire George.

Le vampire avait été affaibli par le temps qu'il avait passé dans l'eau. George enroula son bras autour de la corde, l'agrippant bien fort alors qu'il arrachait les doigts de Judd de son cou.

Comme il défaisait le dernier doigt, il sentit la traction de la corde. Le poids retenant George, celui de Sir Harrison Judd, retomba dans l'eau avec un cri. Le trône en contrepoids plus haut était maintenant beaucoup plus lourd que le poids de George sur la corde. Le trône tomba.

Et George fut hissé hors de l'eau déferlant vers le carré de lumière plus loin vers le haut.

Comme il approchait de la partie supérieure, la vitesse augmentant, le trône s'écrasa dans la montée des eaux au-dessous, se brisant en morceaux. Des pièces de bois provenant des bras et du dos du fauteuil remontèrent à la surface et flottèrent.

À mesure qu'il s'approchait du plafond et qu'il pouvait voir au-dessus du mur de séparation, George capta un aperçu confus de la chambre adjacente. L'eau montait là aussi, bouillonnant et s'agitant. Une main s'agrippait à l'air avant de sombrer. Des corps pâles flottaient, leur visage vers le bas. Le bruit de la Tamise se précipitant à travers les catacombes créait un rugissement puissant alors que George se précipitait vers le haut.

✛

Liz sentit la piqûre froide des dents sur sa peau. Elle avait réussi à libérer un de ses bras, et frappa et gifla le cocher. Mais sans effet.

Puis, quelqu'un lui saisit le bras.

Avec un soupir d'étonnement, elle vit George s'élever rapidement du centre du dais où avait été le trône. Il la saisit, et elle fut soudainement et douloureusement tirée vers le haut et hors de la poigne du cocher tandis que George continuait à s'élever vers le toit de la Chambre des lords.

— George! Oh Dieu merci.

George la fixa nerveusement alors qu'ils s'élevaient rapidement dans les airs.

— Liz… êtes-vous…

Elle hocha la tête.

— Seulement de la comédie. Du maquillage et de la confiture.

— De la *confiture*?

Les chauves-souris se déplaçaient hors de leur chemin. Liz s'accrocha très fort, reconnaissante pour le bras solide de George autour d'elle alors qu'ils observaient le carnage qui avait lieu au-dessous d'eux. Des chauves-souris noires, des corps pâles et du sang rouge. Le cocher leva les yeux vers eux. Il tendit le bras vers la corde.

— Il est en train de monter pour nous rejoindre, se rendit compte Liz, horrifiée.

Avant que sa main squelettique n'atteignît la corde, il fut frappé de côté. Sir William s'était lui-même lancé sur le dais, attrapant le cocher à la poitrine. Sir William s'effondra, épuisé, sur le sol mouillé.

Le cocher recula jusqu'au bord de l'ouverture dans le plancher. Il vacilla un instant sur le bord, ses bras battant l'air alors qu'il tentait de retrouver son équilibre. Puis, il tomba à la renverse dans les eaux tumultueuses sous lui.

Même des hauteurs, Liz put entendre l'ignoble craquement alors qu'il atterrissait sur un des montants de bois du trône brisé. Le cocher baissa les yeux sur la douve de bois qui émergeait de sa poitrine. Puis, les eaux se refermèrent sur lui et il disparut pour toujours.

À bout de souffle et se sentant épuisé, Eddie sortit du tuyau de ventilation. Il se laissa tomber sur le sol, essoufflé, et il essuya son visage avec sa manche. Après s'être donné quelques instants pour se remettre, il alla trouver les autres.

Très rapidement, les cinq se pressèrent à l'étage au-dessus.

— C'est très calme, dit Mikey.

— Tu peux parler, leur dit Eddie.

Puis, il se mit à rire.

— Tu *peux* parler.

— Mais il a raison, dit Eve.

— Je me demande où sont allées toutes ces chauves-souris, voulut savoir Alex.

Jack se pressait pour monter l'escalier.

Ils découvrirent le premier corps en haut de l'escalier : un homme étendu, déformé, les jambes repliées sous son corps. Son visage était une enveloppe sèche et flétrie qui s'était aplatie sur elle-même. Plus loin, Eddie put en voir beaucoup, beaucoup plus.

— Avons-nous fait cela ? demanda Jack, stupéfait.

Il y avait une brise à travers le palais de Westminster. Peut-être que les enfants avaient bloqué la ventilation alors qu'ils rampaient à travers les conduits, ou peut-être était-ce quelque chose de plus élémentaire, mais le vent fouettait les vêtements des coques desséchées étendues dans les couloirs, dans la Chambre des lords et dans la Chambre des communes.

— Regardez ça, souffla Eddie alors que les traits secs de l'homme tombé s'effondraient, s'effritant en poussière.

Le vent agitait la poussière, la tirant dans l'air et à travers les conduits et les grilles d'aération. Jusqu'à ce qu'il ne restât plus que des habits funéraires vides et des robes de deuil, les vêtements des morts.

Sir William regarda autour de lui dans la Chambre des lords. La brise avait disparu aussi rapidement et inexplicablement qu'elle était arrivée. Ses derniers soubresauts ridaient les vêtements vides.

Gladstone était assis, le visage blême, sur l'un des bancs ornés de croix, ses ministres silencieux et perplexes tout près de lui.

— Vous y avez échappé de justesse, dit Sir William au premier ministre. Comme chacun d'entre nous. Les chauves-souris loups ont sucé le sang infecté. Il vous restait suffisamment du vôtre pour survivre. Vous vous sentirez probablement un peu faible pendant un certain temps. En état de choc aussi.

— Monsieur, je resterai en état de choc pour le reste de ma vie.

Gladstone regarda autour de lui avec méfiance.

— Et les chauves-souris? Que leur est-il arrivé?

— Elles se sont envolées vers les chevrons. Elles vont maintenant dormir jusqu'à ce qu'elles sentent d'autre nourriture. Je vous suggère de les laisser à cet endroit. Ne dérangez pas leur sommeil.

Il leva les yeux vers le toit élevé et voûté de la chambre, essayant de distinguer les formes sombres des chauves-souris. Mais le son d'une voix attira son attention.

— Je dis que l'autre extrémité doit encore être attachée à quelque chose de lourd, cria George de l'endroit où lui et Liz étaient suspendus très haut au-dessus de la chambre. Pouvez-vous nous donner un coup de main pour que nous puissions descendre d'ici?

Eddie et les enfants de l'hospice étaient en ligne avec Liz, George et Sir William. Le premier ministre avait envoyé ses ministres clés pour aller chercher la police et pour évaluer les dommages causés par les événements de la nuit. Puis, il insista pour qu'on lui racontât toute l'histoire.

— Nous devons garder pour nous ces événements, dit le premier ministre. Je suis certain qu'il y aura une forme de reconnaissance, même si je dois remercier le Bon Dieu que Sa Majesté n'ait pas été ici ce soir. Et je dis bien le *Bon* Dieu.

— Je suis certain qu'elle aurait été une figure de calme et de courage dans nos temps de besoin, dit Sir William.

Liz se mit à rire.

— Bien que je doute qu'elle eût aimé être suspendue à une corde au-dessus de la Chambre des lords.

— Ou de se faire à moitié noyer dans un tunnel rempli de vampires, dit George.

Son bras était serré autour de l'épaule de Liz, comme s'il avait toujours peur de lâcher prise.

— Bien que je suppose que cela était un peu ma faute.

— Dieu nous aide, dit Eddie en souriant à ses amis. J'aurais bien envie d'une médaille s'il y en a une, mais vous feriez mieux de ne pas raconter à la reine Victoria ce qui s'est vraiment passé ici.

— Vous ne croyez pas, jeune homme ? dit le premier ministre. Et pourquoi ?

Eddie le regarda droit dans les yeux.

— Parce qu'elle pensera que nous avons tous perdu la tête, voilà pourquoi.

Une pâle lampe à gaz brillait dans la nuit brumeuse de l'autre côté de la Tamise. Sous la lampe, une silhouette était debout, regardant de l'autre côté du fleuve, observant les formes sombres des dernières chauves-souris qui volaient en cercle au-dessus du palais de Westminster.

Elle se tenait toujours là, immobile, alors que les premières lueurs du soleil peignaient le ciel. Puis, enfin, elle se retourna, ses longs cheveux noirs débordant sur le manteau écarlate qu'elle portait, et elle s'éloigna. Jusqu'à ce qu'elle soit engloutie par la brume matinale.

Ne manquez pas
le tome 3

La chambre des ombres

À propos de l'auteur

Justin Richards a écrit plus d'une vingtaine de romans de même que des œuvres non romanesques. Il a aussi composé des scénarios pour la radio et pour la télévision ainsi que des jeux scéniques. Il a publié des anthologies de nouvelles, a travaillé en tant que rédacteur technique et a fondé un journal média dont il était le rédacteur en chef. Il a écrit *Le collectionneur de la mort*, *The Chaos Code* ainsi que la série du Détective invisible. Il est également directeur artistique pour la série de romans Doctor Who pour la BBC. Il habite à Warwick, en Angleterre, avec son épouse et ses deux enfants, et une vue charmante du château.

www.justinrichards.co.uk (En anglais seulement.)